दस प्रतिनिधि कहानियाँ

अमृतलाल नागर

किताबघर प्रकाशन
नयी दिल्ली

दस प्रतिनिधि कहानियाँ सीरीज़

10 प्रतिनिधि कहानियाँ

अमृतलाल नागर

संपादन

श्रीलाल शुक्ल

प्रकाशक
किताबघर प्रकाशन
4855-56/24, अंसारी रोड, दरियागंज, नई दिल्ली-110002
फोन : 011-23266207, 41584421, 7827720848
E-mail : kitabgharprakashan@gmail.com
www.bookshindi.com

पेपरबैक संस्करण : 2024

आवरण : रवि शर्मा (छाया-चित्र : पारिजात नागर)

मूल्य : दो सौ पचास रुपये

मुद्रक : राष्ट्रीय प्रिंटर्स
नवीन शाहदरा, दिल्ली-110032

DUS PRATINIDHI KAHANIYAN *(Hindi)*

by Amrit Lal Nagar

Price : ₹ 250 (Paperback Edition)

ISBN—978-81-7016-652-8

अमृतलाल नागर : एक श्रेष्ठ गल्पशिल्पी

हिंदी कहानी पर किताबघर प्रकाशन कई वर्षों से एक सुचिंतित योजना के अंतर्गत एक पुस्तक-शृंखला प्रस्तुत कर रहा है। 'दस प्रतिनिधि कहानियाँ' नाम से इस शृंखला में प्रत्येक उल्लेखनीय कहानी-लेखक का संग्रह प्रकाशित किया जाता है। कई प्रकाशन सामने आ चुके हैं, कई आने वाले हैं।

पं० अमृतलाल नागर ने वैसे तो उपन्यास और कहानियों के अलावा हास्य-व्यंग्य, नाटक, संस्मरण, जीवनी, रिपोर्ताज़, निबंध और प्रचुर मात्रा में बाल-साहित्य भी लिखा है, पर इसमें कोई संदेह नहीं कि उनका प्रथम प्रेम कहानी ही है। 1916 में जन्मे नागर जी ने अपेक्षाकृत कम उम्र में ही लिखना शुरू कर दिया था और उनके उन्नीसवें वर्ष अर्थात् 1935 में 'वाटिका' नाम की उनकी जो पहली पुस्तक छपी, वह उनका कहानी-संग्रह ही है। यह और बात है कि इन अत्यधिक भावोच्छ्वासमयी कहानियों की ज़मीन और मिज़ाज से—जो धुँधले तौर पर आरंभिक जयशंकर प्रसाद या विनोदशंकर व्यास की याद दिलाता है—नागर जी के बाद में जो कहानियाँ लिखीं, वे सर्वथा भिन्न हैं। 'बाद में' से मेरा मंतव्य उस कालखंड से ही नहीं है जब नागर जी आयु और लेखन—दोनों में ही प्रौढ़ हो चुके थे, बल्कि 1935 के तुरंत बाद के वर्षों से भी है। इस संग्रह की कहानी 'शकीला की माँ', जो अपनी भीषण यथार्थधर्मिता में—कुछ अतिरिक्त नाटकीयता के बावजूद—भूख के आतंक में मानवीय अधोगति के चित्रण के साथ मूलतः नारी-शोषण और सामाजिक ह्रास की कहानी है, 1936 में लिखी गई थी। 'वाटिका' के भावुकतापूर्ण संसार से 'शकीला की माँ' की ओर नागर जी के प्रस्थान के पीछे उनका निजी साहित्यिक व्यक्तित्व तो है ही, एक और भी प्रेरणाप्रद प्रसंग है।

नागर जी का मानना है कि उनकी इस दृष्टि के विकास में प्रेमचंद की महत्त्वपूर्ण भूमिका रही है। वास्तव में 'वाटिका' की एक प्रति नागर जी

ने प्रेमचंद को भी भेजी थी। अपने 12 मई, 1935 के पोस्टकार्ड में प्रेमचंद ने उन्हें लिखा :

प्रिय अमृतलाल जी,

'वाटिका' मिली। धन्यवाद।

यह तो गद्य-काव्य की-सी चीज़ें हैं। मैं रियलिस्टिक कहानियाँ चाहता हूँ, जिनका आधार जीवन पर हो, जिनसे जीवन पर कुछ प्रकाश पड़ सके। मैंने वाटिका के दो-चार फूल सूँघे। अच्छी खुशबू है। आलोचना करूँगा।

शुभाकांक्षी
प्रेमचंद

बहुत बाद में, डॉ० बिंदु अग्रवाल को दिए गए एक साक्षात्कार में नागर जी कहते हैं : "प्रेमचंद के इस वाक्य ने एक तरह से मेरी जन्मपत्री ही बदल दी। वे चिंतन और लेखन में मोड़ लाने का एक कारण बने।"

इस प्रकार 1936 से ही नागर जी के सामाजिक चिंतन और लेखन में 'वाटिका' की मानसिकता से विच्छेद प्रकट होने लगता है। 'शकीला की माँ' 1938 में छपे उनके कहानी-संग्रह 'अवशेष' में संगृहीत है। उसे—और इसी संग्रह के 'जंतर-मंतर' को—इस संग्रह में उस दौर की प्रतिनिधि रचनाओं के रूप में शामिल किया गया है। (वास्तव में, अगस्त, 1985 के 'सारिका' के एक विशेषांक में, जो नागर जी पर ही केंद्रित था, नागर जी ने स्वयं 'शकीला की माँ' को अपने आरंभिक दौर के लेखन की प्रतिनिधि रचना मानकर पुनर्प्रकाशित कराया है।) 'अवशेष' में ऐसी अनेक कहानियाँ हैं, जिनमें जन-जीवन की आशा-निराशा, उसके संघर्ष, उसकी विडंबनाएँ, उसकी दुर्गति आदि के प्रति नागर जी के लगाव और उनकी यथार्थमूलक दृष्टि का परिचय मिलने लगता है।

नागर जी ने 1934 से लेकर 1982 तक के विस्तीर्ण कालखंड में—लगभग आधी शताब्दी तक कहानियाँ लिखी हैं। इनकी संख्या 78 है और कुछ और भी हैं जो 'अमृतलाल नागर रचनावली' में नहीं आ पाई हैं। प्रेमचंद, जैनेंद्र, यशपाल आदि की तुलना में कहानियाँ संख्या में कम हैं। फिर भी नागर जी की कहानियाँ कई अर्थों में जैनेंद्र, अज्ञेय आदि के रचना-संसार से अलग दीखती हैं। प्रेमचंद की समाजदृष्टि और उनके

साहित्य से बहुत प्रभावित होने के बावजूद, और कई अर्थों में प्रेमचंद की परंपरा के वाहक समझे जाने पर भी नागर जी की कहानियों का संसार प्रेमचंद के कथा-संसार से भी काफी भिन्न है। नागर जी एक श्रेष्ठ गल्पशिल्पी हैं और कई बार पाठक उस शिल्प के चमत्कार से इतना अभिभूत हो जाता है कि उनकी कहानियों की अंतर्निहित अनुगूँजों, उनकी बहुस्तरीयता और बहुआयामिता के तत्त्वों की तत्काल पहचान नहीं करता। फिर भी ये तत्त्व उसे जीवन की गहन अनुभूतियों में डुबाने की क्षमता रखते हैं। कहानियों की इसी जटिल प्रकृति के कारण इनमें से दस प्रतिनिधि कहानियाँ चुनने का काम अंततः मेरे लिए उतना सरल नहीं सिद्ध हुआ जितना कि शुरू में जान पड़ा था।

असली कठिनाई नागर जी की संवेदना की विस्तीर्णता और जनजीवन के प्रति उनके गतिशील चिंतन में है। इस विस्तीर्णता और गतिशीलता के ही कारण उनकी अधिकांश कहानियाँ शुरू तो होती हैं परिहासमय परिवेश-चित्रण या पात्रों से, पर कुछ ही देर में हमारा साक्षात्कार जनजीवन की किसी नई विडंबना से, या नए त्रासद अनुभव से होने लगता है। शुरू में जो एक रोचक रेखाचित्र मात्र लगा था, वही आगे चलकर साँपों की पिटारी जैसा बन जाता है। उनकी लगभग हर कहानी में ज़िंदगी का कोई न कोई नया अनुभव है, कोई न कोई नई समस्या है। इस स्थिति में उनकी हर रचना अपने आप में एक प्रतिनिधि रचना बन जाती है।

उदाहरण के लिए, अगर हम इसी संग्रह की 'शकीला की माँ', 'जंतर मंतर' और 'किस्सा बी सियासत भठियारिन और एडीटर बुल्लेशाह का' को सिर्फ शैली या ऊपरी शिल्प की दृष्टि से देखें तो लगेगा कि ये एक ही साँचे की कहानियाँ हैं और इनमें से कोई भी किसी दूसरी कहानी की प्रतिनिधि हो सकती है। पर कुछ विचार करते ही यह देखा जा सकता है कि एक तो इन कहानियों का शिल्प ऊपर से ठोंके हुए ठप्पे जैसा नहीं है, जिसे यूँ ही आरोपित कर दिया गया है और दूसरे, तीनों कहानियाँ बिलकुल अलग-अलग अनुभव-संसार की उपज हैं। यही नहीं, समान-सा दीखने वाला जो शिल्प इनके लिए चुना गया है वह कहानी-विशेष की अनिवार्यता है, उसे कहानी को संश्लिष्ट रूप से प्रभावकर बनाने के लिए ही अपनाया गया है।

इसमें कोई संदेह नहीं कि नागर जी की कहानियों में किस्सागोई

का तत्त्व प्रबल रूप से मौजूद है, पर वह कथा-साहित्य का अपना निजी भारतीय संस्कार है, जिसे नागर जी ने अपने शिल्प-विधान में सचेत रूप से, अपने ढंग से अपनाया है। उदाहरण के लिए, उनकी कहानियों में निम्न वर्ग के विपन्न और विपद्ग्रस्त मुस्लिम पात्रों के अनेक रेखाचित्र मिलेंगे, जिनमें पुराने लखनऊ की गलियों के बोलचाल और रहन-सहन को वहीं की दिलचस्प ज़बान में—जिसका प्रयोग प्रायः संवादों में हुआ है—चित्रित किया गया है। यह वही ज़बान है जो लखनऊ के पुराने, पेशेवर किस्सागो 'अलिफ लैला की कहानियाँ', 'तिलिस्म होशरुबा', 'सैर कोहसार' आदि की कहानियाँ नाटकीय ढंग से सुनाने में इस्तेमाल करते थे। इसी बोली-बानी और रहन-सहन के अंदाज़ में रतननाथ 'शरशार' ने, कुछ साहित्यिक परिष्कार के साथ, 'फिसान-ए-आज़ाद' के लिए अपनाया था। नागर जी ने एक ऐसे ही अफीमची किस्सागो से 1936-37 के दिनों में पुराने उर्दू क्लासिकों के किस्से सुने थे और उस शैली की अपार साहित्यिक संभावनाओं के अन्वेषण और उपयोग के प्रति आकृष्ट हुए थे। उन्होंने कहा भी है, "मेरा मालिक आम पाठक था, जिसमें अमीर भी थे और गरीब भी। इसलिए किस्सागोई की रुचि को मैंने ज़नरुचि और जनरुचि का किस्सा बनाकर ही पेश करने की कोशिश की।"

पर किस्सागोई तो एक तत्त्व-भर है जो प्राथमिक रूप से पाठक को आकर्षित करने और उसकी रुचि कायम रखने में कारगर है, पर नागर जी की कहानियों के मूल तत्त्व, जिनका संकेत पहले किया जा चुका है, कहानी को एक साथ कई स्तरों पर चलाने की क्षमता और उनकी बहुआयामिता हैं। उनकी रचना में ये तत्त्व कैसे समाविष्ट होते हैं, इस प्रक्रिया का उल्लेख नागर जी ने स्वयं इन शब्दों में किया है :

"मैं छोटी कहानी लिखूँ या बड़ी अथवा उपन्यास, कहानी के ढाँचे को मुख्यतः उसके चरित्रों के नाते से आगे बढ़ाता हूँ। पात्र अपने रिश्तों के कारण ही कहानी की घटनाएँ बनाते हैं, घटनाएँ बाहर की भी होती हैं और मन के भीतर की भी। चरित्र-चित्रण के माध्यम से कहानी को आगे बढ़ाता हुआ इन घटनानुभूतियों के क्रम को मैं स्वयं चरित्रों के मनोनुकूल होकर ही आगे बढ़ाता हूँ, अपनी कल्पनात्मक सनकों को चरित्रों पर आरोपित नहीं करता।"

दूसरे शब्दों में, नागर जी अपने पात्र पर अपना व्यक्तित्व आरोपित

न करके स्वयं उसके व्यक्तित्व में समाहित हो जाते हैं और उस प्रक्रिया में उन सारी जटिलताओं को अनुभूति के स्तर पर ग्रहण करते हैं, जो सहज से सहज पात्र के भी मन में चिंताओं और गुत्थियों के रूप में पलती रहती हैं। यह काम बड़े रचनाकार ही कर सकते हैं।

नागर जी की कहानियों की संपूर्ण संरचना और वैविध्यपूर्ण अंतर्वस्तु को देखते हुए दस 'प्रतिनिधि' कहानियों के चयन में भले ही ऊहापोह की स्थिति रही हो, पर मेरी चेष्टा रही है कि इन कहानियों के माध्यम से पाठक को नागर जी के विस्तीर्ण कथा-संसार की बहुरंगी झाँकियाँ-भर न मिलें, बल्कि उनकी सामाजिक चिंताओं और उनकी संवेदना के विभिन्न आधारों का भी वह साक्षात्कार कर सके। जिस संकटग्रस्त—फिर भी परिहास-बोध में जीवंत-जनजीवन के प्रति उन्होंने अपनी समझ और एकात्मकता दिखाई है, उसमें रामविलास शर्मा के शब्दों में, "पुराने रईस, नए रईस, बिगड़े रईस, साहूकार, ज़मींदार, संपत्तिहीन सामंत, पुरोहित, कथावाचक, मध्यवर्ग के पढ़े-लिखे युवक, गरीबी और बेकारी क़ा सामना करने वाले नौजवान, व्यभिचारी और पाखंडी, बड़े आदमी, हर तरह का अत्याचार सहने वाली स्त्रियाँ, अपने अधिकारों के लिए लड़ने वाली युवतियाँ, कथाकार, कवि, महात्मा, संत—समाज के हर स्तर के व्यक्ति नागर जी के कथा-साहित्य में मिलेंगे।" यही नहीं, समाज के इस व्यापक चित्रण में उनकी चिंता का प्रमुख केंद्र नारी है। एक दूसरे स्थल पर मैंने लिखा है : "यह शरत्चंद्र चट्टोपाध्याय की अतिभावुक, अतिमेधावी नारी नहीं है; रंडियों, भठियारियों, हरम की बीवियों, हरम में घुसने के लिए आतुर कुटिल साहसिकाओं के अलावा रूढ़ियों और परंपराओं के जाल में घिसटती, उससे टूटने के लिए छटपटाती···महिलाओं का यह विचलित करने वाला संसार है।" ये शब्द नागर जी के संपूर्ण कथा-साहित्य को लक्षित करके लिखे गए हैं, पर इनकी प्रासंगिकता इन कहानियों के साथ भी लक्षित की जा सकती है। नागर जी की इस विराट् दृष्टि का प्रमुख कारण उनका यह सुदृढ़ विश्वास है कि "जब तक भारत देश संपन्न नहीं हो जाता, तब तक उसके साहित्य का नायकत्व दीन-हीन, दलित और संघर्षशील नर-नारी के हाथों में रहेगा।"

नागर जी हिंदी के अत्यंत प्रतिष्ठित और सर्वाधिक पढ़े जाने वाले रचनाकारों में से हैं। पर लगता है कि उनकी कहानियों को उनका प्राप्य

महत्त्व अभी पूरी तौर से नहीं मिल पाया है। संभवतः कुछ हद तक उनके उपन्यासों की भव्यता और लोकप्रियता भी इसका कारण हो। यह भी हो सकता है कि पिछली शताब्दी के छठे दशक से शुरू होकर नवें दशक तक चलने वाले व्यापक कहानी आंदोलनों में जिस कोटि की कहानियाँ ज़्यादा प्रशंसित होकर उभरीं, उनके खाँचे में फिट न होने के कारण इन्हें सीमित रूप में ही ग्रहण किया गया हो। जो भी हो, आशा है कि इस संग्रह से नागर जी के कहानी-साहित्य के प्रति लोगों की रुचि पुनर्जागृत होगी, पाठकों को नए सिरे से उसके रसास्वादन की प्रेरणा मिलेगी और साहित्य के पारखी भी उसके अध्ययन और पुनर्मूल्यांकन की ओर प्रवृत्त होंगे।

—श्रीलाल शुक्ल

लखनऊ
15 अक्तूबर, 2003

क्रम

किस्सा बी सियासत भठियारिन और एडीटर बुल्लेशाह का

जाड़े की रात। नया जंगल। एक डाल पर तोता, एक डाल पर मैना। हवा जो सनसन चली तो दोनों काँप उठे। मैना अपने परों को समेटकर बोली कि अय तोते, तू भी परदेशी, मैं भी दूसरे देश की। न यहाँ तेरा आशियाना और न मेरा बसेरा। किस्मत ने हमारा घर-बार छुड़ाया, लेकिन मुसीबत ने हमें साथी बनाया, इसलिए अय तोते, अब तू ही कोई जतन कर कि जिससे रात कटे; कोई किस्सा छेड़ कि मन दूसरा हो।

तोता बोला कि अय मैना, सुन ! मैं देश-परदेश उड़ा और सरायफानी देखी। उसके भठियारे का नाम इलाही, और भठियारिन हैं बी सियासत, जो ज़िंदगी की सेज से उतरने का नाम ही नहीं लेतीं। उन्हें ढली जवानी में नई-नवेली बनने का शौक चर्राया है कि अल्लह-अल्लह ! उनके साज-सिंगार की फरमाइशों ने मियाँ इलाही की सरायफानी को सुनार की दुकान बना रखा है। चारों ओर भट्ठियाँ धधक रही हैं, दिमाग का सोना गलाया जा रहा है। हर तरफ ठक-ठक का शोर इस कदर कि भठियारे मियाँ इलाही के हुक्के की गुड़गुड़ाहट ही दब गई। गाहकों की तौबातिल्ला और शिकायतों से सरायफानी का छप्पर उड़ने लगा। मगर ऐ मैना, अजब ढंग हैं बी सियासत के कि कल का खयाल ही नहीं; उन्हें तो आज ही में कल नहीं पड़ती। घड़ी में सुनारों की छाती पर सवार और दम-दम में जाम आज़ादी का दौर। ढली जवानी का बगूला इस ज़ोर से भड़का कि कत्तालेआलम बन गईं। और अब तो जानेजहाँ इस बात पर मचली हैं कि हम आग से आग को बुझाएँगे।

भनक एडीटर बुल्लेशाह को पड़ी। अक्ल की फकीरी पर शक्ल की अमीरी अपनाई, खुदा के नूर पर मेहँदी रचाई, ज़ुल्फों में तेल डाला, और फिर जो सुरमीली नज़रों को तिरछा घुमा के फेंक दिया तो जहान में आग लग गई। सीना-चाक, दहन फाड़कर बुल्लेशाह चिल्लाए कि ऐ बी सियासत, जाने-मन !

उल्फत का जब मज़ा है
कि दोनों हों बेकरार,

दोनों तरफ हो आग
बराबर लगी हुई।
…लो, आओ, बुझाओ !

गमक के उठीं बी सियासत, भठियारे से बोलीं, ले मर्दुए, अपनी दुनिया सँभाल, मैं तो चली।

बन ठन के चली मैं पी की गली
मुए काहे का शोर मचावत है।
हरजाई बनी, तोसे नाहीं बनी,
तू तो दीन की बीन बजावत है !

…ऐ निगोड़े, मैं ठहरी सियासत, मुझे तेरे चरम-ईमान से क्या काम ? तेरे ग्राहकों के चैन-आराम से क्या निस्बत ? मुझे बगलें गरमाने में मज़ा आता है। आज इसकी, कल उसकी हुई।

भठियारा बोला कि ऐ बीवी, शरीफों का चलन चल, नेकबख्त बन। बदी में मज़ा नहीं प्यारी, रग-रग, पोर-पोर में चुभन होगी, दामन चाक-चाक हो जाएगा।

मैना ने पूछा, तब !

तोता बोला : तब खूने-आशिक की हिना से रँगी उँगलियों को नचाकर, भँवें मटका, मुँह बिचकाकर बोलीं बी सियासत कि ऐ मुए दाढ़ीजार, तुझे शायर का कलाम याद नहीं, कि गुलों से खार बेहतर हैं, जो दामन थाम लेते हैं। फिर तेरे पास धरा ही क्या है ? तेरे नाम की माला जपने से क्या हासिल ? उधर बुल्लेशाह के लाखों मुरीद हैं, हिंदी में, उर्दू में, तमिल, गुजराती, मरहठी, बंगाली में, चीनी, जापानी में, अंग्रेज़ी में, रूसी, फ्रांसीसी में, गर्ज़ कि हर ज़बान में बुलबुले फूटते हैं। शाह का मंतर ज़माने के सिर पर चढ़ के बोलता है। सुफेद कागज़ पर स्याह हुरूफों से ढलकर उनकी आवाज़ बुलंद होती है। जिस पर उनकी मेहर की नज़र हो जाती है, वह तिल से ताड़ बन जाता है, और जिससे उनकी नज़र फिर जाती है, वह सूरज की तरह रोशन होकर भी बुझा चिराग माना जाता है। ऐसे सनम के गले में बाँहें डालकर मैं जो एक आह करूँ तो गली-कूचों में शोर मच जाए, जो चाह करूँ वह पूरी हो, जो गुनाह करूँ वह छिप जाए, मेरी वाहवाही हो, मेरी धूम मच जाए। इसलिए ऐ निगोड़े मुए भठियारे, मैं तुझे छोड़ चली, मुँह मोड़ चली…

जाके घर-घर में आग लगाऊँगी मैं।
तेरे खल्क को खाक बनाऊँगी मैं।।

कहके बी सियासत ने अपनी ओढ़नी सँभाली... तिरंगी छटा छहरी, सातों सितारे चमके, हिलाले ईद उगा, पट्टियाँ और धारियाँ लहराईं; हँसिया-हथौड़ा ठमका... नज़र जिसकी भी पड़ी उसी ने हाय भरी, कसके कलेजे को थामा; दुनिया दीवानी बनी, बी सियासत की ओढ़नी के गुन गाने लगी।

बोली मैना कि अय तोते, तेरा किस्सा आला है, तर्जेबयाँ निराला है; मगर यह क्या बात है कि हर वार बेचारी औरतज़ात पर है ? अरे, कुछ तो इंसाफ कर। मर्दों के कसूर को तू मर्द होने से मत माफ कर। कुछ तो बता कि बुल्लेशाह ने क्या किया ?

तोता बोला कि अय मेरी प्यारी मैना, उतावली न दिखा, बेचैन न हो। सुन...

बोला बुल्लेशाह कि ऐ परी पैकर। फोटू तुम्हारी देखकर दिल पर हुआ असर। मैं भूल गया गैली प्रूफ, प्रेस का मैटर। अब तो रहम कर। मैं तोड़ता हूँ आज से नाता जहान से, कलचर से, लिटरेचर से, दीनो ईमान से। तेरे ही गुण गाऊँगा ऐ बीबी सियासत। कदमों पे लुटा दूँगा मैं कुल अपनी रियासत। तू चल के बैठ तो ज़रा टाइपों के केस में; हर फोंट में, पैका में, हर पुर्जे के प्रेस में। फिर देख मेरे जौहर कि तेरे शौहर को नामों चने न चबवा दूँ तो मेरा नाम बुल्लेशाह नहीं, झब्बू !

सुन के बी सियासत मुस्कराई, बुलाक की लटकन ने बल खाया। चितवन ने बाँका वार किया, बुल्लेशाह के गले में बाँहें डालकर बोलीं :

हमें तो अब किसी पहलू नहीं आराम आता है।
तुम्हीं इस दिल को ले लो ये तुम्हारे काम आता है।
अभी तो इब्तदाए इश्क है, अय हज़रते 'फरहत'
तुम्हारे सामने क्या देखना, अंजाम आता है।

मगर अंजाम की परवा किसको है। तोते ने कहा कि अय मैना, यह हौसला मर्द का ही होता है, जिसने तिरछी नज़र से वार किया, उस पर दिलो जान सब निसार किया। एडीटर बुल्लेशाह की एड़ी जो तर हुई तो जोशेजुनूँ में दहन फाड़कर चीखे कि ऐ मेरी प्यारी, तू देख मेरा करिश्मा। यों कहके गले लगाया। नाक पे चश्मा और कलम को म्यान से निकाल लिया। पश्चिम में बैठे और पूर्व में टाँगें फैलाईं, उत्तर की ओर मुँह किया और दक्खिन में आग लगाई। यों चारों कोने जीतकर बोले वो एडीटर, अब तेरे लिए क्या करूँ बोल ऐ मेरी जिगर। तू कह तो इलाही की मैं मूँछें उखाड़ लूँ। दुनिया सरायफानी को पल में उजाड़ दूँ। सूरज की राह रोक करूँ चाँद को फना। दरिया को सोख लूँ कि करूँ आग को मना। ताँबे में तेरे कर दिए

प्रेसट्रस्ट-रायटर। तेरे गुलाम हो गए मेरे रिपोर्टर।

यह सुनकर सियासत बी भठियारिन मुस्कराईं। पनडब्बा निकाला, दो बीड़े आप जमाए और जूठन बुल्लेशाह को इनायत की। बुल्लेशाह के सात पुरखे और आने वाली सात पीढ़ियाँ निहाल हो गईं। फिर कलम चूम के बी सियासत बोलीं कि ऐ मेरे पालतू बंदर। बस, मेरे इशारे पर चला कर। मैं जो कहूँ वही लिखा कर। गर सच को कहूँ झूठ, तो तू झूठ बोल दे। हक के खिलाफ बोल...बस, जिहाद बोल दे। मैंने भठियारे इलाही से बदला लेने की ठानी है। सरायफानी के मुसाफिरों को मिस्मार करने की मन्नत मानी है। तवारीव के वर्क यह साबित करते हैं कि सराय इलाही की है, औ' मुसाफिरों की बस्ती है। मगर मेरी निगाह में औकात हक की सस्ती है। मैं दौलत की बहन हूँ, उसकी अज़ीज़ हूँ। सोने की आव देख बनी मैं कनीज़ हूँ। इसलिए ऐ प्यारे बुल्ले, तू फूट, हज़ार बार फूट। झूठ से अपने तन को काला कर। बहन दौलत का बोलबाला कर। मैं हक का नाम लेके नाहक करूँगी शोर। मगर इस शोर को तू सच न समझना मेरे भोले बालम। यह मेरी चाल है, मेरी अदा है, मेरा चकमा है। मेरा दफ्तर तो बस झूठ का मुहकमा है। दुनिया सरायफानी के गरीब मुसाफिरों के लिए मैं पकवान बनाऊँगी, मगर उन्हें दौलत के चहेतों को खिलाऊँगी। रिपब्लिक का नाच नाचूँगी, मगर पब्लिक को अँगूठा दिखाऊँगी। दौलत का हो गुलाम दुनिया का हर बशर। बस आज सियासत को है कोरी यही फिकर। तू एक काम कर। जो मेरी राह के रोड़े हैं उनको तबाह कर। कल्चर और लिटरेचर, आर्ट औ' साइंस, हिस्ट्री और हक का फलसफा...ये मुए मेरी पोल खोलते हैं। तू इनकी कमर तोड़ दे ऐ मेरे प्यारे बुल्ले, इनकी खबरें न छाप, इनकी आँख फोड़ दे। इनमें से जो मेरे गुलाम बन जाएँ, उनकी वाह-वाह कर; बाकी को तबाह कर।

मैना बोली कि ऐ तोते, इसके बाद क्या हुआ ? तोते ने आह भरकर कहा कि इसके बाद जो होना था वही हुआ। बी सियासत ने कमर लचकाकर तेगेनज़र का वार किया और झुककर बुल्लेशाह को चूम लिया।

मैना ने फिर पूछा कि तब बुल्लेशाह ने क्या किया ?

तोते ने जवाब दिया कि बुल्ला जवानी का मारा करता क्या ! सियासत के जोबन से मखमूर हुआ। हक से बहुत दूर हुआ। ईमान उनका चूर हुआ।

यह कहकर तोते ने एक ठंडी साँस ली और दरख्त की डाल पर अपनी गर्दन डाल दी। मैना से उसकी यह हालत देखी न गई। फुदककर उसके पास आई, चोंच से चोंच मिलाई और बोली कि न रो मेरे साथी, न रो मेरे हमदम। हक का दर्जा ऊँचा है। सराय इलाही की है, मुसाफिरों की बस्ती है। बी सियासत और बुल्ले की ये दास्ताँ निहायत सस्ती है। वक्त आएगा जब अक्ल आएगी। दुनिया में फिर से बहार

आएगी। ये देख, भोर हुआ। परिंदों का शोर हुआ। आओ, हम इनके साथ हों। एक होकर आवाज़ बुलंद करें। बी सियासत और बुल्लेशाह की हस्ती क्या है जो हमारी आवाज़ को दबा सकें।

यह कहके मैना ने तोते को उठाया, नया जोश दिया। फिर दोनों पंख फैलाकर ऊँचे आसमान में तेज़ी से उड़ चले।

(1952)

एक दिल हज़ार अफसाने

कोल्हापुर के शालिनी सिनेटोन में ऊपर बने हुए एक ईंटिया, टीन के छप्पर पड़े कमरों की कतार में एक कमरा मेरा भी था। वही मेरा घर और दफ्तर था। टाट के झीने पार्टीशन के दूसरी तरफ पब्लिसिटी वाले कमरे में मौलाना रहते थे। वह इंदौर के रहने वाले और अपने प्रदेश के मशहूर कांग्रेसी लीडर थे। उस वक्त व्यक्तिगत सत्याग्रह के अपराध में जेल भुगतकर हाल ही में छूटे थे, देश-सेवा ने बीवी-बच्चों को बेगाना बना रखा था, अब उन्हीं से अपनापन निबाहने के लिए काम की तलाश में भटकते-भटकते बंबई और बंबई से कोल्हापुर आ गए थे। मैं भी एक फिल्म के संवाद लिखने के लिए बंबई से गया था। अनजानों के बीच हम अपने होकर मिले। ज़बान, वज़ादारी, तकल्लुफ को मौलाना अपने पुरखों की अमानत के तौर पर सहेजकर रखते थे और करीने से बरतते थे। गदर में उजड़कर तितर-बितर हुए अवध के घरानों में से एक उनका भी था। शालिनी सिनेटोन के उस टाट के पार्टीशन लगे, एक ईंटिया कमरे में मेरे लिए लखनऊ आबाद हो गया।

घनघोर बरसात की रातों में जब कंपनी के पब्लिसिटी डिपार्टमेंट की छत छलनी बन जाती, तब मौलाना का रैन-बसेरा भी उजड़ जाता था। वह मेरे ही कमरे में मेज़ का दफ्तर अलमारी में पहुँचाकर उसी पर अपना बिस्तर जमाते थे। पानदान की कसम, हमने बड़े अच्छे दिन बिताए हैं। इमारत के नीचे, साँपों से, और इमारत के अंदर गनपती के नाम के लाल रंग के बिसखोपड़ों से—जिन्हें मारना वहाँ वाले बुरा समझते हैं—घिरे हुए हैं, टीन की छत पर मूसलाधार बारिश का धौंसा बज रहा है, हवा बड़े जोम के साथ कंपनी के 'सुतारखाने' के बने हुए लिफाफिया दरवाज़ों से ज़ोर-आजमाइश करने के लिए बार-बार झपटती है और कब्जे-कुंडी से मजबूर बिचारे दरवाज़े चर्र-चर्र की आवाज़ के साथ खड़खड़ाकर रह जाते हैं। लेकिन हम इन सबके आदी हो चुके थे। उस खड़खड़-धड़धड़ में नींद तो आती नहीं थी, अकसर ऐसी रातें हम बातों में गुज़ार देते थे।

कह ही चुका हूँ कि मौलाना बड़े शरीफ, देवता आदमी थे। लेकिन मैं कोल्हापुर के रियासती माहौल में कभी-कभी गरीबुलवतनी की हाय से तड़पकर छाँव पाने के लिए जान-पहचान की एकाध जगह में शहर भी चला जाया करता था। लौटने में

कभी देर हो जाया करती थी। ताँगेवाले खास तौर पर चौमासे की रात में एकाएक शालिनी सिनेटोन जाने के लिए राज़ी न होते थे। वह इलाका आबादी से दूर और साँपों की पैदावार के लिहाज़ से बड़ा उपजाऊ था। भय में भूत तो जुड़ ही जाते हैं। अकसर पैदल ही लौटना पड़ता था। शालिनी पैलेस और झील किनारे की रोशनी-भरी ज़िंदगी के बाद जब एक हाथ में टॉर्च और एक में छड़ी लिए मैं मौत-लोक में कदम रखता, तो मौलाना की याद आती—वह कितनी सादी और सधी हुई ज़िंदगी बिताते हैं। और मैं ? गुनाह से दबे हुए, लेकिन आदत से मजबूर शराबी की तरह रात के ग्यारह-साढ़े ग्यारह बजे जब दोनों तरफ घने पेड़ों से छाई हुई अँधेरी सड़क से गुज़रता तो वह डग-डग पर दिखाई पड़ने वाले साँपों और न दिखाई पड़ने वाले भूतों के अलावा मेरी लाख-लाख सूझती अंधी तौबाओं से भर जाती थी। सड़क के दोनों तरफ नीचे फैले हुए झाड़-झंखाड़ों से तरह-तरह की सीटियाँ सुनाई पड़ती थीं। तेज़ और दम साधकर बजने वाली सीटियाँ, मद्धिम झनझनाहट से गूँजती हुई सीटियाँ, 'पुक-पुक' की डबल गंज उठाकर कानों में खौलते तेलों-सी टपकने वाली आवाज़ें, झिल्ली-झींगरों की लंबी मनहूस झंकार, मेंढक की टर्र-टर्र, बीच-बीच में ऊपर से घुग्घुओं और उल्लुओं का कर्कश स्वर साँस को सलाख की तरह खड़ा कर देता था। ऊपर-नीचे, दाएँ-बाएँ– हर तरफ साँपों का ही डर बना रहता था। सघन पेड़ सड़क को सायबान की तरह ढके रहते थे, जिसमें चौमासे की बादलों घिरी रात का अँधेरा और भी गहरा होकर सूनी सड़क पर छाता था। पेड़ों की नीची डाली से लिपटकर झूलते हुए साँप भी अकसर दिखाई पड़ जाते थे, ज़रा औचक से भी उनके नीचे होकर कोई गुज़र जाए तो सीधे ब्रह्मांड में ही विष के दाँत गड़ें। अकसर टॉर्च की रोशनी में खुश्की की लहरों जैसे बल खाते हुए ये खौफनाक कीड़े चमक जाते थे। मैं अपने भाग सराहता कि जान बची।

एक बार टॉर्च जलाते ही, चार-पाँच कदम बाएँ पर एक बड़ा नाग अपनी केंचुल छोड़ता हुआ दिखाई पड़ा। टॉर्च की रोशनी पड़ते ही उसने तड़पकर फन उठाया। उसकी आँखों की चमक मेरी नज़रों को बाँध गई। फिर न जाने कौन-सी बुद्धि समाई कि मैं टॉर्च बुझाकर वहीं का वहीं खड़ा हो गया। बत्ती बुझा देने से अँधेरे में और भी तबीयत उलझती थी, कहीं पैरों के पास ही न आ गया हो। न रहा गया, टॉर्च जलाई। नागराज जा चुके थे। उनकी ढाई-तीन फुट लंबी केंचुल सामने पड़ी हुई थी। सारे डर के बावजूद उसे उठा लेने को जी चाहा। जल्दी से रूमाल निकाला, छड़ी के सहारे केंचुल उठाकर रखी और उसकी पोटली बाँधकर ले चला।

चलते-चलते रास्ते में खयाल कहाँ का कहाँ ले गया। मैं सोचने लगा, रूमाल में साँप की केंचुली के बजाय फूलों के गहने हैं, जिन्हें लेकर मैं आपसदारों की निगाहों

से छिपता-कतराता पिछवाड़े की गलियों से चाहत की मंज़िल की तरफ बढ़ता जा रहा हूँ। मुझे हँसी आ गई।

आकर देखा, मौलाना मेरे ही कमरे में मेज़ पर आसन जमाए बैठे हैं। मुझे देखते ही बोले, "आ गए पंडित जी ! कसम खुदा की जो आज के बाद फिर कभी देर से लौटे तो अनशन करूँगा मैं। आप यों नहीं मानेंगे।"

मैंने हँसकर कहा, "आपके लिए तजुर्बे की सौगात लाया हूँ, मौलाना।" मैंने रूमाल खोलकर उनके सामने रख दिया। किस्सा सुनकर बोले–"मानता हूँ कि आप लखनऊ के हैं।" बातों-बातों में लखनऊ की रंगीनी किस्सागोई का फन बन गई। रोमान की तवारीख के वर्क उलटते हुए मौलाना ने एक किस्सा उठा लिया। फरमाने लगे :

" मेरे एक अज़ीज़ थे, और बड़े दोस्त भी। ज़मींदारी उनकी सीतापुर में थी, मगर रहना-सहना ज़्यादातर लखनऊ में ही होता था। आप तो खैर, शौक के फूल ही चुनते हैं, मगर वह इश्क के बाग के माली थे। उन्होंने घर फूँककर तमाशा देखा। सदा दर्द-जिगर से ही तड़पते रहे।

" एक बार का किस्सा बतलाते थे कि उनकी मुलाकात एक लड़की से हुई, नाम था शबनम। उसमें कुछ बात थी जो इनके दिल में घर कर गई। बहुत से रिश्ते बने और बिगड़ गए, मगर शबनम गले का हार बन गई। बाली उमर, बड़ी-बड़ी आँखों में बाज़ार की शोखी और घर की लाज का संगम लहराता था, जिसे अज़ीज़ कभी पार न कर पाए, पुतलियों की भँवर में सदा के लिए डूब गए।

" शबनम नखास की गलियों में किसी खस्तादम कोठी के बचे-खुचे हिस्से में बदरिया ढके पूनों के चाँद-सी रहती थी, जिसने देखा वही उस गली का होकर रह गया। माँ अपने शबाब के दिनों में कहीं पान की दूकान चलाती थी। एक नवाब की नज़रे-इनायत हो गई, खानगी बनकर लखनऊ चली आई। जब तक नवाब रहे, दौरदौरा रहा। उनके बाद घरवालों ने उसको और शबनम को, सब कुछ छीनकर, रोटी-कपड़ों से भी मुहताज कर, घर से निकाल दिया। रियासत और इज़्ज़त के साथ ज़िंदगी बसर करने की आदत ने उन्हें बाज़ार में कोठा लेने से तो रोक दिया, मगर पेशा करने पर मजबूर कर दिया। दलाल के सहारे खानगी का कारबार चलने लगा। उम्र पाकर शबनम ने माँ को सहारा दिया। उनकी उम्मीदों के नए सपने बँधने लगे, मगर मौत ने वे सपने पूरे न होने दिए। शबनम पड़ोस के मकान में बड़ी बी की सरपरस्ती में आकर बस गई। बुद्धन दलाल शौकीन और रईसज़ादों में घूम-घूमकर उसके हाथ के कढ़े तकिये के गिलाफ, मेज़पोश वगैरह बेचकर उसकी, उसके बड़े खानदान और ऐशो-इशरत की कहानी के बड़े-बड़े दीवाते बाँधता, 'कहाँ तो ये हालत

थी कि जिसको अपने हाथ से चुटकी उठाकर दे दी, उसका घर पल गया, और आज वही ताज़े गुलाब के फूल-सी मासूम बच्ची अपना पेट पालने के लिए मेहनत-मशक्कत करती है।'

" मेरे अज़ीज़ से शबनम की मुलाकात तब हुई जब वह बड़ी बी के यहाँ रहने लगी थी। बड़ी बी की कमर और गर्दन से खम खाई हुई देह, जिसकी गोरी चमड़ी पर अनगिनत झुर्रियों से उनकी गई-गुज़री जवानी की रूह झाँकती, उस घर के टूटे-फूटे कोठे-दालानों में डाली से गिरे चमेली के फूल की तरह धीरे-धीरे इधर-उधर डोलती हुई बड़ी भली मालूम होती थी। हर किसी के दिल में उनको देखकर इज़्ज़त पैदा होती थी। ताज़ा बुझी हुई शमा के गुल में मंदी चमक के मानिंद बड़ी बी की काँपती हुई आवाज़ का हर पर्दा एक पर्दानशीन दर्द की झलक बनकर सुनने वालों के कानों में समाता। बड़ी बी अकसर शबनम से कहा करती, 'ज़िंदगी बखेर बेटा, लेना, खूब खेलना—मगर देखना कि खेलते-खेलते गम के पहलू में किसी के दिल का चैन न खो जाए। खुदा न करे किसी की रातें नींद की दुश्मन बन जाएँ। जज़्बात की सफेद चादर पाँव पोंछकर पाँव रखना बिटिया, कहीं दाग न लग जाए।'

" तब कोई उनकी माड़े से धुँधली पुतलियों को गौर से देखता, तपती हुई बालू पर तड़पती हुई मछलियाँ जिन पर आँसू भी नहीं पिघलते। हर बहार खिज़ाँ बनकर बड़ी बी की झुर्रियाँ-पड़ी धुँधली आँखों में समा गई थी। चेहरा बर्फ की तरह सर्द, सफेद। तोड़ने पर बर्फ के अंदर से भी धुआँ निकलता है, लेकिन बड़ी बी का नाता उससे भी टूट चुका था। हर तरह से टूट चुकी थी। उस ज़माने की क्यारी के टूटे गुलाब के फूल-सी मुर्झा चुकी थी, जिसकी खुशबू अभी तक लखनऊ की मिट्टी में बसी हुई है।"

मौलाना रुके। मैंने पान पेश किए। दास्तान के नशे में हम दोनों ही झूम रहे थे। पल-भर के लिए भी खुमार के तौर पर शालिनी सिनेटोन के उस टाट के पार्टीशन लगे एक-ईंटिया कमरे को महसूस करना मुझे अच्छा नहीं लगा। नानी-दादी की कहानियाँ सुनते वक्त जैसे हुंकारी भरते हैं, मैंने भी कहा, "हाँ मौलाना, फिर ?"

मौलाना ने तकिये का सहारा लिया। पान की गिलौरी मुँह में एक-दो बार इधर-उधर फेरकर गाल में दबाई और कहने लगे :

"हाँ साहब, तो एक दिन की बात है कि मेरे अज़ीज़ जब पहुँचे, तो पता लगा कि शबनम पास-पड़ोस वालियों के साथ शाहमीना की दरगाह पर चादर चढ़ाने गई है। वह उसका इंतज़ार करते हुए कुछ देर के लिए बड़ी बी के पास बैठ गए। नवाबी के रंगीन आलम से लेकर आज के खुदगर्ज़ ज़माने तक उन्होंने बहुत कुछ देखा-सुना था, कठिन आँचों में तपी थी। ज़िंदगी के नए-पुराने तजुर्बों का भंडार लुटाते हुए बड़ी

बी एक दास्तान सुनाने लगीं। उनकी काँपती हुई आवाज़ धीरे-धीरे बयान कर चली :

" ईद का दिन था, बरस-भर का त्योहार। शाही महलों में बेगमात से मिलने के लिए शहर के बड़े-बड़े अमीरो-उमरा और अच्छे घरों की बहू-बेटियाँ भारी-भारी जोड़े पहनकर डोले-पालकियों पर चढ़ी चली आ रही थीं। महल के फाटक पर पालकियों का ताँता बँधा हुआ था। एक खाली होती है, दूसरी आगे बढ़ती है। कोई अंदर से मिलकर लौटती है, उसकी पालकी के कहारों की पुकार पड़ रही है। चारों तरफ 'हटो-बचो' की धूम मची हुई है। दूर-दूर तक डोले-पालकियाँ महलों में जाने के इंतज़ार में खड़ी हैं। पीछे के कहार आगे वालों को हाँक मार रहे हैं कि जल्दी करो, जल्दी करो।

" उसी तरफ से बादशाह के एक चचाज़ाद भाई गुज़रे। घोड़े पर सवार चले जा रहे थे कि एकाएक नज़रें अटक गईं। एक डोले के परदे से किसी गुलबदन की जरदोज़ी का काम की हुई, लहरियोंदार ओढ़नी का कोना बाहर लटक रहा था। ओढ़ने वाली कितनी अल्हड़ होगी, सोचते ही नवाब का जी लहरा उठा। घोड़े से उतरे, डोले के नज़दीक आए, ओढ़नी ऊँची उठा दी। डोले वाली ने बाहर किसी का हाथ महसूस किया, तो परदे के नीचे से चार गोरी-चिट्टी हिनाई उँगलियाँ सहमकर बाहर निकल पड़ीं। ओढ़नी अंदर चली गई, साथ ही नवाब साहब का दिल भी।

" डोली वाली के लिए तो आई बात पार भी हो गई, मगर नवाब साहब सीतलपाटी ले पड़ गए। दिल में ऐसी जली कि ईद होली-सी दहक उठी। उन चार नाज़ुक उँगलियों वाली का न देखा हुआ भोला-सा मुखड़ा रात के सितारों में तरह-तरह से नक्श हो गया। अनजान ने जान ले ली। जिसने देखा, मुँह से हाय निकली। महलों में कुहराम मच गया। नवाब साहब दिन-ब-दिन सूखकर काँटा होते जा रहे थे। घर-घर के लोग पूछते कि क्या हुआ, कुछ तो कहिए कि बात क्या है ? बेचारे नवाब फकत आँखों से नीर बहाकर निसाँस ढाल देते। कहते भी क्या ? जिसके माशूक का पता न हो उसके दिल का ठिकाना भी भला क्या पूछिए ?

" नवाब साहब के हम-प्याला हम-निवाला थे एक मिर्ज़ा साहब। न माने, एक दिन कसम खाकर इस पर तुल गए कि या तो गम में शरीक होंगे, वरना यहीं पर जान दे देंगे। वह दोस्त क्या, जो दोस्त के काम न आए ?

" बहुत कहने-सुनने पर नवाब साहब ने अपने दिल की बात कही और दोस्त के गले से लिपटकर रोते हुए बोले कि मिर्ज़ा, भला इस पागलपन का भी कोई इलाज है ? मगर मैं क्या करूँ ? ऐसी घड़ी का रोग लगा है कि जान लेकर ही जाएगा।

" मिर्ज़ा बोले, 'आप ये सोग-विरोग छोड़िए, जैसे रहते थे, रहिए। मैं वादा

करता हूँ, खुदा ने चाहा तो महीने-भर के अंदर ही जिसने आपको रुलाया है, वही पहलू में हँसाने भी आएगा।"

मौलाना रुके, कहा, "पंडित जी, चाय पीजिएगा ?"

मैंने कहा, "किस्सा पूरा कीजिए, मौलाना। अभी तो मेरी जान भी नवाब के साथ ही वादे की सूली पर टँगी हुई है।" मौलाना मुस्कराए, फिर बँधे खयाल के नशे में उनकी आँखें लहरा उठीं। कहना शुरू किया, "खैर, जनाब, मिर्ज़ा साहब वादा करके तो चले आए, मगर यह समझ में न आया कि आखिर इस गुत्थी को सुलझाएँ क्योंकर ? उस दिन सैकड़ों डोले महलों में आए थे। कैसे पता चले कि उनमें लहरियों वाली कौन थी ? शहर में जितने कहारों के अड्डे थे, एक-एक करके सब छान मारे। चारों तरफ कुटनियाँ छोड़ीं, हर अमीर-उमरा की महरियों, बाँदियों को मिलाया—सब जतन करके हार गए। किसी तरह भी पता नहीं चला कि लहरियोंदार ज़रदोज़ी की ओढ़नी ओढ़कर कौन चोर महलों में घुसा था, जो नवाब साहब का दिल ले आया। मिर्ज़ा मायूस हो गए। वादे की मुहलत पूरी होने में बस दो ही एक दिन और बचे थे। यही सोचें कि अगर बात न निभा सका तो दोस्त को क्या मुँह दिखलाऊँगा। और खुदा न करे कि नवाब यह सदमा बर्दाश्त न कर सकें। उन्हें कुछ हो गया, तो फिर मैं ही जीकर क्या करूँगा। जी में ठान लिया कि बस आज रात खुदकशी कर लेंगे।

" दिन में घर का एक-एक कोना हसरत-भरी निगाहों से देखा : बेगम के साथ चौपड़ खेली, मीठी बातें कीं, घर के नौकरों-चाकरों को बात-बात पर बख्शीशें दीं कि मरने के बाद याद करें। शाम को छत पर चढ़े कि बस अब आखिरी दिन है, दो घड़ी यहाँ बैठ लें...जाने कितनी चाँदनी रातें वहाँ बेगम के साथ प्यार की बातों में गुज़ारी हैं।

" ऊपर पहुँचते ही मिर्ज़ा की आँखें चमक उठीं, कलेजा धक् से रह गया। अपने और पड़ोसी के बीच की दीवार पर कुछ कपड़े फैले हुए देखे, उनमें ज़रदोज़ी की काम की हुई एक लहरियोंदार ओढ़नी भी थी।

" मिर्ज़ा उलटे पाँव नीचे लौटे। बेगम से पूछा, 'ऊपर कपड़े किसके सूख रहे हैं ?'

" 'मेरे।' बेगम ने सादा-सा जवाब दे दिया।

" मिर्ज़ा का चेहरा मुर्दों की तरह सफेद हो गया। जी को कड़ाकर फिर पूछा, 'ईद के दिन महलों में क्या यही दुपट्टा ओढ़कर गई थीं !'

" ' हाँ, क्यों !' बेगम की परेशानी बढ़ रही थी, मियाँ क्यों पूछ रहे हैं।

" मिर्ज़ा साहब ने और भी जी को कड़ाकर पूछा, 'उस दिन कोई खास बात हुई थी ?'

" बेगम उलझन में पड़ी। फिर सोचकर कहा, 'और तो कुछ नहीं, मुझसे बेपर्दगी हो गई थी, दुपट्टा बाहर लटक रहा था। कोई शरीफज़ादे बेचारे⋯"

"बात पूरी भी न हो पाई थी कि मिर्ज़ा को गश आ गया। इतनी देर में बेगम पहेलियों के जाल में तड़प-तड़पकर घुट गई। होश आने पर मिर्ज़ा ने बेगम को सब हाल सुनाया, कहा, 'अब तुम मेरे किसी काम की न रहीं। आज ही तलाक दूँगा, और आज रात को ही तुम्हें नवाब साहब के महलों में जाना होगा।'

" बेगम ने लाख सिर पटका, बहुत रोई, कहा, 'यह तुम किस कुसूर की सज़ा दे रहे हो मुझे ? ऐसा मैंने क्या गुनाह किया है ?'

" मिर्ज़ा साहब का कलेजा फटने लगा। बड़ी मुश्किल से अपने ऊपर काबू पाया, बोले, 'दोस्ती का हक अदा कर रहा हूँ बेगम। तुम अगर ज़रा भी मुझे प्यार करती हो तो मेरी लाज निभाना।'

" यह कहकर तीन बार तलाक-तलाक कहा और नवाब साहब के यहाँ चल दिए। जाकर हँसते हुए बोले, 'भाई जान, मुँह मीज कराइए, आपकी मुराद बर आई।'

" नवाब ने गले से लगा लिया।

" उसी रात डोले के साथ मिर्ज़ा नवाब साहब के यहाँ गए। बेगम वही लहरियोंदार ओढ़नी ओढ़कर आई थी। डोला अंदर पहुँचा दिया गया। नवाब की बाछें खिली जा रही थीं। बार-बार पागल की तरह मिर्ज़ा को गले लगाकर यह कहते कि तुम्हारे अहसान का बदला किसी कीमत से न चुका सकूँगा।

" मिर्ज़ा हँसकर बोले, 'पहले अंदर जाकर अपना जी तो भर लीजिए। मैंने पहचानने में गलती तो नहीं की ? फिर मैं इजाज़त लूँ और आप अपना दिल शाद फरमाएँ।'

" नवाब साहब अंदर तशरीफ ले गए। ओढ़नी पहचानी। ओढ़नी वाली पर सौ जान से कुर्बान हुए। उनके तसव्वुर से कई लाख गुना ज़्यादा वह हसीन थी। मगर उनके जानो-ईमान की मलका फूलों की सेज पर बैठी चौधार आँसू बहा रही थी। बड़ी-बड़ी कसमें दिलाने के बाद राज़ खुला। नवाब ज्यों के त्यों बैठे रह गए। दोस्त ने क्या देकर दोस्ती का हक अदा किया है। एक वह है, और एक⋯

" नवाब साहब बाहर चले आए। मिर्ज़ा ने कहा, 'कहिए, पहचाना ?'

" हाँ मिर्ज़ा, पहचाना। तुम भला गलती कर सकते हो ?⋯मगर मिर्ज़ा, मुझे वहाँ जाते डर लगता है।'

" 'डर ? और आपको ? क्या फरमाते हैं नवाब साहब ?' मिर्ज़ा ने ताज्जुब के साथ कहा।

" सही अर्ज़ करता हूँ, मिर्ज़ा। मैं जब-जब सेज़ की तरफ बढ़ता हूँ, अँधेरे में

रोशनदान से एक हाथ निकलकर मुझे मना करता है। मैं डरकर काँप जाता हूँ, मिर्ज़ा।'

" 'मुआफी बख्शें, मगर मुझे आपकी बात पर यकीन नहीं आता नवाब साहब।' मिर्ज़ा सोच में पड़कर बोले।

" 'तुम खुद ऊपर जाकर देख लो···हाँ, हाँ, बेखटके चले जाओ। भला तुमसे भी कोई पर्दा है ?'

" दोस्त से इजाज़त पाकर मिर्ज़ा अंदर तशरीफ ले गए। बेगम से पूछा, 'तुमने बेजा ज़िद तो नहीं की ?'

" तभी रोशनदान में से एक हाथ झलका। मिर्ज़ा ने फौरन ही तलवार चला दी। हाथ कटकर अंदर गिर पड़ा।

" मिर्ज़ा फौरन बाहर आए, मगर देखा कि नवाब साहब वहाँ तशरीफ नहीं रखते। शक हुआ। पीछे जाकर देखा तो उनके कटे हाथ से खून के धारे बह रहे थे।

" 'यह क्या किया, नवाब साहब ?'

" नवाब तकलीफ को ज़ब्त कर मुस्कराने की कोशिश करते हुए बोले, 'इसी नापाक हाथ ने दोस्त की बीवी का पाक दामन छुआ था। इसकी यही सज़ा थी, मिर्ज़ा।'

" मिर्ज़ा देखते रह गए।"

कुछ देर के लिए हम दोनों ही चुप रहे। मौलाना ने एक ठंडी साँस ली, होंठों पर दर्द की भीनी मुस्कराहट आई, बोले, "और क्या आपको यह भी बतलाना पड़ेगा कि यह कहानी बड़ी बी की आपबीती···"

"यह बात तो खैर कहानी शुरू होते ही साफ हो गई थी। किस्सा बड़ा रंगीन और दिलचस्प है। दिल पर असर भी करता है···मगर यहाँ कोई खास अच्छा असर नहीं पड़ा मेरे दिल पर। सच कहूँ मौलाना, कहानी मुझे किसी आशिक मिज़ाज़ लखनवी की रंगीन कल्पना-सी मालूम होती है।"

मौलाना तब तक स्टोव के पास पहुँच चुके थे। शायद उन्हें मेरी बात अखरी। मेरी ओर से मुँह घुमाकर बोले, "मैं तो समझता हूँ कि इस कहानी में ज़बर्दस्त मारेल है, पंडित जी।

बात काटकर मैं तुरंत बोल उठा, "यही न कि दूसरों की बहू-बेटियों के दुपट्टे पर आशिक होना चाहिए और दोस्ती का फर्ज़ अदा करने के लिए कुटने-कुटनियों का जाल बिछाकर उन्हें भगा लेने की तरकीब करनी चाहिए ?"

मौलाना अचकचाकर मेरी ओर देखने लगे। ज़ाहिर था कि इस कहानी की बाबत उनकी बरसों की राय पर मेरी बातें कुल्हाड़ी चला रही थीं और उससे उन्हें

तकलीफ महसूस हो रही थी। मौलाना जब बहस में उलझते या नाराज़ होते तो वह नकसोरे फुलाकर दो-एक साँस झटकार लेते थे, इस बार भी वैसा ही करके बोले, "पंडित जी, आप दूसरे ही नुक्ते-नज़र से देख रहे हैं। मेरी राय में दोस्ती की फर्ज़-अदायगी इस कहानी की जान है—इसका मारेल है। साथ ही उस बेचारी बड़ी बी की दुःखभरी कहानी भी कलेजा मसोसकर रख देती है।"

"मुझे उस पर भी रहम नहीं आता, मौलाना। वाजिदअली-कल्चर में पलने वाले मिर्ज़ा या नवाब को तो मैं नज़रअंदाज़ भी कर सकता हूँ। मगर जिस शहर में बेगम हज़रतमहल ने औरतों की फौज बनाकर अंग्रेज़ों के छक्के छुड़ाए हों, बड़ी आफतों से मोर्चा लिया हो, उस शहर और उस ज़माने की औरत इतनी लाचार हो कि...."

"भई पंडित जी, मियाँ, दिल देखा करो, यार।" मौलाना स्टोव के पास से उठ आए। उनके चेहरे से दीनता टपकी पड़ती थी। वह मिर्ज़ा, नवाब और बड़ी बी की तरफ से दया की भीख माँग रहे थे। मेज़ के पास आकर खड़े होते हुए बोले, "आप तो वकील की तरह बहस करने लग जाते हैं, किब्ला। अजी हर औरत हज़रतमहल या लक्ष्मीबाई नहीं बन सकती, उस तरह जैसे हर मर्द महात्मा नहीं बन सकता। हमें इंसान को उसकी कमज़ोरियों के साथ प्यार करना चाहिए। कमज़ोरियाँ न हों, तो इंसान इंसान न रहे।"

मौलाना का यह मर्म, हरएक के लिए हमदर्दी से भरा हुआ दिल सौ बातों का एक जवाब बन जाया करता है। जी को यों परस जाता है कि चुप होते ही बनती है। मगर मेरे मन में बात उबल रही थी। फिर भी तैश को सँवारकर ठंडे मन से मैंने जवाब दिया, "मौलाना, मैं भी कमज़ोरियों का कायल हूँ। खुद भी अनजान में बहुत-सी कमज़ोरियाँ लाद ली हैं। मगर जैसे-जैसे समझ आती जाती है, कमज़ोरियों से लगाव रखने की नीयत भी कम होती जाती है।"

मौलाना मुस्कराए, कहा, "अजी कहाँ ? आप तो अभी भी अँधेरी रात में साँप की केंचुल बटोरते फिरते हैं, हज़रत। आखिर हैं तो आप भी नवाब साहब के ही हमवतन ? और जब तक आप ऐसे करम फरमाते रहेंगे, बहुत-सी शबनम और बड़ी बी जनाब की जूतियों के तुफैल से परवरिश पाती रहेंगी। अच्छा खैर होगा, आइए, चाय बन गई।"

मौलाना ने मेरी कमज़ोरी पर छींटा मारकर मन के उबलते हुए हक को अपनी जगह पर बिठा दिया, यह सही है, मगर इससे वह ठंडा नहीं हुआ। बात घुमड़ती रही। रह-रहकर इसी का मलाल होता कि अपनी ही बुरी आदत से मैं मन की सचाई का मुँह बंद कर देता हूँ। मुझे अपने ऊपर गुस्सा आ रहा था।

चाय बनी, मेरा ध्यान उलझनों के समुद्र में गहरा डूब रहा था।

मौलाना मुझे अनमना देखकर जल्दी ही अपने कमरे में चले गए। मैं अपनी आदत पर गौर करता रहा। सचमुच मौलाना की मीठी मार ने मुझे आज बुरी तरह घायल कर दिया था।

और यह भी सच है कि यह आदत अब महज़ एक आदत रह गई है, इसमें वह तड़प नहीं रही जो कभी आठों पहर आह-वाह और हाय की मौजों में लहराती हुई आँखों में रंगीन ख्वाब के नशे को दुबला किया करती थी। अब असलियत समझ में आ गई है। फिर भी कभी काम-काज से थककर, अक्ल के दड़बों में पलने वाले तरह-तरह के खयालों से ऊबकर जी चाहता है कि अपने आपको मस्ती से भर लूँ, थोड़ी देर के लिए बेफिक्र बन जाऊँ, इतना खुद्दार हो जाऊँ कि दुनिया की हर चीज़ मेरी परवाह करती नज़र आए। पैसे फेंककर यही खब्त रंगीन मिज़ाजी की सूरत अख्तियार कर लेता है।

यह आदत लखनऊ की ही देन है। इसे खुशनशीबी कहूँ या बदनसीबी मानूँ कि मैंने अपने बचपन में उस लखनऊ की आखिरी उड़ती हुई-सी झलक देखी है, जिसमें ओढ़नियों पर आशिक होने वाले फनकार रहते थे। कनकौव्वों में नोट चिपकाकर उड़ाए जाते थे। शाम को चौक के सँकरे बाज़ार में चिकन के कुर्ते, दुपलिया टोपी, दुपट्टा, धोती या छकलिया अँगरखा, नुक्केदार दुपलिया, चूड़ीदार पाज़ामा, पट्टेदार बाल और सुरमई आँखों का मेला लगता था। उनके साथ रेशमी रूमालों से ढके हुए, मुट्ठियों से भीजते हुए हज़रत बटेर भी तशरीफ लाया करते थे। मेहँदी से रची हुई दाढ़ी वाले मियाँ जी भी लंबा कुर्ता और ढीली मोहरी का पाजामा पहने, कंधे पर दुपट्टा डालकर पतली-सी संदूकची में इत्र-फुलेल, अंजन, मंजन और मिस्सी के अलावा नए फैशन के पाउडर, लेवेण्डर और 'ओटो दिल बहार' लिए कान पर हाथ लगाकर कोठेवालियों को पुकारा करते ये, "माशूकाना।…!!"…गोल दरवाज़े के फाटक पर फूलों के गहने और गज़रे लेकर माली अपने बेला, चमेली और मोतिये की वाहवाही में आप ही मगन रहते थे। रईसों के यहाँ शादी-ब्याह के मौके पर दिनों और हफ्तों तक नाच-गाने और भाँडों की महफिलें हुआ करती थीं। यहाँ साग-सब्ज़ी तक गा-गाकर बेची जाती थी। गली-सड़कों में हर वक्त बड़े-बड़े तानसेन राग अलापते घूमा करते थे। जगह-जगह मुशायरे होते थे और अकसर होते थे। कहीं तीतर लड़ाए जाते थे, कहीं बटेर और बुलबुल। हर तरफ मस्ती और बेफिक्री का आलम था।

लखनऊ उस वक्त भी अपनी पुरानी कहानियों से नई ज़िंदगी में रस पा रहा था। खरबूज़े और आमों की फसल में घर के बर्तन-भाँडे और बीवी के सुथने तक बेचकर ज़बान को रस देने वाले शौकीन मौजूद थे। अफीमचियों, मदकचियों, चण्डूबाज़ों और निठल्ले गपफरोशों की फौज नए ज़माने से पिट चुकी थी, मगर मोर्चा

नहीं छोड़ा था। जहाँ महफिल हो रही हो, वहाँ दरवाज़ों के धक्के और गालियाँ खाकर, चिल्ले के जाड़े में फकत मजलिसी रईसों के कीमती गर्म कपड़ों के ध्यान में रात काटकर जानों और बाइयों के सुरीले गलों पर निछावर होने वाले मुफलिस तमाशबीन भी देखने को मिल जाते थे। दीवाली की जमघट में कनकौवों की किस्मों और रंगों की मीलों लंबी फेहरिस्त लोगों की ज़बानों पर दौड़ती थी, सवा का तीन, अद्धा, छह का दस, आड़ा-सीधा-पोनतावा, पट्टीकम ताव, कलीदार, मुक्कैशिया, झुल-झुल, बाँची, दमड़ची, जमधड़, खरबूज़िया, लँगोटिया, सिंघाड़िया, करौंदिया, तौकिया, मालेदार, लट्ठेदार, पट्टीदार, तिपन्ना, दुपन्ना, दुबाज़, चाँदतारा, मौगदार, सुराहीदार और न जाने कितने नाम और किस्में। बुढ़िया की दमड़चियाँ मशहूर थीं। यूसुफ हुसैन के बड़े कनकौवों की धूम थी। कनकौवेबाज़ों में मुहम्मद हादी, नवाब कज़ल, छोटे-बड़े आगा, फत्तन साहब, बाबू भसड़े, लाला मेलीमल के नाम जबाहरलाल, सुभाष बोस और सरदार पटेल की तरह मशहूर थे। जली खुरशैद और ठाकुर नवाबअली के पेचों के किस्से बखाने जाते थे। लाला मुन्नेलाल कागज़ी ने तो पंचखड़ी इमारत इसलिए बनवाई थी कि दिखावा अच्छा रहे, पेच लड़ाने में सुभीता हो। लड़के लंगड़ और लग्गे लिए दौड़ा करते थे। दिल्ली और कानपुर से मैदान बदे जाते थे, बड़ी-बड़ी शर्तें लग जाती थीं कि फलाँ के हाथ में कनकौव्वा रहा तो दूनी चौपड़ पड़ जाएगी। एक-एक पेच पर वह शोर मचता था कि कानों के पर्दे फट जाएँ। 'अबे झोल है, पेटा है, अबे नीचे घर से, अबे ऊपर घर से वो, कन्नी से मारा, वो काट्टा।' दीवाली में खिलौनों और आतिशबाज़ी की भी धूम रहती थी। गोल दरवाज़े से अकबरी दरवाज़े तक खिलौनों की नुमाइश लगती थी। फलों की तश्तरियाँ देखिए तो मालूम पड़े कि डाल के तोड़े रखे हैं। उँगली के पोर बराबर इकन्नी के सोलह पंछी मिलते, सफाई ऐसी कि क्या मज़ाल नकल और असल में भेद रह जाए। फिर भी बड़े बुज़ुर्ग कहा करते थे कि अब वह बात बात नहीं रही। लोग मेवा को याद करते जो मूर्तियाँ बनाने में अपना सानी नहीं रखता था। मास्टर काशीनाथ के खिलौने की सजावट देखते ही बनती थी। फर्शी आतिशबाज़ी ऐसी बनती थी कि कपड़े या हाथ पर जलाइए, और बाल बाँका न हो।

मुहर्रम के ताज़िये, मर्सिये और इमामबाड़े की रोशनी देखने के लिए दूर-दूर से लोग आते थे। क्वार में सआदतगंज की झाँकियाँ, नौटंकियाँ और रहसभरथरी की धूम मचती थी। दुर्गा टुंडे ऐसी भरथरी खेलते थे कि जब मरे तो शहर-भर की मंडलियाँ उनकी लाश के साथ नाचती-गाती हुई गईं। सुबह की चली अर्थी रात के दो बजे गुल्लाले के मशान पहुँची। पार की इंदर सभा मशहूर थी। खयालबाज़ों में लखनऊ के कलगीवाले सरनाम थे। शंभू शायर खड़ी के घराने के बाबा मायाराम और

हाफिज़ अहमद अली जहाँ चंग लेकर बैठ जाएँ, वहाँ तिल रखने की जगह न मिले। लखनऊ कलावंतों का घर था। पांडों खिलौना और फज़ल हुसैन जिस महफिल में न हों, वह महफिल वीरान—नक्कालों में बड़े पेट वाले कदर और मुकद्दर न हों तो हँसी के फव्वारे कैसे छूटें ?

कहीं नाच होता तो लोग बिंदा-कालका की जोड़ी की याद करते थे। तवायफें बिंदा महाराज का नाम लेकर पैरों में घुँघरू बाँधती थीं।

बाँकों का बाँकपन निकालकर गो उन्हें सींका कर दिया गया था, मगर शरीफों के लड़के उनके डर से तब भी अकेले घर से निकल नहीं पाते थे। उनके किस्से तो अभी दो-तीन बरस पहले नब्बन इक्केवाले से सुने थे; "हुज़ूर, यह शहर ही बाँकों का है। एक से एक नामी उस्ताद यहाँ पर हो गए हैं। सौ-सौ पट्ठों को साथ लेकर बाज़ार में निकलते थे। बड़े-बड़े रईस तक उनसे थर्राया करते थे बंदानवाज़।

" यहाँ एक हरनासिंह महाराज हो गए हैं, हुज़ूर। बिरहमन थे। एक ही फिकैत। और तमंचा तो ऐसा चलाते थे कि उड़ती चिड़िया भूनकर रख दें। एक बार हुज़ूर बाज़ार में बैठे थे तो उधर से शाहजी की सवारी निकली। और शाहजी का यह हाल गरीब-परवर, कि शहर के सबसे बड़े सेठ-बादशाह तक उनकी इज़्ज़त करते थे— हुज़ूर, अल्ला आपको जीता रखे—जी हाँ। तो वह तामझाम में चले जा रहे थे, पचास सिपाही साथ में। बड़े रुआब थे उनके हुज़ूर, बड़ा दबदबा था। कुछ लहर आ गई तो बैठे-बैठे मूँछों पर हाथ फेर लिया। ऐ हैं, बस कुछ न पूछिए बंदानवाज़, इस ज़रा-सी बात में गोलियाँ चल गईं। शाह जी का दस्ते मुबारिक हुज़ूर मूँछों से पलटा भी न होगा कि दन्न से गोली दाग दी हरनासिंह महाराज ने। वह तो कहिए किस्मत के धनी थे। बच गए, गोली तामझाम में बने शेर को लगी वरना ढेर हो गए होते। नंबरी निशानेबाज़ थे, सरकार लखनऊ के बाँके थे—उस्तादों के उस्ताद—उनसे बर्दाश्त नहीं हुआ हुज़ूर कि कोई उनके सामने मूँछों पर ताव देके निकल जाए। यह उस वक्त के बाँकों की आन थी। क्या मज़ाल कि उनके सामने कोई टेढ़ी-तिरछी टोपी पहनकर निकल जाए, उनके मनपसंद का जामा-जोड़ा पहन ले या उनके सामने मूँछों पर ताव फेरे। मगर शाही हुक्म के आगे हरनासिंह भी कुछ नहीं थे, हुज़ूर। मुश्कें कसवा दी गईं उनकी। भरे दरबार में जानेआलम ने कोतवाल से फरमाया कि क्या देखते हो, सूली पर चढ़ा दो फौरन। अल्ला आपको जीता रक्खे, अब ज़रा शाह जी का जिगरा भी फरमाएगा। लचक के उठे, झुक के ताज़ीम की और अर्ज़ करने लगे कि आलीज़ाह, मेरी तो दोनों आँखों का सवाल आ गया है। इधर देखता हूँ तो जहाँपनाह का हुक्म हो चुका है, किसकी मजाल कि फौरन अमल न करे, और उधर नज़र जाती है, तो हुज़ूर मेरे पुरोहित की जान जाती है।

"बादशाह सलामत ने उन्हें छोड़ दिया, हुजूर। ऐसे इकबाल के आदमी थे। अरे हुजूर, इन्हीं हरनासिंह का किस्सा है कि पीर बुखारे में बादशा के साले रहते थे। पंच भैयों के नाम से मशहूर थे। अपने यहाँ काप्तैन का जुआ कराते थे, बंदानवाज़। उनका यह कायदा था कि खुद जीते तो कोई बात नहीं, और जो कोई जीता तो उसे जान से मारकर रुपया छीन लेते थे। बाश्शा के साले थे इसलिए उनका कोई कुछ बिगाड़ तो सकता नहीं था, जो चाहते थे कर गुज़रते थे। मगर हरनासिंह महाराज उनसे भी रुपया ऐंठ लाते थे, हुजूर। एक हाथ में तमंचा और एक हाथ में कौड़ी लेके खेलते थे, सरकार।

"हमारे वालिद बताया करते थे, और कुछ तो सरकार, हमने भी देखा है कि गदर के बाद अंग्रेज़ी सल्तनत तोपों के ज़ोर से कायम तो हो गई, मगर जम न सकी। यहाँ बाँकों का राज था। अच्छे-अच्छे रईसों के पलस्तर उखाड़ डालते थे। बाँका कहलाना शान की बात समझी जाती थी, हुजूर। वे लोग बात की आन भी निबाहते थे, हुजूर। जिसका नमक खाते थे, उसका अदा भी करते थे। ननकऊ, सनकऊ, तनकऊ तीन भाई थे हुजूर···कायस्थ, बड़े बेढब। हाजी बेगम के यहाँ कुड़की आई तो उन्होंने तीनों को दरवाज़े पर बिठा दिया। लौट गए कुड़क वाले। बड़े जुल्म करते थे हुजूर। उस वक्त में लड़कों का खूबसूरत होना गुनाह था। आए दिन खून-खराबे होते थे शहर में। उस्ताद सुभानखाँ, बुद्धूखाँ, ज्वालेमस्त उस्ताद शिदी गुलामअली—हाकिम इनके नाम से घबराते। गरीब परवर, यह तो कहिए कि एक अंग्रेज़ कमिश्नर आया, हुज़ूरे आली। उन्होंने चाल चली। उन्होंने ऐलान करवाया कि हुकूमत लखनऊ के बाँकों के करतब देखना चाहती है। इनाम और सनदें बाँटी जाएँगी। सबके सब जमा हो गए हुजूर। वहीं घेर लिए गए। तब से शहर में अमन कायम हुआ है, अल्ला आपको जीता रखे।"

गदर का आँखों देखा हाल सुनाने वाले जईफ भी उस वक्त मौजूद थे। आलमबाग की लड़ाई, सिकंदरबाग, दिलकुशा, शाहनजब, कदमरसूल, बेगम कोठी और सआदतगंज के मोर्चों का हाल, राजा बालकिशन, मौलवी अहमदशाह, विदेही हनुमान, बेगम हज़रतमहल और उनकी जनानी फौज की बहादुरी के किस्से और शहर के कत्लेआम का आँखों देखा हाल सुनकर रोंगटे खड़े हो जाते थे। किस्से जो उस छोटी उम्र में सुने थे···काश, आज उसी तरह याद रहते तो गदर की कुछ ज़िंदा तस्वीर पेश कर सकता।

हमारे मुहल्ले में छोटी कालीजी के पास एक बूढ़े लाला रहा करते थे। सौ के करीब उनकी उम्र थी। घर में कोई नहीं था, घर खँडहर हो रहा था। सामने वाला बैठका और वह दालान जिसमें कि रसोई करते थे, उसे छोड़कर घर की हर कोठरी, दालान

और छत मिट्टी की पुरानी गुड़गुड़ियों से अटी पड़ी थी। सुबह सात बजे बासी गुड़गुड़ी पीकर आधा फर्लांग दूर बड़ी कालीजी के बाज़ार से नई गुड़गुड़ी लाने के लिए अपने घर से चल देते थे और दस-ग्यारह बजे से पहले कुम्हार की दुकान तक पहुँच नहीं पाते थे। कदम-कदम पर बच्चे, बूढ़े, जवान, सब उन्हें टोकते कि "लाला, चौक चलोगे ?" और लाला वहीं पर रुककर कहने वाले की, साथ ही अंग्रेज़ों की माँ-बहिन और सात पुश्त को गालियाँ सुनाने लग जाते थे। रास्ते-भर एक मिनट के लिए गालियों का ताँता नहीं टूटने पाता था।

गदर के बाद से लाला ने चौक का बाज़ार नहीं देखा था, इस डर से कि कहीं वह भी न बदल गया हो। गदर में अंग्रेज़ों ने उनके घर में घुसकर उनको और उनके लड़कों को खंभों से बाँधकर उन्हीं की आँखों के सामने घर की बहू-बेटियों को बेइज़्ज़त किया था। बाद में बाप-बेटों को गोली मारकर, सामान लूटकर चले गए। बहू ने अपने पति के लिए साधा गया निशाना लेकर जान दी। पति फिर भी नहीं छोड़ा गया। दूसरी गोली ने उसकी भी जान ले ली। बड़ी लड़की ने कुएँ में कूदकर जान दी, छोटी का पता नहीं क्या हुआ। लाला बदनसीबी से ज़ख्मी होकर भी बच गए।

उस ज़माने के शरीफज़ादों की तरह गो मुझे भी वर्षों तक अकेले घर से बाहर निकलने का मौका नहीं मिला। गली-बागों में खेलने वाले हमउम्र लड़कों को अपने घर से ही हसरत-भरी नज़रों से देखकर रह जाता, फिर भी समय की छाप मुझ पर ज़रूर पड़ी। बहुत-सी पहेलियाँ मेरे अकेलेपन का खिलौना बनकर ज़िंदगी में समा गईं। इसीलिए जब उम्र पाकर आज़ादी हासिल की तो संगी-साथियों में दोनों तरह के लोगों को चुन लिया।

नसीरुद्दीन हैदर, वाजिदअली शाह, शबनम, बड़ी बी और बाँकों के शहर में, गालियाँ लिखी हुई दीवारों के मुहल्ले से निकलकर दूर-दूर फैली हुई हरियाली की तरह ही बड़ी दुनिया में भी लखनऊ की खूबियों को पहचाना। मीर तकी मीर, इंशाह, नासिक, आतिश, अनीस, दबीर, मीर हसन, दयाशंकर नसीम, मिर्ज़ा जौक, शरसार, चकबस्त और आरजू ने लखनऊ की सैर की, बैनी प्रवीन और विशाल के साहित्य की कच्ची कुड़ियों को मज़बूत बनाने वाले शिवनाथ शर्मा, पुरंदर, मिश्र बंधु, रूप नारायण पांडेय और महाकवि निराला की अटूट लगन से नया जोश लेकर रामविलास शर्मा के साथ आगे बढ़ा। दूसरी तरफ कुछ ऐसे भी साथी मिले जो जज़्बात के फूलों की पंखुड़ियाँ नोच-नोचकर उन्हें हवा में तितलियों की तरह उड़ाते चलते थे।

मेरी नई जवानी के साथियों में ऐसे भी एक सिनरसीदाखाँ साहब थे, जिनकी सुरमई आँखों में पुराना लखनऊ लहराया करता था। खाँ साहब ने गो कभी किसी

उस्ताद से नाच नहीं सीखा था, मगर जब बैठकर भाव बतलाते थे तो अच्छी-अच्छी नाचने वालियाँ भी पानी-पानी हो जाती थीं। फरमाया करते थे, "यहाँ वालों में बस एक ही ऐब है—नज़र का ऐब। इसीलिए लखनऊ बदनाम है। मगर क्या ऐब है, बंदानवाज़। बकौल शायर के :

खुदा आबाद रक्खे लखनऊ को फिर गनीमत है,
नज़र कोई न कोई अच्छी सूरत आ ही जाती है।"

एक लफ्ज़ 'लखनऊ' में ये तमाम तस्वीरें सिमटकर सदा मेरे साथ रहती हैं। आदमी अपने माहौल से जुदा होकर कुछ भी नहीं। वह जिस जगह रहता है वहाँ की आबोहवा, कुदरत के नज़ारे, वहाँ का इतिहास, रीति-रिवाज़, रहन-सहन सब कुछ जाने-अनजाने तौर पर उसके जीवन का अंग बन जाता है। वह उससे अपने को अलग करके रह ही नहीं सकता।

तब क्या अपनी खूबियों और खामियों के साथ जिस हद तक मेरा विकास हुआ है, वही आखिरी सीमा है ? लखनऊ जैसा है, वैसा ही रहेगा ? पहली शंका जितनी ही निराश करने वाली थी, दूसरी उतनी ही आशावान साबित हुई। मोह का मारा आदमी अकसर अपने बारे में साफ नहीं सोच पाता, दूसरे की मिसाल के आईने में खुद को देखकर असलियत को पहचानना उसके लिए आसान होता है। जब लखनऊ के विकास को लेकर सोचने लगा तो महसूस किया, लखनऊ बदला है। मेरे देखते ही देखते लखनऊ बहुत बदला है। उसने तरक्की की है। जिन गलियों में कभी सूरज की रोशनी नहीं पहुँची, वहीं अब उर्दू-हिंदी के अखबार पहुँचने लगे हैं। लोग अपने और दुनिया के गहरे नाते को नई नज़र से देखने लगे हैं। लखनऊ नवाबों से पहले मंडी के रूप में अपनी अहमियत को अब भूल चुका है, नवाबी ज़माने का रंगीन नगर भी महँगाई के बमों की मार खाकर खँडहर हो चुका है, नया लखनऊ राजनीतिक चेतना लेकर आगे बढ़ा है; यू०पी० की राजधानी होने के नाते ही उसने नई अहमियत, नई ज़िंदगी पाई है।

यह यही है कि पुरानी परंपराएँ हर सतह की ज़िंदगी पर गहरा असर डालती हैं। महाजनी सभ्यता की मिठास, मिलनसारी, दुनियादारी के ब्यौहारों की कुशलता और चतुराई अवध की सामंती सभ्यता के संस्कारों के साथ समान भाव से शहर की तहज़ीब व तमद्दुद पर गहरा असर डालती हैं। विशाल मैदान, अवध की बड़ी ही उपजाऊ धरती, यहाँ के लोग-लुगाइयों को सहज मस्ती से भरा मन देती है। मस्ती, बेफिक्री, कल्पनाशीलता यहाँ का आम स्वभाव है। इसके साथ ठाकुरशाही, खुद्दारी और अक्खड़पन एक तरफ और दूसरे तरफ बनियापन की कायरता यहाँ की आम

जनता में घुल-मिलकर अनेक रूपों में झलकती है। ये दोनों रंग एक होकर कहीं झूठ, शेखीखोरी, लफ़्ज़ों की लड़ाई, बेशर्म और निहायत ही टुच्ची ज़िंदगी के नमूने पेश करते हैं। और कहीं शराफत, आनबान, दरियादिली, निडर तबीयत और बुलंदखयाली बख़्शते हैं।

मुगल साम्राज्य की शक्तियों के बिखरने पर पतन के ज़माने में लखनऊ कस्बे से शहर बना था। कस्बा भी ऐसा जो बड़ी पुरानी मंडी होने की वजह से बेशुमार दौलत का धनी था। नवाबों ने लखनऊ के और लखनऊ के नवाबों के चलन में कहीं समानता पाई, कहीं दोनों ने एक-दूसरे पर असर डाला, एक नई लखनवी सभ्यता ढली। इसमें जहाँ कई तरह के फन और हुनर चमके, अवध के आला दिमाग का पता चला, वहाँ साथ ही साथ कनकौवेबाज़ी, चंडूबाज़ी, रंडीबाज़ी वगैरह तरह-तरह की बाज़ियों पर इंसान के दिमाग की रचनात्मक शक्तियों की बाज़ी लगा दी गई, उनका बलिदान कर दिया गया।

हाँ, एक बात जो खास तौर पर वाजिदअली शाह के ज़माने में बड़े मार्के की हुई, वह यह थी कि हिंदू-मुस्लिम संस्कृतियाँ मिलकर शहर को नई चेतना दे गईं। होली, दीवाली, मुहर्रम समान रूप से नगर के त्यौहार बने। मस्ती में उरूज़ की यह मिसाल—हिंदू-मुस्लिम-एकता इस शहर की अनूठी खूबी है। मस्ती, दरियादिली, एकता और कला के प्रेम से इस शहर में इंसानियत की देवी का सिंगार हुआ है। इंसानियत का यही रूप इस शहर की उन्नतिशील आत्मा है। यही उसके विकास की शक्ति है।

मन को लगा कि यही स्वभाव अपने असली रूप में मेरे भी विकास की आत्मा हो सकता है—होगा—है। दिमाग की गुत्थी सुलझने के आसार नज़र आए। आदतें स्वभाव के सहारे अमरबेल-सी चलती हैं और उसकी शक्ति लेकर खुद ही फूलने-फलने लगती हैं—खुद स्वभाव बन जाती हैं। मगर यह नकली स्वभाव फौरन ही अपनी असलियत की थाह पा जाता है, जबकि ज़माने की कद्रें बदलती हैं, शहर और समाज बदलता है, इंसान बदलता है। गलियों के दायरे में रहकर मेरी ज़िंदगी कुछ और थी, मेरे खयाल कुछ और थे। ज्यों-ज्यों बाहर की दुनिया देखता गया, नए-नए प्रांतों और नगरों की संस्कृतियों से जान-पहचान बढ़ती गई, संस्कृति की अनेकता और एकता का गहरा संबंध समझ में आता गया। मेरे विचार बदले, आदतें बदलीं, ज़िंदगी बदल गई।

यह सब होते हुए भी मैं एक जगह न बदल पाया। मेरा मनोरंजन और मेरे सिद्धांत दो अलग-अलग जगहों से रस पाते रहे। इंसान की आर्थिक, राजनीतिक और सामाजिक बराबरी को मानकर भी मैं उस पर अमल कहाँ कर पाता हूँ। अपनी

सुख-सुविधाओं के लिए दूसरों की आर्थिक दासता को कुबूल करता और दूसरों से करवाता हूँ। ये दो विरोधी बातें जब आपस में टकराती हैं, तो मैं चिड़चिड़ा उठता हूँ। समझौते की भावना इसी चिड़चिड़ाहट को ठंडा करने के लिए आती है। और समझौते के मायने हैं कि जहाँ हों वहीं खड़े रहें। इस बंधन में रस कहाँ, और रस बगैर आनंद कहाँ, जीवन कहाँ !

मैं और मेरा शहर बहुत बदलकर भी, बहुत तरक्की कर लेने के बाद भी, इसी बंधन में जकड़े हुए हैं। संस्कृति के अनेक अंगों को कमाल की हद तक कलात्मक बारीकियों से सजाकर भी हम उसका इस्तेमाल उन चंद लोगों को खुश करने के लिए करते हैं, जिन्होंने अपनी दौलत के असर से समाज को बाँध रखा है। हमारी कलाएँ सिर्फ व्यक्ति को खुश करने में ही अपनी तमाम खूबियों को निछावर कर देती हैं। और जो कलाकार सिर्फ अपनी कला को ही रिझाता है, उसे समाज से रोटी-कपड़ा मिलना दूभर हो जाता है। इस महाजनी-सामंती सभ्यता के संस्कार अपनी खूबियों को वैसे ही लील जाते हैं, जैसे नागिन अपने बच्चों को। कसरत-कुश्ती का शौक बाँकपन बन जाता है। नृत्य-संगीत, शिल्प, साहित्य, चित्रकला—सब रईस की विलासिता के ज़रखरीद गुलाम बनकर पूरे समाजी जीवन की कद्रों पर गहरा असर डालते हैं।

मगर उन सबको बदलना होगा। क्या मैं इन्हें नहीं बदल सकता ? क्या मैं अपनी कमज़ोरियों के ऊपर नहीं उठ सकता ?

"आई कैन। आई कैन।" मैं अंग्रेज़ी में बड़बड़ा उठा। मेरा निश्चय विदेशी भाषा में ढलता है। इससे खुद अपने आप पर ही ज़ाहिर हो रहा है कि मेरा निश्चय अपना नहीं—दिल का नहीं—सिर्फ दिमाग का है, विचारों का है। उफ रे इंसान की मजबूरी ! उफ रे मेरी नज़र का ऐब !

इसी नज़र के ऐब ने, जिसे मैंने कभी बड़े शौक से दिल के काबुक में बटेर की तरह पाला था, आज मौलाना के सामने लाजवाब कर दिया। मन की बात मन ही में घुमड़कर रह गई। यह नज़र का ऐब अब महज़ एक हविस की तरह पलता है और मेरे मन में पूजा पाने वाली हज़रतमहल और लक्ष्मीबाई की मूर्ति को खंडित कर उनकी जगह शबनम और बड़ी बी पर तरस खाने के बहाने अपनी प्यास को बढ़ावा दिया करता है।

रात करवटों में ही बीती।

सुबह पाँच बजे टैक्सी वाले ने रोज़ की तरह आकर दस्तक दी। उन दिनों फिल्म की शूटिंग न होने के सबब से रोज़ ही टैक्सी पर कोल्हापुर के आसपास के दृश्य

देखने निकल जाता था। एक बार अलसाया, मगर फिर चल पड़ा।

सड़क और पहाड़ियाँ झीनी फुहारों के धुँधलके से भरी थीं। ठंडी मज़ेदार हवा रात की कोरी आँखों को लोरियों-सी छू रही थी। टैक्सी की तेज़ रफ्तार की गूँज कानों में भरने लगी। सिर की झनझनाती नसों को आराम मिला, ठंडक पड़ी। झपकी आ गई।

मोटर का हॉर्न बजा, मेरी नींद खुल गई। इतनी देर में ही बड़ा सुख मिल गया, मन में ताज़गी आ गई। आँख खुलते ही मैं सीधा टिककर बैठ गया। सामने एक पहाड़ी नाले पर बना हुआ एक छोटा-सा पुल था। पुल की ऊँचाई तक बढ़े हुए पेड़ों के सघन कुंज। सड़क की ऊँची सतह पर और नीचे घाटियों में खेत और छोर तक फैली हुई हरियाली, झोंपड़ियों से निकलता हुआ धुआँ फुहारों से टक्कर लेकर ऊपर उठ रहा था।

मोटर का हॉर्न फिर बजा। दो बैलगाड़ियाँ खड़-खड़ करती छोटी-सी सड़क को बड़े ज़ोरों से घेरे चली आ रही थीं। मोटर के हॉर्न ने उन्हें बतलाया कि अभी स्वराज नहीं हुआ। गाड़ीवान ने हड़बड़ाकर 'टिख-टिख, हिला-हिला' की। घंटियाँ बड़ी मस्ती के साथ टुनटुनाकर बैलों से झूमती-झूमती हुई मेरे कानों के पास से गुज़र गईं। और गाड़ियों के निकलते ही टैक्सी कोल्हापुर के पास से होकर बहने वाली पंचगंगा नदी के पुल पर आ गई। पंचगंगा को देखकर मुझे अपने यहाँ की गोमती की याद आई, मुझे बड़ी खुशी हुई। बरसात में नदी का बहाव तेज़ था।

गोमती से लखनऊ और लखनऊ से रात की बात—याद की कड़ियाँ जुड़ीं। दिमाग फिर मन की चिंता समेटने लगा।

बुझी हुई चौकोर कंदील को हाथ में लिए हुए एक आदमी और उससे एकदम ही सटकर एक औरत चली जा रही थी। मुझे अपने बच्चों की याद आ गई। मैं मुड़कर उस जोड़े को देखने लगा। सड़क पर छाया हुआ बारिश का धुँधलका और पुल के नीचे से पंचगंगा का एक कोना झलक रहा था—इस बैक-ग्राउंड में उस जोड़े की सिलुएट सरीखी वह छवि मुझे बड़ी ही अच्छी लगी। बरबस अपनी पत्नी की याद आ ही गई। शर्म से आँखें यों झेंप गईं जैसे वह मेरे पास ही बैठी हों। नज़रें दूसरी तरफ देखने लगीं। सड़क की बाईं ओर दो पेड़ों का सहारा पाकर फैलती हुई अमरबेल को देखा। दोनों पेड़ों पर बुरी तरह छाकर वह बीच में झूले की पटरी की तरह लटक रही थी। इन दरख्तों के पीछे एक झोंपड़ी, उसके सामने एक बैलगाड़ी रखी हुई, वहीं मुर्गे का एक जोड़ा पास-पास चुग रहा था।

अपने गुनाह से बचने के लिए दिमाग उपन्यास और कहानियों की कल्पना में बहने लगा। मैंने राहत महसूस की और उसे बढ़ने दिया। कल्पनाएँ और विचार मोटर

की रफ्तार के साथ ही स्पीड पकड़ने लगे।

खेत के किनारे एक दो-ढाई साल का बच्चा नंग-धड़ंग नाच रहा था। उसकी मस्ती ने रोम-रोम में आनंद की लहरें उड़ा दीं। तरह-तरह की तस्वीरें तेज़ी से मन में झलकने लगीं। सोचने लगा, किसी फिल्मी-कहानी का हीरो पिकनिक पार्टी में ऐसी झीनी फुहारों से खुशनुमा मौसम में खड़ा होकर नाच रहा है। सब उसकी मस्ती पर हँस रहे हैं, हीरोइन भी हँस-हँसकर रीझ रही है। फिर खयाल आया, नहीं, ऐसी मस्ती का इस्तेमाल किसी ड्रामाई घटना के साथ हो। मान लो हीरोइन मर गई है, हीरो श्मशान में नाच रहा है। या मान लो कोई ऐसी सिचुएशन हो जैसे···जैसे··· रोम जल रहा है और नीरो खड़ा बीन बजा रहा है। शहर के जलने का सीन बड़ा ज़बर्दस्त बनेगा, पर नीरो बजाय बीन बजाने के अगर नाचे तो अच्छा होगा। कल्पनाएँ टेढ़ी-मेढ़ी गलियों में होती हुई न जाने कहाँ की कहाँ पहुँच गईं। हर तस्वीर सजती, मन को थोड़ी देर के लिए लुभाती। फिर उससे जी ऊब जाता, मन नई तस्वीर खोजता। तस्वीरों में से पात्र की मस्ती और बेफिक्रापन गायब हो गया, सिर्फ नृत्य का ही भाव रहा। नृत्य भी हो सकता है···"नटनम अडिनाँ···र···" मन में दक्षिणी स्वर और आरकेस्ट्रा गूँज उठा। फिर सोचा, नहीं नटराज के बजाय कत्थक नाच हो। बड़ी महफिल में हो। उँ-हूँ, अकेले हीरो ही बैठा है—मैं बैठा हूँ। लखनऊ में हूँ। सिकंदर नाच रही है :

हटो छेड़ो न कन्हाई।
काहे की रार मचाई।।
पकड़ो न सारी मोरी, हटो—चलो, जाओ··

गेहुएँ रंग की बड़ी-बड़ी आँखों वाली, कमानीदार भवें, पतले होंठ, लंबी-नुकीली नाक, पतली कमर जैसी वाकई कम देखने में आती है, बड़ी सुडौल जिस्म वाली···मैं उसे सर सिकंदर कहकर पुकारता था। मगर शरीर से वह जितनी ही सुंदर थी, दिमाग उतना ही कुंद। नाच अच्छा जानती थी, पर उसमें जान नहीं डाल पाती थी। उसके मुकाबिले में बड़े मुनीर···

नाम ध्यान आते ही रस आ गया। गोल चेहरा। चेचक होते हुए भी हसीन लगती थी। छोटे-छोटे कत्थे से रँगे दाँत। आगे दो दाँतों में सोने की कीलें चमकती थीं। ठोड़ी पर देहाती किस्म का फूल गुदा हुआ। गाँठ गठीली-सी, लंबी चोटी वाली। उसमें अदब की रंगीनियत थी, गालिब पर जी-जान से फिदा···ओफ। कैसी बुरी मौत पाई बेचारी ने। सिफलिस से सारा बदन सड़ गया था, होंठ और नाक का हिस्सा तक जल गया था। हे भगवान् !

पुरानी याद से रोम-रोम सिहर उठा। मन बेहद गिर गया। गहरा डूब गया। फिर झुँझलाहट पैदा हुई, कहाँ से कहाँ सोच गया। सारी मस्ती गायब हो गई। वह रस जो खेल में नाचते हुए बच्चे से पाया, अब मेरा होकर ज़हर बन गया !

मैं थक गया। बेदम हो गया।

फिर बड़े मुनीर की आखिरी हालत की तस्वीर के साथ मौलाना की बात याद आई, "जब तक आप मेरे करम फर्मा रहेंगे···" मगर यह कौन-सा करम है जो मैं या मेरे ही जैसे खुदगर्ज़ रंगीन मिज़ाज समाज के ऊपर करते हैं ? यह कौन-सा ऐसा रस है, जिसके पीछे एक शहर के कल्चर की सारी शक्तियाँ लगा दी जाती हैं ? कुटनियाँ, गुंडे, शोहदे, दलाल, मेरे और मेरे ही जैसे लोगों के रस की परवरिश करने के लिए न जाने कहाँ-कहाँ से औरतों, लड़कियों को भगाकर लाते हैं। उनके ऊपर बला के ज़ोर-जुल्म करते हैं, दिन-भर मज़दूरनी की तरह उनसे काम-काज करवाते हैं, हमें रिझाने की तालीम देते हैं और रात में···कभी-कभी तो एक रात ग्यारह-ग्यारह आदमी··· ।

बड़े मुनीर का ऐसा ही हाल हुआ। जब बीमार पड़ी तो उसके तन की कमाई खाने वाला राक्षस दल उसे छोड़कर चला गया। मैं महसूस करने लगा कि इस पेशे को बढ़ावा देने वाला मैं भी जाने-अनजाने तौर पर उसकी दर्दनाक मौत का ज़िम्मेवार हूँ। ओढ़नी पर आशिक होने वाला लखनऊ बड़े मुनीर का हत्यारा है ?

इस नज़र से अपनी बुराई पहले कभी नहीं देखी थी। अपनी ही नज़रों में मैं मामूली गुनहगार नहीं, बल्कि हत्यारा बन गया। मेरा सारा पढ़ना-लिखना, सोचना, मेरा आदर्श, फलसफा सब बेकार था। मैं झूठा साबित हुआ।

बरसों बाद मेरा संगदिल पिघलकर पानी-पानी हो गया।

गाड़ी गैबी पीरघाट पहुँच चुकी थी। मोटर से उतरकर ऊँची पहाड़ियों के साए में मैं खड़ा हो गया। कुदरत की हर शै मुझ पर फटकार बतला रही थी। पीर की मज़ार पर मैंने रो-रोकर कसम खाई–"अब नहीं। अब नहीं।"

(रचना 1945-50, प्रकाशन 1951)

जंतर-मंतर

मंतर के बल से आदमी को शेर से भेड़ बना देने वाले पाटेनाले के शाहजी शैतान की भाँति प्रसिद्ध हैं। होली, दीवाली या दशहरे की आधी रात को मसान में किसी शव की छाती पर बैठकर, तेली की खोपड़ी में बकरे के रक्त की स्याही रखकर सुर्खाब के पर से उल्लू की कलेजी पर ऐसा जंतर लिख देते हैं कि आदमी की क्या हस्ती, शैतान भी कुत्ते की तरह दुम हिलाने लगता है। कादिर मियाँ का कहना है कि उनका सिन पौने चार सौ बरस का है, परंतु मौला पहलवान उनकी आयु सवा चार सौ बरस की बताते हैं।

नवाब मुन्ना साहब के हाते में बसने वाले दूकानदार दो सौ रुपये माहवार के वसीकेदार चंदा नवाब उर्फ चाँद लखनवी के शब्दों में ऐन एतवार के दिन इत्मीनान के साथ बैठकर बनाए गए खुद अल्ला मियाँ की कारीगरी के खास नमूने हैं।

उस दिन ज़रा-सी बात पर पीरबख्श ने कादिर मियाँ की पटाबनेठी के फकत दो ही चार हाथ दिखाकर गम खा लिया। कादिर मियाँ उस हाते में पिछले चार साल से बरफ बेचते हैं, और पीरू सिर्फ इसी साल से फुटपाथ पर तराजू लटकाकर बरफ की दो सिलें लेकर बैठकर कहने लगा है–"पाँच आने मन लुटा दिया, भाई !"

एक दिन कादिर मियाँ के पुराने ग्राहक छोटे मिर्ज़ा ने पीरू से एक पैसे की बरफ खरीद ली। कादिर मियाँ की छाती पर जैसे किसी ने मुक्का मार दिया। अपने को सँभालकर कादिर ने उनसे कहा, "आप भी हुजूर, आज किसके कहे में आ गए ? भला वह बरफ खरीदने काबिल है ?"

छोटे मियाँ ने मुस्कराकर कहा, "क्यों भई, उसमें खराबी क्या है ?"

"अजी, हुजूर, सदर वाली पल्टन के गोरे इसी के पानी से नहाते हैं। जितनी बरफ बची, उसे अरदली-बेरा लोग इन ऐसों के हाथ बेचकर अपने कौड़े सीधे करते हैं। तभी तो बेचते हैं पाँच आने तक। हमारे यहाँ तो सरकार, सीधे 'डीपू' से माल आता है। जैसा ऑर्डर हुआ वैसा ही किया। डीपू वाले अभी कह दें कि दो आने मन बेचो, हम दो आने बेचें, नहीं तो चाहे घुल जाए, आठ आने से पौने आठ नहीं हो सकते गरीबपरवर, हाँ।"

भाई रमज़ानी ने कादिर मियाँ को टोकते हुए गंभीरतापूर्वक मुँह बनाकर कहा,

"अमाँ, होगा भी। तुम भी यार, बस वही काजी जी दुबले क्यों ? कहे शहर के अंदेसे से। न भाई, दूर करो इस झगड़े को। असल असल ही है और नकल नकल ही। ये बेटा पीरू के दिन बरफ बेचेंगे ?"

कादिर मियाँ की पीठ पर हाथ रखकर रमज़ानी ने उसे तसल्ली दी। छोटे मियाँ मुस्कराकर चले गए।

पीरू मियाँ शाने हिलाते और कदम तौल-तौलकर रखते हुए कादिर की दूकान तक आए और अकड़कर कहने लगे, "शक्ल चुड़ैलों की, मिज़ाज परियों के। कसम खुदा की, वह भर्राटेदार रसीद किया होगा कि सब सिट्टी-पिट्टी गुम हो जाएगी, बेटा ! हमारे गाहकों को भड़काता है ?"

"हूँ ! क्या सहज समझ लिया है किसी को भर्राटेदार रसीद कर देना। किसी सकत के पाले नहीं पड़े हो अब तक, वरना यह सारी सेखी हवा हो जाती मियाँ, समझे ?" अकड़कर छाती बाहर की ओर निकालते हुए कादिर ने कहा।

दो कदम आगे बढ़कर पीरू बोला, "क्या कहा—ज़रा फिर से कहना ?"

"कहा क्या, जो जी में आया कहा। तुमसे जो बनाए बने, बना लो।" कादिर की घुटी हुई खोपड़ी पर पीरू का कड़ाकेदार हाथ पड़ा चट से। दो-तीन आदमी बचाव करने के लिए बीच में पड़ गए। ज़मीन से गिरी हुई दुपल्ली टोपी को उठाकर सिर पर जमाते हुए कादिर ने कहा, "बड़े सोरे-पुस्त बनते हैं। रुस्तमे-हिंद हो रहे हैं। क्या कमज़ोर समझ के झप से मार दिया। जवानी की कसम, इसका बदला न लिया तो नाम कादिर नहीं। मुसलमान नहीं काफिर कहना, काफिर, हाँ।"

पीरू कुर्सी पर चुपचाप बैठा-बैठा हाथ की नसें चटकाता रहा। कादिर रमज़ानी से धीरे-से कहने लगा, "शाह के यहाँ चलते हो ?"

"कौन शाह ?"

हलके हाथ से ताली बजाकर एक हाथ गाल पर रखते हुए चकित चितवनों से एक क्षण तक चुपचाप देखते रहने के बाद कादिर मियाँ बोले, "ये लीजिए। ये मज़ा देखो—अमाँ, तुम पाटेनाले के शाहजी को नहीं जानते ? लखनऊ में रहते हो ? सारी खिलकत तो दौड़-दौड़कर उनके कदम चूमती है और..."

कुछ झेंपती हुई आवाज़ में रमज़ानी ने बात काटते हुए कहा, "समझ गए मियाँ ! अच्छा, उनके यहाँ क्या करोगे जाकर ?"

"उनकी मेहरबानी से दो दिन में बेटा की आँतें न कट जाएँ तो मूँछ मुँडवा दूँ। इसने समझा क्या है ?"

रमज़ानी ने कहा, "हाँ यार, उनके बारे में सुना तो हमने भी बहुत कुछ है, लेकिन कभी साबका नहीं पड़ा।"

हाथ आगे की ओर बढ़ाकर, हवा में इशारे बाँधते हुए कादिर ने कहा, "अमाँ, वह आदमी थोड़े हैं। कसम खुदा की, पूजने लायक चीज़ है। अभी चार-पाँच दिन पहले की बात है, जब्बार की बीबी के सर का भूत बड़ी सफाई से बैठे ही बैठे चुटकी बजाकर उतार दिया। टिकैतगंज वाले हुसैनी के ऊपर, तुम तो जानते ही हो, कैसी ज़बर्दस्त मूठ फेंकी गई थी। मगर भाई वाह, कमाल है शाहजी को, जैसे ही उनको पता लगा, वह खट से मूठ फेरी कि चलाने वाले का सफाया हो गया। हुसैनी उनके पास मुरीदों में से एक है ना।"

रमज़ानी मियाँ आश्चर्यचकित-से कादिर की ओर देख रहे थे। एक क्षण तक निस्तब्ध रहकर उन्होंने कहा, "अमाँ, हाँ !"

कुछ मज़ाक-सा उड़ाते हुए मुस्कराकर कादिर बोले, "यह लीजिए, आपको ताज्जुब हो रहा है। अमाँ, वह फरिश्ते हैं ! फरिश्ते ! अभी तो दम-भर में तुम्हें विलायत पहुँचा दें, और सारे विलायत को लाकर ऐशबाग के रामलीला वाले मैदान में बसा दें। तुमने उनको समझ क्या रक्खा है ?"

कादिर ने रमज़ानी को अपनी बातों से प्रभावित कर उनमें शाहजी की ज़ियारत करने की एक प्रबल भावना उत्पन्न कर दी। लच्छेदार बातों से अब वह अपने कौतूहल को अधिक न बढ़ने दे सका। उसने आग्रहपूर्वक कादिर मियाँ से कहा, "अमाँ, भाई, कब चलते हो उनके यहाँ ? तुम भी यार खामखा को देर कर रहे हो। इन बेटा पीरू को खूब सबक मिलेगा उस्ताद, चोर साला !"

अवध की नवाबी से भी संभवतः दस-पाँच वर्ष पहले ही पाटेनाले का यह मकान बना होगा। सामने की छोटी-छोटी पुरानी लखौरी ईंटें मकान से अपना संबंध छोड़कर दीवार को खोखला कर चुकी थीं। एकमंज़िला छोटा-सा मकान सन् चौंतीस के भयंकर भूकंप और उससे भी बहुत पहले सन् सत्तावन के गदर की स्मृतियों की छाप अपने शरीर पर लगाकर जीर्ण-शीर्ण दशा में आज भी अपना एक महत्त्व रखता है। सामने छोटा-सा बैठकखाना, जिसमें एक फटी हुई दरी बिछी हुई, एक चौकी पर पुराना-सा गद्दा, उस पर तेल और स्याही के सैकड़ों धब्बों से भरी हुई दस-बारह पैबंद लगी हुई छोटी-सी सफेद चादर पर मैला-सा गाव-तकिया रखा हुआ था। यही शाहजी का आसन था। चौकी के सामने एक छोटी-सी तिपाई पर लोहे का एक पंजा, दस-बीस लाल कपड़े के बने हुए गंडे-तावीज़ और मिट्टी के प्याले में धूप और लोबान रखी हुई थी। चौकी के दूसरी ओर हुक्का और गड़ुवा रखा था। नीचे फर्श पर शाहजी के दो-तीन मुरीद और चार-पाँच तावीज़ पाने वाले इच्छुक बैठे हुए शाहजी के आने की प्रतीक्षा कर रहे थे।

एक ने कहा, "तुमने कुछ सुना, कल मौलबीगंज में डाका पड़ा था ?"

दूसरा बोला, "अमाँ, हाँ भाई, दिन-दहाड़े डाका। अंग्रेज़ी राज न हुआ, अपने हिसाब जैसे नवाबी हो गई। साठ का सिन होने आया। जो कानों से सुना करते थे, वह अब आँखों से देखने में आ रहा है, भाईजान !"

तीसरे ने कहा, "यह कांग्रेसी राज है। सरकार कोई नादान थोड़े ही थी कि झट से सौराज दे दिया। गांधी जी बहुत सौराज-सौराज चिल्ला रहे थे। सरकार ने कहा, "लो, हमने दे दिया, अब करो इंतज़ाम बस। भाई, उन्होंने सौराज तो दे दिया और झट से जेल से डाकू लोग छोड़ दिए···।"

विस्मित भाव से चुपचाप सुनते-सुनते पहले व्यक्ति ने ताली पीटते हुए कहा, "यह लीजिए। मैं अब तक सोच रहा था कि यह आखिरकार कांग्रेस के वज़ीरे-आज़म, वही क्या भला-सा नाम—अरे वही पंथजी, यहाँ क्यों आए थे ?"

कादिर और रमज़ानी ने इसी समय कमरे में प्रवेश किया। सब आँखें एक बार, एक साथ ही उनकी ओर उठ गईं और फिर लोग कौतूहलपूर्वक बोलने वाले व्यक्ति से एक साथ ही पूछ बैठे, "अमाँ, क्या पंथजी आए थे ? अपने शाहजी के पास ?"

दूसरा और बोला, "हाँ भाई, इसमें ताज्जुब की कौन-सी बात है ? हमारे शाहजी कुछ ऐसे-वैसे थोड़े ही हैं। सातों विलायत तक इनका नाम रोशन है, मियाँ, समझते क्या हो ?"

कादिर ने रमज़ानी की पीठ पर टहोका मारकर धीरे-से कहा, "सुन लिया भाई, पंथजी तक यहाँ आते हैं।"

रमज़ानी मुग्ध भाव से मौन हो बैठा ही रहा। उसके मुख की चेष्टाएँ साफ बतला रही थीं कि शाहजी के प्रति उसके मन में अगाध श्रद्धा के भाव उत्पन्न हो रहे हैं और उनके दर्शन करने की इच्छा प्रतिक्षण तीव्र होती चली जा रही है। उसने कादिर से प्रश्न किया, "शाहजी कब तशरीफ लाएँगे भाई ?"

कादिर ने उससे कहा, "अब आते ही होंगे।" फिर बैठे हुए व्यक्तियों से अपना परिचय कराने के लिए उसने नम्रतापूर्वक कहा, "तो पंथजी किस सिलसिले में आए थे, भाईजान ?"

उसने कहा, "अब यह तो कैसे बताएँ मियाँ ! कल दोपहर में उनकी मोटर यहीं गली के नुक्कड़ पर आकर खड़ी हुई। मैं इत्तफाक से वहीं खड़ा सलारू की दुकान पर बीड़ी ले रहा था। सामने देखा तो पंथजी। उन्होंने मुझसे ही शाहजी का पता पूछा। मैं उन्हें यहाँ ले आया। फिर दो घंटे तक मुतबातिर पंथजी और शाहजी में अकेले में बातें होती रहीं। चलते वक्त मैंने देखा, उनके हाथ में तावीज़ थे। अल्लाह जाने भाई, क्या राज है। बड़े लोगों की बातें वही जानते हैं।"

दूसरा व्यक्ति बोला, "अमाँ, आए होंगे वही अपनी सल्तनत के सिलसिले में। यह कांग्रेस वाले हैं। अंग्रेज़ी पढ़े-लिखे हैं तो क्या हुआ, अपना धर्म-ईमान थोड़े ही छोड़ते ये लोग।"

सब लोग इस बातचीत से प्रभावित होकर कुछ देर के लिए मंत्रमुग्ध हो मूर्तिवत् बैठे रहे। वैसे ही अंदर खड़ाऊँ की खटखट ध्वनि सुनाई पड़ने लगी। दूसरे ही क्षण दरवाज़ा खुला और शाहजी ने बैठक में प्रवेश किया।

अभ्यर्थना के लिए सब खड़े हुए।

काला लंबा-सा चोगा पहने, गली में सीपी, शंख, कौड़ियों और बड़े-बड़े मूँगों की पाँच-छह मालाएँ अस्तव्यस्त क्रम में पड़ी हुई थीं। दोनों कानों में इत्र की फुरहरियाँ लगी हुईं, आँखों में महीन सुर्मा, सर के लंबे-लंबे बाल और छाती छूती हुई लंबी दाढ़ी मेहँदी में रँगी हुई थी। दाढ़ी की जड़ों में सफेदी झलककर उनके श्याम मुखमंडल की रौनक बढ़ा रही थी। एक ने झुककर फरशी सलाम करते हुए नम्रतापूर्वक कहा, "आदाब बजा लाता हूँ हुज़ूर !"

"अख्खाह, मियाँ हुसैनी हैं। खुश रहो भाई, खुश रहो। कहो मियाँ, अच्छे तो रहे ?" शाहजी ने पूछा।

"सब आपकी इनायत है, हुज़ूर ! हम लोग इन्हीं कदमों के ज़ेर साए पड़े रहते हैं।"

"ना-ना भाई, ऐसी बात मत कहो। हम सब उसी परवरदिगार के बंदे हैं। उसी के कदमों के ज़ेर साए परवरिश पाते हैं। तोबा, बिस्मिल्ला-उल-रहीमाने-रहीम ! तू ही है, तू ही है !" दोनों कान पकड़कर हाथ और आँखें एक बार ऊपर की ओर उठाकर गद्गद भाव से, खड़ाऊँ से पैर निकाल, दो जानूँ होकर वह चौकी पर बैठे। फिर धूप और लोबान के धुएँ को हाथों में मल-मलकर चेहरे और दाढ़ी पर लगाने लगे।

"अरे हुज़ूर, हमारे लिए इस वक्त आप ही रसूल हैं।" गद्गद भाव से मियाँ हुसैनी ने कहा।

बैठे हुए दो-तीन व्यक्ति हाँ में हाँ मिलाने लगे। शाहजी बीच-बीच में उस बड़े जादूगर को बार-बार सिजदा कर किसी न किसी रूप में अपने गुण अपने आप ही बखानते जाते थे। बैठे हुए लोग गर्दन हिलाकर, आश्चर्यचकित हो, 'वाह-वाह' करते जाते थे। एक आदमी उठता, मार्मिक स्वर में अपनी करुण कथा शाहजी के आसन के समीप जाकर सुनाता और शाहजी लच्छेदार बातों के साथ उसके लिए कोई यंत्र अथवा चौराहे की पूजा करने की व्यवस्था देते।

क्रमशः वह कादिर मियाँ की ओर संकेत कर कहने लगे. "हाँ भाई, तुम्हें क्या कहना है ?"

कादिर और रमज़ानी मुग्ध भाव से उठकर शाहजी की गद्दी के पास तक आए। झुककर दो बार सलाम की और फिर दोजानूँ होकर बैठ गए।

बड़ी नम्रतापूर्वक संकोच के साथ कादिर ने उनसे कहना शुरू किया, "क्या बताऊँ हुज़ूर, एक आदमी हमको बहुत सताता है।"

सुर्मीली आँखों को कुछ क्षण कादिर के मुखमंडल पर गड़ाते हुए शाहजी ने कहा, "अमाँ, आए कहाँ से हो ?"

"खाकसार यहीं मालीखाँ की सराय में बरफ बेचता है। हुज़ूर, दिन-भर में जो धेली-सूखी मिलती है, उसी से आपके ज़ेरसाए परवरिश पाता हूँ। गरीबपरवर, वहीं साला पीरू-पीरू करके एक आदमी इसी साल से बरफ बेचने लगा है। हमें हुज़ूर, इसकी कुछ शिकायत नहीं। खाली इतना है कि वह अपनी ताकत के घमंड में ग्राहकों को भड़काता और तोड़ता है। पल्टनिये गोरों की नहाई हुई बरफ की सिलों को सस्ते दामों पर खरीदकर पाँच आने मन बेचता है, और हम तो सरकार, डीपू के नौकर हैं। आठ आने मन खुला रेट है।"

शाहजी से बातचीत का सौभाग्य प्राप्त करने की लालसा से रमज़ानी बोल उठा, "इतना ही नहीं हुज़ूर, वह इस गरीब को बहुत सताता है। अब आज ही दोपहर में देखिए, दस आदमियों के सामने इस गरीब के साथ मारपीट कर बैठा। ताकत का घमंड है, हुज़ूर ! अपने सामने किसी को कुछ समझता ही नहीं। हमने उसे समझाया कि देखो, अभी दुनिया में इतना अंधेर नहीं मचता, गरीबों की हिमायत करने वाले भी अभी बहुत-से हैं। हमने कहा कि हमारे शाहजी को अभी खबर लग जाए कि तुम इस गरीब को सताते हो तो चुटकी बजाते तुम्हारे यह कल्ले-कल्ले दुरुस्त कर दें। फिर आपकी शान में हुज़ूर उसने ऐसी बात कही कि मेरी आँखों में खून उतर आया। हमने कहा कि तुमने शाहजी को समझा क्या है ? उनकी शान में ऐसी बात निकालते हो ! दस आदमी उसी को ज़ेर करने लगे हुज़ूर, लेकिन अपने आगे वह कमबख्त किसी की कुछ सुनता ही नहीं। जाहिल आदमी, बेपढ़ा-लिखा—बस, अपनी ताकत के घमंड में भूला हुआ है।"

शाहजी बोले, "अमाँ, तुम उसकी कुछ फिक्र न करो। हमें कोई कुछ कहता है, कहने दो। हम तो कहते हैं कि भाई, हम नाचीज़ और तुम हमारे लिए सब कुछ हो। मगर हाँ, खुदा के किसी गरीब और कमज़ोर बंदे को सताओगे तो इसका नतीजा तुम्हारे लिए बुरा होगा। अभी नरसों की बात है। राजा बाज़ार से मैं आ रहा था। एक आदमी एक कमज़ोर को दे हंटर-दे हंटर पीट रहा था। बेचारे ने हमारे पैर पकड़ लिए। कहा, 'शाहजी बचाइए। यह हमारी मज़दूरी भी नहीं देता और खामखाँ मार रहा है।' हमने उसे समझाया तो वह हमीं को मारने दौड़ा। हमने कहा, 'भई, हमें

मार, लो मगर इस गरीब को मत मारो।' इस पर वह अकड़ गया और एक हंटर कसके फिर उस बेचारे को मार दिया। हमने कहा, 'खबरदार, अब मत मारना।' लेकिन वह न माना, फिर जो हंटर उठाया तो खुदा की मर्ज़ी उसका वह हाथ सर्र से कटकर गिर पड़ा।"

रमज़ानी, कादिर और बैठे हुए अन्य लोग मुग्ध भाव से 'वाह-वाह' कर उठे।

कादिर ने विनीत भाव से हाथ जोड़कर कहा, "बस हुज़ूर, यही हालत अपनी है। वह हरदम मारता-पीटता रहता है। गाली-गलौज और ज़बरदस्ती करता है। अब उससे कौन बोले ? वह तो हुज़ूर रुस्तमे-हिंद हो रहा है, और हम कहते हैं कि हमारा भी अल्लाह है और शाहजी, वह सब देखते हैं, सबके मन का हाल जानते हैं। वही हमारी खबर लेंगे।"

शाहजी बोले, "घबराओ मत भाई ! खुदा बड़ा कारसाज़ है। उसने तुम्हें यहाँ तक भेज दिया, वही तुम्हारी अब खबर लेगा। वह किसी पर ज़ोर-ज़ुल्म थोड़े ही देख सकता है मियाँ, देखें, तुम्हें कहाँ मारा है ?"

सिर से टोपी उतारकर मियाँ कादिर ने शाहजी को दिखाया।

अदृश्य चोट को शाहजी ने जैसे देख लिया हो। फिर वह गंभीर भाव से सिर हिलाकर दाढ़ी पर हाथ फेरते हुए बोले, "हूँ—तो उसने तुम्हें चाँटा मारा। उसके हाथ में शैतान का असर है। जान पड़ता है, उसने किसी औलिया से अपने हाथ में यह असर पाया है।...दो इल्मों की लड़ाई होगी भाई ! लेकिन खुदा बड़ा कारसाज़ है, उसने तुम्हें मेरे पास भेज दिया है।" इस तरह बात करते तिपाई से पूजा, धूप और लोबान की धूनी में से घुमाकर कादिर की खोपड़ी पर तीन-चार बार फेरकर फूँक दिया। फिर बोले, "जाओ, शैतान का असर तुम्हारे सिर से निकाल दिया। एक पैसे का गोश्त खरीदकर और कड़वे तेल का एक चिराग तश्तरी में रखकर किसी चौराहे पर रख देना। और कल सवेरे सवा गज़ लाल कपड़े में बीस आने पैसे और एक ताज़ा फूल लेते आना। मैं कल रात मसान जाऊँगा, वहीं सब ठीक हो जाएगा। परसों सवेरे तुम्हें तावीज़ दे दूँगा। अल्ला चाहेगा तो दो दिन में मूजी के पैर उखड़ जाएँगे।"

रमज़ानी और मियाँ कादिर अति नम्र भाव से सलाम-सिजदा कर प्रसन्न हो उठ खड़े हुए।

रास्ते-भर मियाँ कादिर और भाई रमज़ानी प्रसन्न-मन बातें करते चले आए।

"क्या मारा उस्ताद ! शाहजी अब इसके घर में जो किसी को बचने दें। सुन लिया न भाई, शाहजी गुंडे-बदमाशों के बहुत खिलाफ हैं। तुम्हें किस्सा बता रहे थे।" कादिर ने गद्गद भाव से कहा।

उन्मत्तकारी प्रसन्नता जब किसी भोले हृदय को दबोचकर बैठ जाती है, मनुष्य

तक उच्छृंखल और निर्भीक हो जाता है।

अपनी दूकान पर पहुँचकर कादिर मियाँ ने हँसकर जो जताना शुरू किया, "ऐ भाई, वह हाथ मार दिया कि बेटा ज़िंदगी-भर न भूलेंगे। अपने को बड़ा धन्ना सेठ समझते थे, सरऊ ! कल ही लो, गरीब और कमज़ोर को सताने का क्या मज़ा मिलता है ?"

इसने पूछा, उसने प्रश्न किया और मियाँ कादिर बताना ही चाहते थे कि रमज़ानी ने उसके हाथ की चुटकी लेते हुए कहा, "तुम भी यार, कंपनी बाग में चरने के लिए छोड़ देने के काबिल हो। लाख बार समझा दिया कि फज़ूल की बकवास न किया करो। तुम क्या खाके किसी से कुछ समझोगे, डेढ़ पसली के आदमी···"

मुस्कराकर अपने दोनों कान पकड़ते हुए मियाँ कादिर ने उससे कहा, "अच्छा बाबा, गलती हुई, माफ कर दो मियाँ !"

"नहीं, आप खामखाँ की शान में आ जाते हैं फज़ूल की बकवास शुरू कर दी। अभी कहीं वह भी किसी औलिया से दुआ-तावीज़ ले आए तो ?"

"ले बस, अब आप रहने दीजिए। शाहजी का इल्म काटने वाला दुनिया में है कौन ? भुट्टे-सा भूनकर रख देंगे वह उसको भी।"

रमज़ानी के मन में एक कौतूहल था। शाहजी की आवश्यकता से अधिक प्रशंसा सुनकर उसे सिद्ध-साधकों पर एक अनुपम श्रद्धा और तांत्रिक विधानों पर अटल विश्वास जम चला था। वह बड़े उत्साह के साथ शाहजी का भक्त बन गया।

उस दिन वह सवेरे जाकर कादिर के लिए तावीज़ ले आया। और शाम को श्मशान-पूजन के लिए शाहजी की आज्ञानुसार, एक बोतल दारू, सवा गज़ लाल टुकड़ा, बीस आने पैसे, इत्र की फुरहरी, फूल और बताशे आदि शाहजी की सेवा में पहुँचाकर उनके काले चोगे का दामन चूमकर चला आया। शाहजी ने भी उसको और उसके मित्र को अभयदान देकर दूसरे दिन सवेरे ही मियाँ पीरबख्श की शक्ति क्षीण कर देने का विश्वास दिलाया।

दूसरे दिन सवेरे–

कादिर अपनी दूकान पर बैठा बीड़ी पी रहा था। प्रसन्नता किलकारियाँ मारती हुई उसके मुखमंडल पर भोली क्रीड़ाएँ कर रही थी।

वैसे ही, मियाँ पीरबख्श बढ़िया-सा रेशमी तहमत बाँधे और चिकन का चुन्नटदार कुर्ता पहने, मज़े में सिगरेट फूँकते हुए ठेले पर बरफ की सिलें लदवाकर आते दिखाई पड़े।

उस दिन कादिर मियाँ की आँखों ने देखा कि पीरू के चेहरे पर एक अजीब मुर्दनी-सी छाई हुई है। कादिर मियाँ ने अपना बदन तौलते हुए अकड़कर कहा, "सुनते हो मियाँ, अपनी बरफ उस कोने में रखिएगा। बहुत दिन सेखी बघार ली बेटा। अब अपना पनसाला बढ़ाइए।"

शाहजी के अभयदान और पुण्य प्रताप से, कादिर उस समय अपने को भेड़िया और पीरू को निर्बल बकरी का बच्चा समझ रहा था।

सिगरेट का कश खींचते-खींचते आश्चर्यचकित-सा होकर उसने कादिर को घूरकर देखा। पिछली रात उसने पाँच रुपये वाली अंग्रेज़ी शराब पीकर चौक के एक कोठे पर बड़े जश्न किए थे। इस समय भी वह उस मधुर स्वप्न को अपनी आँखों के सामने ही देखता चला आ रहा था। उसकी आँखों में खुमारी भरी हुई थी और सिर में पीड़ा थी। फिर भी वह प्रसन्न था। आज वह लोगों को सुनाना चाहता था कि उसने पाँच रुपये वाली बोतल खास मोहर लगी हुई, विलायती शराब पी है। कादिर को इस तरह व्यर्थ के लिए झगड़ा करते देखकर उसे आश्चर्य हुआ और क्रोध भी। उसने तमककर कहा, "अबे बेधा हुआ क्या ? खामखाँ को सवेरे-सवेरे लड़ता है।"

कादिर ने तनकर दूकान पर खड़े होते हुए कहा, "अब इस अकड़ में न रहिएगा मियाँ; ज़्यादा तीन-पाँच करोगे तो यह सारी ज़ुल्फें बिगाड़ दूँगा। बड़े बाँके बने हैं। यह सारा बाँकापन पल-भर में हवा कर दूँगा। तूने समझा क्या है ?"

पीरू का आश्चर्य भाव क्रमशः बढ़ता ही जाता था। वह सोच रहा था कि आज कादिर मियाँ किस बल पर अकड़ रहे हैं ? फिर भी क्रोध और अपमान की जलन से उसका चेहरा तमक उठा। उसने दो कदम आगे बढ़कर कादिर से कहा, "अबे, क्यों जान देने पर तुला हुआ है ? सवेरे-सवेरे खामखाँ तकरार बढ़ा रहा है। कमज़ोर समझ के गम खा जाता हूँ, वरना चटनी की तरह पीस दिया होता।"

कादिर मियाँ का दिमाग आज सातवें आसमान से बातचीत कर रहा था। वह दुकान से उतरकर पीरू से गुँथ गया, दो-तीन हाथ भी चला दिए।

कुर्ता फट जाने और अपमान की जलन से आवेश में आकर उसने कादिर की पसली पर कस-कसकर चार घूँसे जमा दिए।

दुबला-पतला शक्तिहीन कादिर इस भीषण मार को सह न सका। उसे ऐसा प्रतीत होने लगा जैसे उसकी पसलियाँ टूट गई हों। उसकी आँखों के सामने एकदम अँधेरा-सा छा गया। उसका दम घुटने लगा। सिर चकरा गया और वह एक भीषण यातनामयी आह खींचकर निर्जीव-सा हो पृथ्वी पर गिर पड़ा। सिर से खून बहने लगा।

लाल-लाल आँखों को देखकर आसपास खड़े हुए व्यक्तियों को यह साहस न

हुआ कि पीरू को कुछ भी कहें।

एक व्यक्ति दौड़ता हुआ जाकर कोतवाली में रिपोर्ट लिखवा आया और बाकी तीन-चार आदमी कादिर को होश में लाने की चेष्टा करने लगे।

पीरू अनमने भाव से कुर्सी पर टाँग चढ़ाकर बैठा सिगरेट पीता हुआ आसमान की ओर चुपचाप ताक रहा था।

पुलिस आई और तहकीकात कर पीरू को पकड़ ले गई। डॉक्टर आया और उसने चोट की परीक्षा कर कादिर को फौरन अस्पताल ले जाने की सलाह दी।

डॉक्टर के प्रयत्नों से कादिर होश में आया। आँखें खोलकर कातर भाव से उसने एक बार आसपास खड़े हुए लोगों को निहारा। कराहते हुए कादिर ने धीरे-धीरे कहा, "अरे, रमज़ानी कहाँ हैं ? उसे शाहजी के पास भेजो। साले ने हड्डी-पसली तोड़ डाली। खुदा इसे गारत करे।" फिर दोनों हाथ थोड़ा ऊपर उठाने की चेष्टा करते हुए दीन भाव से आकाश की ओर ताककर उसने कहा, "अल्लाह करे, उस साले का बेड़ा गर्क हो···अरे मेरी अम्माँ ! आह ! आह !!!"

अस्पताल में शाम को रमज़ानी ने कादिर को बतलाया कि शाहजी फरमा रहे थे कि दो इल्मों की लड़ाई छिड़ गई है। कल रात मसान पर इसी तनातनी में बात बहुत आगे बढ़ गई। पीरू को एक औलिया ने शैतान सिपुर्द किया है, इधर शाहजी ने मंतर के बल से शैतान को जला डालने की कोशिश की। उधर वह औलिया भी मंतर के बल पर टक्कर ले रहा है। कल रात इसी लड़ाई में आसमान के तारे टूटते-टूटते बचे। सारी दुनिया जलकर खाक हो गई होती। वह तो कहो शाहजी ने बचा लिया। अब कम से कम पचास रुपये हों तो साले का 'सत्तियानास' हो जाए। बड़े-बड़े कुलाबे भिड़ेंगे।

पीड़ा से क्लांत होकर कादिर ने टूटे हुए हृदय और मरी हुई आवाज़ में पीली-पीली निस्तेज आँखों से रमज़ानी की ओर ताकते हुए कहा, "पचास रुपये ? कहाँ से लाऊँ बाबा !···अरे मेरे अल्लाह !"

उसने आँखें बंद कर लीं। बंद आँखों की कोरों से आँसू बहकर कान के सहारे होते हुए बिस्तरे पर टपक पड़े।

(1936)

मन के संकेत

स्वतंत्रता-संग्राम में लगातार आंदोलनकारी जीवन बिताते और जेलों में रहते हुए राजकिशोर बाबू का हाज़मा चौपट हो गया था। किसी ने रोज़ सुबह-शाम तीन मील पैदल चलने की सलाह दी। जश्नेआज़ादी की धुआँधार दावतें उड़ाने के बाद पहली सितंबर, सन् सैंतालीस से उन्होंने सुबह-शाम घूमने का नियम साधा, जो आज तक चल रहा है। सुबह नदी के किनारे-किनारे पूर्व दिशा की एक सड़क पर टहलने जाते हैं और शाम को नदी पार वाली एक दूसरी सुनसान सड़क पर। पिछले पंद्रह वर्षों में ये सड़कें, यहाँ की एक-एक चीज़, बिजली-टेलीफोन के खंभे, विज्ञापनों वाले इक्के-दुक्के बड़े-बड़े साइनबोर्ड, मोटर वालों के लिए 'ड्राइव स्लोली' की तख्ती, नदी के मोड़ और घाट, सड़क के पास वाले घाट पर नहाने वालों में से बहुतों के चेहरे और आवाज़ें; उस इलाके के कुत्ते तक इनके इतने चिरपरिचित हो चुके हैं कि मानो उनके जीवन का अंग हों। शाम वाली सड़क का भी यही हाल है। पिछले सात-आठ वर्षों में वहाँ इतना परिवर्तन अवश्य हुआ है कि एक जगह सड़क के दोनों ओर बारह नई कोठियाँ बन गई हैं। तेरहवीं एक पुरानी खपरैल वाली बँगलिया है, जो भुइयाँ देवी के मंदिर से लगभग लगी हुई-सी बनी है।

पहले इस बँगलिया में कोई बूढ़ा अंग्रेज़ रहता था। फिर वह बँगलिया खाली पड़ी रही। फिर एक दिन उसमें मदद छिड़ी, नई खपरैलें पड़ीं, रंग-रोगन हुआ, बाग-बगीचा सजा, फाटक पर नया पत्थर जड़ा, उस पर लिखा हुआ था—'विश्राम'। विश्राम में कोई स्थायी निवासी न नज़र आया। अकसर दूसरे-तीसरे महीने दो-चार-दस रोज़ के वास्ते वहाँ चहल-पहल होती, बच्चे खेलते दिखाई पड़ते। फिर माली और नौकर के सिवा सब सन्नाटा हो जाता। इधर साल-भर से वहाँ एक कुटुंब बराबर रहता दिखलाई दे रहा है। एक युवक व एक युवती वहाँ रहते हैं। दोनों सुंदर, एक-दूसरे के जवाब। राजकिशोर बाबू ने कई बार उन्हें अपने लॉन में टहलते या कुर्सियों पर बैठे देखा था। देखकर उनका मन खिल उठता। इधर अरसे से राजकिशोर बाबू ने पति को नहीं देखा, पत्नी तो कई बार दिखलाई दी। इधर दो-तीन महीनों से अपने नवजात शिशु के साथ भी दिखलाई दी थी।

राजकिशोर बाबू शाम को इस सड़क पर आते हैं, तो हर बात की खैर-खबर

रखने का भी जतन करते हैं। उन्होंने यहाँ कभी किसी से एक शब्द भी नहीं पूछा, ऐसी कोई आवश्यकता भी नहीं पड़ी, फिर भी अपने ढंग से सब कुछ भाँपते रहते हैं। अमेरिका स्टाइल की कोठी में एक शुगर मिल के मैनेजिंग डायरेक्टर का आराम-घर है। हर शनिवार को लॉन में फ्लश लाइटें जलती हैं। ज़नानी-मर्दानी आवाज़ें, हँसी और कहकहे सुनाई पड़ते हैं। उसके ठीक सामने कोई पंजाबी सद्‌गृहस्थ रईस रहते हैं, जिन्होंने अपने फाटक के ऊपर बिजली का 'ॐ' लगवा रखा है। उनके पास ही रहने वाले किराएदार के यहाँ आया बार-बार बदली जाती है—हर बार अच्छी सूरत वाली जवान आया ही नज़र आती है। सात नंबर कोठी के फाटक पर एक ओर अंग्रेज़ी में 'मोहिनी निवास' का पत्थर लगा है और दूसरी ओर रायबहादुर पंडित तीरथराम, रिटायर्ड डिप्टी कलेक्टर का नाम अंकित है। इस तरह राजकिशोर बाबू ने इस सड़क की उठती, गिरती, बदलती हर चीज़ अपनी नज़र में रखी थी।

आज इस सड़क पर चलने के लिए आते हुए न जाने क्यों उनका मन एकाएक तेरहवीं बँगलिया की सुंदर जुगल जोड़ी की ओर चला गया। न जाने क्यों घर से निकलते समय ही उनके मन में यह धारणा घर कर गई थी कि आज उन्हें पति-पत्नी दोनों ही दिखलाई पड़ेंगे और बच्चा भी गोद में होगा। यह धारणा उनके पैरों को गति देने लगी। आज मानो वे उस सड़क पर टहलने के लिए नहीं, बल्कि तेरहवीं बँगलिया के निवासियों से मिलने जा रहे हों। दूर ही से उन्हें उस बँगलिया के सामने कुछ नई किस्म की चहल-पहल दिखलाई दी। पहुँचे तो देखा कि सोफासेट, मेज़ें, कश्मीरी नक्काशी का टेबल-लैंप, कुर्सियों की रंग-बिरंगी गद्दियाँ, तस्वीरें, सिलाई-मशीन, परदे और गृहस्थी के हर तरह के सामान का सड़क पर एक किनारे ढेर नज़र आ रहा था।

एक बार राजकिशोर बाबू की इच्छा हुई कि उन लोगों से पूछें, फिर संकोच मालूम हुआ। सिपाही या नौकरों से पूछना उचित न जान पड़ा। राजकिशोर बाबू ने यह सोचकर अपने मन को बोध दे दिया कि शायद किराया न अदा करने के कारण ही मकान-मालिक बँगला खाली करवा रहा होगा।

लेकिन पुरुष कहाँ है ? और शाम के वक्त इस तरह किसी को लामकान बनाना इंसानियत की दृष्टि से क्या उचित है ? शाम को चिड़ियों के घोंसले भी नहीं उजाड़े जाते। राजकिशोर बाबू को सचमुच ही बहुत दुःख हो रहा था। घर से निकलते समय अनायास ही जिन लोगों का ध्यान हो आया था, वे इस मुसीबत में पड़े हैं, यह सोचकर उन्हें तकलीफ हुई। उनका मन अपनी धारणाएँ बनाने लगा, लड़की का पति शायद अपने कामकाज के सिलसिले में ही बाहर आ गया होगा। दुष्ट मकान-मालिक शायद उसकी अनुपस्थिति में ही पत्नी से मकान खाली करवा रहा है, कैसा नीच होगा वह मकान-मालिक। जाने कौन होगा वह, जाने कौन है ये दुःखी दंपती ?

तरह-तरह की बातें सोचते हुए वे मंदिर तक पहुँच गए। मंदिर के अंदर कोई स्त्री देवी के चरणों में झुकी हुई बैठी थी।

सीढ़ियों पर चढ़ते हुए राजकिशोर बाबू की पैछट ने उसे चौंका दिया। मंदिर के अंदर छाए हुए हलके से अंधकार में वह गोरा तमतमाया हुआ मुख देखकर राजकिशोर बाबू को पहली झलक में ऐसा लगा कि जैसे मूर्ति से साक्षात् देवी ही प्रकट होकर सामने आ रही हो—फिर दूसरी ही दृष्टि में उन्होंने पहचान लिया। दरवाज़े से बाहर वाले प्रकाश की तरफ ज्यों-ज्यों वह बढ़ी, त्यों-त्यों उसका आँसुओं से धुला, भावावेश से लाल तमतमाया हुआ चेहरा बाबू राजकिशोर की नज़रों में स्पष्ट होने लगा। छब्बीस-सत्ताईस बरस की उम्र होगी, देखने में भली लगी। वह बाहर की ओर चल पड़ी। राजकिशोर बाबू की यह इच्छा हुई कि पूछ लें, फिर झिझक महसूस हुई। युवती चबूतरे की सीढ़ियाँ उतरकर नीचे की ओर बढ़ गई, तब अचानक उनके मुँह से निकल पड़ा, "बेटी, मैं आपसे एक बात पूछना चाहता हूँ।" युवती खड़ी हो गई।

राजकिशोर बाबू उसके पास आए, पूछा, "पुलिस वाले आप ही का सामान निकाल रहे हैं ?" वह चुप। आँखें एक बार फिर कटोरे-सी भर गईं और उसने गर्दन झुका ली। उन्होंने कहा, "जान पड़ता है, आपके पति कहीं बाहर गए हुए हैं ?"

उसके हिचक-भरे स्वर से फूटा, "हाँ-हाँ।"

"मेरे खयाल से शायद किराया न देने के कारण ही यह परेशानी आई होगी ?" राजकिशोर बाबू ने पूछा।

पल्ले से अपनी आँखें पोंछते हुए उसने कहा, "जी।"

"कौन है मकान-मालिक ? मैं नगर के बहुत-से लोगों को जानता हूँ। शायद आपकी कुछ मदद कर सकूँ। शायद मेरे खयाल से आपके पति के आने के बाद ही आपको मकान खाली करने की नौबत आए।" राजकिशोर बाबू ने कहा।

युवती के आँसू और सिसकियाँ ठिठक-ठिठककर थम गईं। उसने एक बार राजकिशोर बाबू की ओर प्रश्न-भरी दृष्टि से देखा। अपनी ओर उठी हुई उसकी आँखें देखकर उन्हें लगा जैसे वह बड़ी मार खाई हुई हो। नया आदमी चाहे कितना भी शरीफ लगता हो, एक मुसीबतज़दा शरीफ औरत के लिए अविश्वास और शंका का कारण बन जाता है। वे उसकी इस परेशानी को समझ रहे थे। राजकिशोर बाबू ने कहा, "मैंने आपको अपने मुँह से बेटी कहा है। मेरा नाम राजकिशोर श्रीवास्तव है, विधानसभा का मेंबर हूँ। शहर के लोग मुझे जानते हैं। इस परेशानी में मुझसे सहायता लेना आपके लिए तनिक भी अनुचित न होगा, बल्कि सच तो यह है कि इस मुसीबत में आपको मेरी सहायता की ज़रूरत है। अपने मकान-मालिक का नाम बतलाइए।"

युवती का चेहरा आवेश में तमतमा उठा, बोली, "जो मकान-मालिक हैं, वही मेरे..." वह बात पूरी न कह पाई और दोनों हाथों से मुँह ढँककर रोने लगी।

मामला राजकिशोर बाबू को गहरा नज़र आया। इस स्त्री का पति ही इस बँगलिया का मालिक है। पुलिस के ज़ोर से अपनी पत्नी से ही मकान खाली करवा रहा है, अवश्य ही कोई कारण होगा। मन कह रहा था कि लड़की शरीफ है और ऐसा लगता है कि फँस गई है। राजकिशोर बाबू यह समझते कि अपने पति के प्रति मान-भरा क्रोध और अपरिचित के आगे अपना रहस्य प्रकट करने का संकोच उसे कुछ कहने से रोक रहा है। राजकिशोर बाबू स्वयं भी इस किस्म के पचड़ों से दूर ही रहते हैं; लेकिन इस समय तक सब कुछ देखकर भी अपने आपको अलग रखना उन्हें असंभव मालूम हुआ। थोड़ी ही देर में रात हो जाएगी। यह सामान, यह सुंदरता और जवानी लेकर अपनी गोद के बच्चे के साथ यह लड़की रात में आखिर जाएगी कहाँ ? युवती के निरुत्तर रहने पर वे हारकर वहाँ से चल पड़े।

लौटते समय बाहर पड़े सामान को देखकर उनका जी फिर उमड़ा। पड़ोसी वाली कोठी में टेलीफोन के तारों को देखा, ठिठककर खड़े हो गए। सिपाही को बुलाकर बँगला खाली कराने के संबंध में सरकारी कागज़ देखा। सिपाही के साथ ही खड़े हुए मकान-मालिक के कारिंदे से बँगले के मालिक का नाम मालूम हुआ। सुनकर वे चौंक गए। वे आज तक नहीं जान सके थे कि यह बँगला उनके पुराने मित्र कुँवर ब्रजराजसिंह का है।

उन्हें मन ही मन भरोसा हुआ कि इस लड़की के संकट को फिलहाल तो टाल ही देंगे। पड़ोस की कोठी वाली महिला से टेलीफोन करने की आज्ञा ली। ठाकुर साहब ने फोन पर उत्तर दिया, "श्रीवास्तव जी, आप इस चक्कर में नहीं पड़ें, बँगला इसी समय खाली होगा। वह औरत कहाँ जाएगी, इसका ठेका मैंने नहीं लिया है।" सुनकर बाबू राजकिशोर को क्रोध आया। उन्होंने दूसरा टेलीफोन अपने घर मिलाया। अपने छोटे लड़के को एक ट्रक और किसी की मोटर जल्द ही लेकर आने का आदेश दिया। बँगले की मालकिन बोली कि अड़चन होने पर वे युवती को अपने यहाँ दो-चार दिन रख सकती हैं। उनसे भी उस युवती के संबंध में बाबू राजकिशोर ने यही जाना कि वह बहुत शरीफ हैं। पति-पत्नी दोनों ही बहुत शरीफ हैं। इधर चार महीने से मिस्टर सिंह कहीं बाहर गए हुए हैं। युवती मिसेज़ सिंह, बहुत ही कम कहीं आती-जाती हैं। अंदरूनी हाल का कुछ पता नहीं, अब तक तो सारे पड़ोस वाले यही समझते हैं कि बहुत शरीफ लोग हैं, अब पता नहीं क्या राज खुले। बहरहाल, बाबू राजकिशोर उस युवती यानी मिसेज़ सिंह को समझा-बुझाकर सारे सामान के साथ अपने घर ले आए।

राजकिशोर बाबू की पत्नी के सामने मिसेज़ सिंह ने धीरे-धीरे अपने मन का सारा भेद खोल दिया। शाहजहाँपुर के एक दिवंगत लखपती वकील की पुत्री है। वकील साहब ने अंतर्जातीय विवाह किया था। यह लड़की रोहिणी बी०ए० तक पढ़ी है। शाहजहाँपुर में अपने एक पड़ोसी परिवार में आते-जाते हुए शिशुपालसिंह से उसका प्रेम हो गया था। शिशुपालसिंह के पिता की कोठी भी पास ही थी। अपने पिता और परिवार की जानकारी में शिशुपाल विवाह नहीं कर सकते थे। रोहिणी की माता बहुत बीमार पड़ीं। वे अपनी आँखों के सामने ही अपनी लड़की का विवाह कर देना चाहती थीं। उनकी मृत्यु से एक दिन पहले एक पंडित को बुलाकर दोनों का विवाह हुआ था और उसके कुछ ही दिन बाद शिशुपालसिंह अपनी पत्नी रोहिणी को लेकर यहाँ चले आए थे। यह बँगला उनके चाचा ठाकुर ब्रजराजसिंह का था। पहले उन्होंने दोनों को आशीर्वाद और आश्वासन दिया था; लेकिन इधर कुछ महीनों से कहीं कोई गड़बड़ी नज़र आ रही थी। शिशुपालसिंह अकसर उदास और अनमने रहते थे और इधर पाँच महीने से तो वे घर ही नहीं आए। अपने लड़के का मुँह भी उन्होंने अब तक नहीं देखा है। पता नहीं कहाँ हैं !"'राजकिशोर बाबू अपनी पत्नी से यह सब हालात सुनकर गहरे सोच में पड़ गए। रोहिणी की कथा उनके लिए पहेली बन गई थी।

दूसरे दिन सवेरे ही कुँवर ब्रजराजसिंह की मोटर राजकिशोर बाबू के दरवाज़े के सामने आकर खड़ी हो गई। कुँवर साहब के आने की खबर पाकर राजकिशोर विचार में पड़ गए। वे समझ गए कि अपने भतीजे की बहू का यहाँ आना जानकर ही वे आए हैं, शायद उनसे अपनी भतीज-बहू को घर से निकाल देने की बात कहेंगे। उनकी कल शाम टेलीफोन पर होने वाली बातचीत से ही यह स्पष्ट हो गया था कि राजकिशोर बाबू का इस मामले में पड़ना उन्हें पसंद नहीं आएगा। उँह, न आए—राजकिशोर जी ने सोचा—मैं वही करूँगा, जो मेरा धर्म कहेगा। अपना मन इस तरह पोढ़ा करके वे अपने बैठक-घर में आए।

कुँवर ब्रजराजसिंह बड़ी ठसक के साथ सोफे के कोने में बैठे बाएँ गाल को जड़ाऊ अँगूठियों वाले पंजे पर टिकाए हुए किसी गहरे सोच में लीन थे। राजकिशोर जी से नमस्कार-चमत्कार होने के बाद लगभग आधे मिनट तक उनके बीच मौन रहा, मानो दो पहलवान अपने-अपने दाँव सोच रहे हों। फिर एकाएक अपने चेहरे का तनाव ढीला करके मुस्कराते हुए कुँवर साहब बोले, "मैंने आज सवेरे यह खबर पाई है कि हमारे शिशुपाल बबुआ की रंडी को आप अपने यहाँ ले आए हैं।"

राजकिशोर जी मन ही मन चौंक उठे। रोहिणी परिणीता नहीं, वेश्या है ? उसने कल रात अपना जो हाल सुनाया, वह झूठ है ? मन में इन प्रश्नों के घुमाव-फिराव

के बावजूद उन्होंने प्रकट में कुँवर साहब की बात को उठाकर पटक देने का अंदाज़ ही साधा और कुँवर साहब की तरह ही मुस्कराकर उत्तर दिया, "कुँवर साहब, अपने घर की लक्ष्मी को वेश्या कहकर आप खुद अपना ही अपमान कर रहे हैं।"

"अरे उयि रंडी, आय रंडी, श्रीवास्तव जी, आप कौन फेर माँ पड़े हैं ? वहिकउ महतारी पतुरिया रही। वहौ ठकुरन के हियाँ नौकर रही। आप कहौ तो हम वहिकी महतारी का बुलाय कै यू सबूत दिलवाय देई कि पाँच सौ रुपिया महीना पर शिशुपाल बबुआ वहिका नौकर रक्खिन रहैं...हरामज़ादी हमारे घर में दखल करके बैठ गई है। शिशुपाल बेचारा सीधा लड़का, आपको तो कभी उसे मिलने का मौका नहीं लगा श्रीवास्तव जी, वरना..."

राजकिशोर बाबू को कुँवर साहब का इस तरह क्रोध में उछल-उछलकर रोहिणी का अपमान करना बेहद बुरा मालूम हो रहा था। यद्यपि उनके पास रोहिणी की बातों का विश्वास और कुँवर साहब की बातों का अविश्वास करने के लिए कोई प्रमाण नहीं था। फिर भी उनका मन नहीं मान रहा था। बातों को तुरंत समाप्त कर देने की गरज़ से वे बोले, "कुँवर साहब, शिशुपालसिंह अगर आकर उस लड़की से यह कह दें, तो मैं उसे फौरन अपने यहाँ से हटा दूँगा।"

कुँवर साहब का चेहरा तमतमा उठा, आँखें लाल हो गईं, बोले, "श्रीवास्तव जी, कंगरेसी राज भले आएगा होय; पर हम पचन ते तुम्हारा बस न चली। मैं मुख्यमंत्री जी से इस बात की रिपोर्ट करूँगा।"

राजकिशोर बाबू को भी ताव आ गया, बोले, "यही अच्छा होगा कुँवर साहब। वहाँ रोहिणी को भी जो कुछ कहना होगा, कह देगी।" सुनकर कुँवर ब्रजराजसिंह गुस्से में काँपते हुए उठ खड़े हुए, दरवाज़े तक जाकर फिर पलटे, फिर कहा, "मैं आपको लास्ट वार्निंग दिए जा रहा हूँ, उसको आज शाम से पहले अपने घर से अवश्य निकाल दीजिए।"

"कुँवर साहब, धमकियों से काम न चलेगा, मुझे सबूत चाहिए।"

कुँवर साहब यह सुनकर फिर न रुके। राजकिशोर बाबू के मन में गहरी उथल-पुथल मचने लगी। एक क्षण के लिए उन्हें शंका हुई, कहीं कुँवर साहब की बात सच तो नहीं है। पर दूसरे ही क्षण यह शंका तिरोहित हो गई। उन्होंने ऊपर जाकर रोहिणी से फिर गहरी पूछताछ की, शाहजहाँपुर में कहाँ रहती थी ? माता-पिता का क्या नाम था ? शिशुपालसिंह से उसका परिचय किस प्रकार हुआ। यह सब बातें खोद-खोदकर पूछीं। शिशुपाल पिछले पाँच महीनों से लापता है। रोहिणी से वह यह कहके गए थे कि पिता ने बुलाया है। लखनऊ के पास ही कहीं उनकी पैतृक गढ़ी है। शिशुपालसिंह वहीं बुलाए गए थे।

इसी प्रसंग में राजकिशोर बाबू को यह भी मालूम हुआ कि शाहजहाँपुर ज़िले में एक रईस बेगम कुँवर अभयराजसिंह के प्रति आसक्त होने के कारण उनके नाम ही अपनी जायदाद लिख गई थी और वसीयत लिखने के कुछ दिन बाद ही उसे ज़हर देकर मार डाला गया था। राजकिशोर बाबू के सामने तस्वीर कुछ-कुछ स्पष्ट होने लगी। अभयराज और ब्रजराज--शिशुपालसिंह के पिता और चाचा, दोनों ही धन के लोभी राक्षस थे। वे शायद रोहिणी को भी उसी तरह मरवा देना चाहते थे। फिर भी श्रीवास्तव जी ने यह तय किया कि एक बार शाहजहाँपुर जाकर वे तहकीकात करेंगे और हो सकेगा तो शिशुपालसिंह का पता भी लगाएँगे। रोहिणी बोली, "मेरा जी कहता है कि वे ज़बर्दस्ती मेरे पास आने से रोके गए हैं और छटपटा रहे हैं।" पति की छटपटाहट अनुभूति के तीव्र वेग से पत्नी की देह और मुख-आँखों में मूर्तिमान हो उठी।

बच्चे को तेज़ बुखार चढ़ा था। रोहिणी उसके सिरहाने बैठी हुई बार-बार पानी और यू-डी कोलोन की पट्टियाँ बदल रही थी। उसका चेहरा स्थिर था, जैसे संगमरमर की मूर्ति हो। बाबू राजकिशोर का मँझला पुत्र विनय डॉक्टर को साथ लेकर आया। रोहिणी में मानो नए सिरे से जान आई। विनय ने डॉक्टर के लिए कुर्सी लाकर रख दी। डॉक्टर बच्चे का स्वास्थ्य-परीक्षण करने लगा। बच्चा अनखकर कराहा, मानो किसी के द्वारा उसे अपना देह-स्पर्श बुरा लगा हो। रोहिणी कराह सुन, छटपटाकर अपने बच्चे की ओर देखने लगी। बीमार बच्चे की जगह उसे लगा, जैसे बच्चे का पिता लेटा हो--आँखें बंद, दुखी दर्द-कराह से भरा उसका 'शिशु' ! रोहिणी का मन पुत्र के बहाने अपने पति के प्रति वात्सल्य से उमड़ उठा। पल-भर के लिए वह यह सर्वथा भूल गई कि वह अपने बच्चे की तीमारदारी कर रही है। उसे लगा कि उसका पति बीमार है। डॉक्टर बच्चे को देख चुके, तो बोले, "आश्चर्य है कि इस बच्चे की नब्ज़ में, दिल की धड़कनों में, फेफड़ों या पेट में, कहीं कोई खराबी नहीं। बच्चे की तंदुरुस्ती पर कोई भी आँच आई हुई नहीं मालूम देती। टंपरेचर बहुत नॉर्मल है और फिर भी देह तप रही है ! बच्चा बेहोश भी है। मैंने ऐसा कोई केस आज तक नहीं देखा।"

रोहिणी के कानों में डॉक्टर का एक-एक शब्द पड़ा, फिर भी मानो उसे कोई आश्चर्य न हुआ। उसे लगा कि यह सब झूठ है। बच्चे का बुखार झूठ है, पति के द्वारा उसके त्याग की बात भी झूठ है, बच्चा बीमार नहीं पड़ा, दरअसल उसका शिशु कहीं बीमार है, उसका शिशु कहीं कराह रहा है। कहाँ है, उसका शिशु ? कहाँ है, कहाँ है, कहाँ है ? रोहिणी अपने भीतर की आस्था और प्रश्न से बँधी-बँधी एकाएक

खड़ी हो गई। वह दरवाज़े तक पहुँची थी कि विनय की आवाज़ कानों में आई, "बहिन जी, डाकसाब ललित को अस्पताल ले जाना चाहते हैं, ले जाएँ ना ?"

चौखट पर दाहिना पैर रखे रोहिणी बोली, "आप जो चाहें करें।" और दरवाज़े से बाहर निकल गई। सूजी आँखें, गतिमान होते भी अपनी स्थिर देह से रोहिणी ऐसा आभास दे रही थी, मानो एक पत्थर की मूर्ति किसी जादू के ज़ोर से सहसा चली जा रही हो। वह सीढ़ियों की ओर देखे बिना ही खटापट उतरती गई। नीचे राजकिशोर बाबू की जेठी पतोहू तरकारी काट रही थी। उसका बच्चा रोहिणी को देखकर दौड़ा, "बुआ, तआँ जा लई ओ !" रोहिगी अनजाने ही में उसके सिर पर अपना बायाँ हाथ फेरती हुई आगे बढ़ गई। दालान, फिर दहलीज़ पार की, द्वार खोला और सड़क पर आ गई—चलती ही चली गई—मानो किसी के संकेत से बँधी एक निश्चित दिशा की ओर बढ़ी चली जा रही हो।

रोहिणी के घर से चले जाने के कुछ ही देर बाद राजकिशोर बाबू का रिक्शा दरवाज़े पर डॉक्टर की कार के आगे आकर खड़ा हो गया। डॉक्टर पाठक और उनके पीछे रोहिणी के बेटे ललित को अपने कंधे से चिपकाए, कंबल से ढाँके विनय बाहर आते दिखलाई दिए। राजकिशोर बाबू को अपने परम मित्र डॉ० पाठक और बेटे विनय से बच्चे के संबंध में जानकारी मिली। वे स्वयं अस्पताल चलने के लिए तैयार हो गए, लेकिन डॉक्टर ने कहा कि घर में रोहिणी को सांत्वना देने के लिए उनका रहना आवश्यक है। डॉक्टर और विनय बच्चे को लेकर चले गए।

घर के अंदर पहुँचने पर राजकिशोर जी ने अपनी पत्नी से रोहिणी के संबंध में पूछा। अभी तो यहीं थी, कहकर उनकी पत्नी रोहिणी को आवाज़ देने लगी। फिर खोज आरंभ हुई। बड़े बेटे की बहू ने बताया, "रोहिणी नीचे आई थी, फिर दहलीए की ओर गई, मैं समझी बैठक में जा रही है।" राजकिशोर बाबू का कलेजा धक् से रह गया। वे उसके माता-पिता और विवाह के संबंध में शाहजहाँपुर से प्रमाण लेकर आए थे। यहाँ रोहिणी ही गायब हो गई। कहाँ चली गई ? किसी ने उसे बहकाया भी नहीं, फिर भी वह गायब है। आखिर यह रोहिणी को क्या सूझा ? रोहिणी का गायब हो जाना सुनकर ठाकुर लोग फौरन उसके बच्चे के लिए अवश्य ही कोई न कोई कानूनी उत्पात करेंगे और राजकिशोर बाबू प्रतिकार में कुछ भी न कर पाएँगे। बच्चे की हालत खराब है, न जाने उसका क्या परिणाम निकलेगा और इस बीच में कहीं रोहिणी भी अपने पिता की संपत्ति से वंवित न कर दी जाए। यह भी संभव है कि ठाकुर ब्रजराजसिंह उनसे अपने अपमान का बदला लें, वैसे उन्होंने किसी प्रकार का अपमान नहीं किया। लेकिन ठाकुरों का कौन भरोसा ? राजकिशोर बाबू बहुत ही चिंतित थे, रह-रहकर उनकी आँखों के आगे रोहिणी की सूरत नाच-नाच

जाती थी। पिछले डेढ़-पौने दो वर्षों में अनेक बार दूर से देखी हुई रोहिणी और शिशुपाल की जोड़ी उनके ध्यान में आती और वे सोचने लगते कि यह क्या गज़ब हो गया, रोहिणी आखिर गई, तो कहाँ गई ?

रोहिणी मानो किसी जादू से बँधी; खिंची हुई चली जा रही थी। शहर का एक छोर आ गया। दोपहर ढल गई, लेकिन रोहिणी के मार्ग का अंत अभी तक नहीं आया था। जब वह नगर की भीड़-भरी सड़कों पर चल रही थी, तब उसके अनुपम सौंदर्य के कारण ध्यान तो सैकड़ों का गया, पर किसी ने उसके प्रति किसी प्रकार की शंका नहीं की। शहर की सड़कों पर सुंदर-असुंदर, परदेवालियाँ-बेपरदेदार हर तरह की स्त्रियाँ दिन-रात गुज़रती रहती हैं। रोहिणी बेहोश है, एक धुन में बँधी है, क्रमशः चली जा रही है। उसकी आँखें किसी दूरगत अदृश्य से बँधी हुई, उसके पैर किसी अनजाने आदेश से संचालित एक-सी गति साधे तेज़ चाल से बढ़ते ही चले जा रहे हैं। किसी के मेस्मेरिज़्म की शक्ति मानो उसे चला रही है। यह शक्ति किसकी है वह नहीं जानती, कहाँ जा रही है वह भी नहीं जानती। वह अपने बच्चे और दीन-दुनिया की तरफ से एकदम बेहोश है, उसे देश-काल का भान तक नहीं। केवल एक मूर्ति उसके मन की आँखों को दिखलाई दे रही है—उसका 'शिशु' ज्वरग्रस्त, बेहोश, आँखें मीचे पड़ा है और बीच-बीच में अस्फुट स्वर से पुकार रहा है, 'रोहिणी आओ, रोहिणी आओ।' यह 'आओ' की आवाज़ ही उसकी गति को बढ़ावा दे रही है।

शहर का छोर दिखलाई पड़ने लगता है। पक्के घरों की पंक्ति छूट जाती है। सामने हरा-भरा मैदान, दाईं ओर कमलों से भरी पुष्करिणी, बाईं ओर के चरागाह में पचासों गाएँ और भैंसें, उनके आगे व्यापक अमराई और आगे एक छोटे-से खेड़े की बस्ती, खेलते हुए बच्चे, काम करती हुई स्त्रियाँ और पुरुष, तेज़ी से ढलती हुई धूप के साए—रोहिणी चलती ही चली जा रही है।

दिन ढला, साँझ आई। चिड़ियों के झुंड सिमटकर आने लगे, पेड़ों पर बैठने लगे। उनके शोर ने फिर से पूरी तौर पर रोहिणी को अपने जादू में बाँधकर कहना शुरू किया, 'आओ-आओ !' वह शोर भी थम गया, दूर पीछे छूट गया; पर शिशुपाल का चेहरा बढ़ते हुए अँधेरे में उसे राह सुझाता चला जा रहा है। सन्नाटा क्रमशः कुत्तों के शोर से अपनी भयानकता को बढ़ाता चला जा रहा है। रेल की क्रॉसिंग आई, नहर की पुलिया आई। पुलिया पर दो आदमी बैठे हुए हैं। एक आवाज़ लगाता है, "ए बाई जी !" रोहिणी के कानों में वह आवाज़ नहीं पड़ती। एक आदमी लपककर उठता है। रोहिणी सुंदर है, असहाय है, गाँव के उस छैला की आँखों में रस छलक रहा है,

"कहाँ चलीं रानी !" छैला ने उसे पकड़ने के लिए हाथ बढ़ाया।

"शिशुपालसिंह के पास। कहाँ हैं शिशुपाल ! और कितनी दूर है उनकी कोठी ?" सुनकर छैला की मुख-मुद्रा बदलने लगती है। रोहिणी की आँखों में भय नहीं, शंका नहीं।

"सिसपाल भैया ?" छैला गुंडा अदब से कहता है, "पाल साहब की कोठी जइहौ आ ?" और उसका प्रश्न समाप्त होते ही रोहिणी का दृढ़ स्वर कहता है– "हाँ।"

"आओ !" वह व्यक्ति अपने अंदर की सारी पशुता भूलकर रोहिणी से एक डग आगे बाअदब चलने लगता है। अँधेरा है, किंतु उस अँधेरे में भी रोहिणी की सौंदर्य-आभा दमक रही है। उसके व्यक्तित्व का तेज़ उस नर-पशु को अपने अंकुश से साध रहा है। नहीं जानता कि यह औरत कौन है। पर पहली दृष्टि मिलाते ही वह यह अवश्य जान गया था कि उसने अग्नि-ज्वाला की ओर लपकने का दुस्साहस किया था। स्वामी का नाम सुनकर छैला अपने होश में आकर सभ्य बन गया। रोहिणी के स्वर में ऐसी दृढ़ता थी कि आज्ञाकारी दास भी बन गया। खड़ी फसलों के बीच की पगडंडी पर आगे बढ़ते हुए वह बाअदब यह बतलाता चला कि बबुआ साहब (शिशुपाल) की तबीयत पिछले सात-आठ दिनों से खराब है ! कल चौथे पहर से तो बेहद खराब है। शहर से दो-दो डॉक्टर आकर बैठे हैं, नर्सें आई हैं, छोटे मालिक, कुँवर ब्रजराजसिंह आए थे, आज दोपहर ही में किसी ज़रूरी काम से शहर वापस गए हैं। दीवान जी भी आ गए हैं और मालिक की अवाई भी सुनी जाती है।

आधे फर्लांग की दूरी उस व्यक्ति की एकतरफा बातों में कट गई। सामने अँधेरे में सफेदी की झलक मिलने लगी। रोहिणी के कदम तेज़ पड़ने लगे। वह कोठी के पिछवाड़े से सामने आई। बड़े अँधेरे के बाद सहसा बिजली के प्रकाश में आई। ड्योढ़ी में उसका प्रवेश हुआ। छैला से सभ्य बन जाने वाले मार्गदर्शक की 'आइए हुज़ूर, आइए सरकार' ने ड्योढ़ी के दरबानों और आते-जाते नौकर-चाकरों को रोहिणी से कुछ पूछने का अवसर ही न दिया। उसका सुंदर-सतेज चेहरा और उसकी नशीली बदहवासी देखने वालों पर अपना विचित्र प्रभाव डाल रही थी। ऊपर की सीढ़ी चढ़कर मार्गदर्शक बरामदे ही में रुक गया और वहीं से बरामदे के साथ घूम जाने को कहा। वह न बतलाता, तो भी रोहिणी बिना रुके बढ़ी चली जाती। वह मानो हवा में अपने प्रिय की गंध पा गई थी। कदम तेज़ बढ़े, और फिर तेज़, फिर दौड़ चले। वह बरामदा घूमी और कमरे में दाखिल हो गई। कमरे में नर्स हैं, डॉक्टर हैं, बूढ़े दीवान जी, बड़े-बड़े सुनहरी फ्रेम के आईने हैं, संगमरमर का फर्श है, मरीज के सिरहाने के पीछे रोशनी चमक रही है। रोहिणी की नज़रों में और कुछ भी न समाया–उसे केवल अपना

शिशु ही दिखलाई पड़ रहा है। वह बिंब जो उसे अपने बीमार पुत्र की सूरत में झलका था, वह छवि, वह कराह-भरा स्वर, जो पिछले छह घंटों में उसे लगातार चलाते और निपट-अजाने में भी दिशा-निर्देश कराते हुए यहाँ ले आया है, अब प्रत्यक्ष उनके सामने है और गफलत में बड़बड़ा रहा है, "रोहिणी आओ ! रोहिणी ! आओ !"

रोहिणी झपटकर उसके सिरहाने बैठ जाती है, झुककर दोनों हाथ उसके गालों पर रखकर कहती है, "हाँ, आ गई।"

नर्स और डॉक्टर उसे देखकर अनजानेपन से चौंके और बूढ़े दीवान जी पहचानकर। इसी रोहिणी के कारण ही तो शिशुपालसिंह पिछले पाँच महीनों से यहाँ नज़रकैद हैं, इसी के लिए तो अभी सात-आठ दिन पहले चचा-भतीजे में तीखी कहा-सुनी हुई थी। दीवान जी यदि उसे यहाँ रहने देंगे, तो मालिक लोग बहुत बिगड़ेंगे।···पर बबुआ साहब कल शाम से इसी के नाम की एक-सी रट लगाए हुए हैं, इसे हटाने से उनकी जान पर बीत सकती है।

रोहिणी लगातार शिशु के कान पर झुककर कहती रही, "लो, मैं अब आ गई हूँ। आँखें खोलो—आँखें खोलो।" शिशुपाल के पीड़ा में खोए चेहरे पर चेतना उभरती है, कराहों में ठहराव आता है, आँखें धीरे-धीरे खुलती हैं, धुंधलका साफ होता है, रोहिणी दिखलाई देती है, चार आँखें एकटक हो जाती हैं।

डॉक्टर ने संतोष की साँस लेकर दीवान जी की ओर देखा और मुस्करा दिए। बूढ़े दीवान जी डॉक्टर की मुस्कराहट से जी उठे।

उसी रात दो घंटे बाद रोहिणी ने राजकिशोर बाबू के यहाँ टेलीफोन करके उन्हें अपने और अपने पति के कुशल-समाचार दिए और अपने बच्चे के कुशल-समाचार पूछे। बच्चा बिलकुल ठीक था, उसका ज्वर अभी दो घंटे पहले नॉर्मल पर आ गया है। राजकिशोर बाबू ने कहा कि वे सवेरे ही बच्चे को लछमनकोट पहुँचा देंगे ? उन्होंने टेलीफोन पर कई बार यह पूछा, "रोहिणी, तुम वहाँ किस तरह पहुँच गईं, जगह का नाम और पता कैसे जाना ?" रोहिणी के पास एक ही जवाब था, "मन से राह जानी, मन ने यहाँ पहुँचाया।"

राजकिशोर बाबू रात-भर ठीक तरह से सो न सके। यह कैसे संभव है, क्या जीव का आकर्षण जीव को इस तरह से भी अपनी ओर खींच सकता है ? फिर बच्चे की बीमारी भी स्वयं डॉक्टर तक के लिए आश्चर्यजनक थी। क्या पिता के संकट की छाया पुत्र पर पड़ी थी, रोहिणी को निश्चित मनःसंकेत देने के लिए बच्चे का ज्वर किस प्रकार माध्यम बना था ?···यदि भुक्तभोगी न होते, तो राजकिशोर बाबू ऐसे चमत्कार पर विश्वास न कर पाते।

दूसरे दिन सवेरे नौ-साढ़े नौ बजे के लगभग राजकिशोर बाबू बच्चे को लेकर

लछमनकोट पहुँच गए। शिशुपालसिंह ने पहली बार अपने पुत्र को देखा और देखते ही उनमें नए प्राण आ गए। दीवान जी ने राजकिशोर बाबू को बतलाया कि दोनों मालिकों ने टेलीफोन पर रोहिणी को बबुआ साहब के पास ही रखने का आदेश दे दिया है। राजकिशोर जी ने रोहिणी को यह शुभ संवाद सुनाया। चलने से पहले एक बार फिर पूछा, "रोहिणी, सच-सच बतलाओ, तुम्हें रास्ता किसने बतलाया ?"

"सच बाबूजी, इनकी 'आओ-आओ' की आवाज़ ही मुझे रास्ता बतलाती हुई यहाँ ले आई। जिधर से आवाज़ आती थी, मैं उधर ही बढ़ती चली जाती थी।" राजकिशोर बाबू की अक्ल हैरान थी। रहस्य का कोई सिरा पकड़ में नहीं आ रहा था।

(1963)

लंगूर का बच्चा

घी-तेल में मिलावट की जाँच करने वाले इंस्पेक्टर मिस्टर सतगुरसरन कहीं से एक पर्शियन बिल्ली पालने के वास्ते ले आए। हमारी गली में घंटे-भर बाद ही घर-घर में धूम मच गई। बच्चे मिस्टर सरन के घर गोल बाँधकर पहुँचने लगे। औरतें भी अपनी उत्सुकता दबाने में बच्चों से पीछे न रहीं। बिल्लियाँ तो खैर सभी ने देखी थीं, मगर यह फारस की बिल्ली थी। कैसी है, कितनी बड़ी है, क्या खाती है, क्या विशेषता है आदि बहुत-से सवाल लोग-लुगाइयों को उकसा रहे थे। मिसेज़ सरन के मिज़ाज रॉकेट पर उड़ रहे थे, उनके बच्चे गली-भर के बच्चों की भीड़ को पुलिसमैनों की तरह कंट्रोल कर रहे थे और स्वयं मिस्टर सरन बैठक में आरामकुर्सी पर लेटकर सिगार दबाए हुए पड़ोसी वकील साहब के नौकरनुमा साले को बतला रहे थे, "बड़ी मुश्किल से हाथ लगी है गौरो बाबू। आप ये समझिए कि इसकी माँ शाहे ईरान के प्राइवेट सेक्रेटरी के यहाँ है। एक अंग्रेज़ सौदागर की मेम ने इसको मुझे प्रेज़ेंट किया है।"

गौरो बाबू पर बातों का रौब पड़ा, वे बोले, "अब तो ये कहिए कि राजघराने की बिल्ली है। अच्छा, इंस्पेक्टर साहब, ये देसी चूहा खाती है या विलायती ?"

इंस्पेक्टर सरन ने यह सवाल सुना तो अपनी टाँगें आरामकुर्सी की टाँगों पर चढ़ा दीं और सिगार का एक इत्मीनान-भरा कश खींचकर कुछ धुआँ मुँह से, कुछ नाक से छोड़ते हुए बड़े आदमी के नौकरनुमा रिश्तेदार का कौतूहल प्रायः बदले की-सी भावना से लंबाए रखा, फिर शान से बोले, "हाँऽऽ, विलायती खा तो लेती है, मगर इसके लिए चूहे भी खास तौर से फारस ही से मँगवाने पड़ेंगे। बड़ी पुरतकल्लुफ और नाज़ो-अंदाज़ की होती हैं ये पर्शियन बिल्लियाँ।"

"हाँ-हाँ, साहब, फारस की नज़ाकत के भला क्या कहने ! बिल्ली क्या गुलाब होगी गुलाब। इस समय तो ज़नानी-बचकानी भीड़ है आपके घर के अंदर; खैर, कल सुबह देखूँगा उसे। अच्छा, ये बतलाइए इंस्पेक्टर साहब कि आपकी ये पर्शियन कैट अंग्रेज़ी में म्याऊँ करती है या फारसी में ?"

इंस्पेक्टर साहब फँस गए, कुछ जवाब न सूझा, लड़खड़ाते हुए बोले, "ये-ये-ये भी भला कोई सवाल है ? अभी, म्याऊँ माने म्याऊँ, जैसे सब बिल्लियाँ करती हैं।"

सुनते ही गौरो बाबू के जोश की चाभी उतर गई, कुर्सी से उठते हुए मुँह

बिचकाकर बोले, “अजी तो फिर खास बात क्या हुई ? हमारे जीजाजी ने ये जो अल्सेशियन का जोड़ा खरीदा है, साढ़े बारह सौ का है, खास स्कॉटलैंड का। दोनों का भौंकना रोज़ सुनते ही होंगे आप। देसी कुत्तों की भौंक में भला ये विलायती शान मिलती है आपको ? रात को मालूम होता है कि भेड़ियों के बच्चे इस महल वाली गली में नहीं, बल्कि खास स्कॉटलैंड की पहाड़ियों में शेर जैसी शान से दहाड़ रहे हों।”

वहाँ से उठकर गौरो बाबू सीधे मेरे यहाँ आए, फिर अपने घर में चर्चा की। दूसरे दिन दूसरों से कहा, गली के बच्चों से कहा और इंस्पेक्टर साहब क़ी पर्शियन बिल्ली को अपने जीजाजी के अल्सेशियन जोड़े के आगे माटीमोल सिद्ध कर दिया। इंस्पेक्टर साहब तो घर में ही जल-भुनकर रह गए, मगर इंस्पेक्टराइन ने लोगों के घर जा-जाकर अपनी बिल्ली का भाव बढ़ाया, “नीला रंग और रोएँ ऐसे कि रेशम भी उसके आगे कड़ा लगता है। जिस मेम से हमारे साहब इसे पिरजेंट में लाए हैं, उसने चलती बिरियाँ चिता दिया था कि दिन में चार बार कंघी करना और यूडी कोलोन सेंट को पानी में घोल के इसे नहलाना, काटन के तौलिया से देह न पोंछना; रेशम की तौलिया दी है, कहा है, बड़ा खयाल रखना, डेढ़ हज़ार का माल पिरजेंट कर रही हूँ आपकी ईमानदारी पर।”

इसके बाद औरतें और बच्चों में वकील साहब के अल्सेशियनों और इंस्पेक्टर साहब की पर्शियन बिल्ली के गुण, सुंदरता, उपयोगिता आदि नित नई उपजने वाली बातों को लेकर एक बतंगड़ ही बनता चला। अल्सेशियन तो खैर अल्सेशियन ही थे, मगर इंस्पेक्टर साहब की बिल्ली भी कुछ कम सुंदर न थी। कुत्ते-बिल्ली की चर्चा से ऊबकर एक दिन छापेखाने के मालिक कैलासो बाबू एक हिरन का बच्चा खरीद लाए, कुछ दिनों उसकी बातें गर्माती रहीं। बड़ी हवेली वाली सेठानी ने जानवर पालने के शौक को धार्मिक और उपयोगितावादी बताकर एक गाय होने पर भी बीस सेर दूध देने वाली एक अमरीकन गाय मिलिट्री डेरी वालों से और खरीदी; दूध दुहने और क्रीम निकालने की मशीनें भी आईं। गौ माता के आगे कुत्ते, बिल्ली, हिरन, सब हिरन हो गए। छोटी हवेली की सेठानी ज़रा रंगीन तबीयत की हैं। वकील साहब से भी उनका बहुत कुछ रिश्ता सुना जाता है। उन्होंने लगभग बीस-पच्चीस तरह की रंगारंग सुंदर और सुरीली चिड़ियों के पिंजरे मँगवाए और वकील साहब के अल्सेशियन जोड़ी की लाग-डाँट में सफेद मोरों का जोड़ा भी मँगवाया और इन सबकी देखभाल के लिए एक नौकरानी रखी। इसके बाद तो महल वाली गली में कोई घर ऐसा न बचा जहाँ औरतों, बच्चों या मर्दों ने एकाध जानवर खरीद या पकड़कर न पाला हो। बचे एक प्रोफेसर श्यामकिशोर और दूसरा मैं। हमारी गली में कुल जमा नौ-दस घर हैं, एक इंस्पेक्टर साहब को छोड़कर बाकी सब अपने छोटे-बड़े पुश्तैनी घरों के मालिक हैं।

इन सुखी-संपन्न पड़ोसियों के बीच में मेरी ही मासिक आय सबसे कम है। एक स्थानीय दैनिक अखबार का लोकल रिपोर्टर हूँ, तीन सौ रुपये पाता हूँ। मुहल्ले में होने वाली हैसियत की रेस में मेरी घरवाली और बच्चे ही सबसे फिसड्डी साबित होते हैं। कालीन, रेडियोग्राम, मोटर जैसी कीमती वस्तुएँ खरीदने में तो हम लोग खैर किसी से होड़ ले ही नहीं सकते थे, मगर जब से जानवरों की पलाई शुरू हुई और प्रोफेसर साहब तक ने एक भैंस खरीद ली तो मेरी घरवाली ने उठते-बैठते मुझे ताने देने शुरू किए कि तुम छोटा-सा जानवर तक नहीं ला सकते, फिर आखिर किस मर्ज़ की दवा हो !

एक दिन दफ्तर से लौटते हुए रास्ते में मुझे एक बहेलिया मिल गया। मैंने उससे सस्ते दामों में एक तोता पिंजरे सहित ले लिया। घरवाले उसे देखकर प्रसन्न न हुए क्योंकि तोते तो घर-घर थे। फिर नहले पर दहले-सा ऐब निकल आया कि हमारा तोता कुछ पढ़ न सका, खाली टें-टें ही करता रहा। बड़बोली इंस्पेक्टराइन ने सब जगह उसका मज़ाक उड़ाया, कहा कि 'रिपोर्टर साहब जनम-करम में एक तोता लाए और वो भी सिर्फ टें-टें बोलने वाला ही। मेरी बिल्ली तो ऐसे तोते का कभी नाश्ता करना भी पसंद न करेगी।' यह बात मेरी पत्नी को ऐसी चुभी कि घर आकर तोते को पिंजरे से उड़ा दिया। बच्चों के मुख भी फूल गए। अंत में हम भी ऊब गए और एक दिन चिड़िया-बाज़ार जाकर एक सिरे से दूसरे सिरे तक चरिंदों-परिंदों पर नज़र डालकर हमने एक लंगूर का बच्चा खरीद लिया।

साइकिल की बास्केट में लंगूर-बच्चे को बिठलाकर जब मैं घर आ रहा था, उस समय इंस्पेक्टर-इंस्पेक्टराइन अपने तीनों बच्चों को साथ लेकर सजे-धजे कहीं जा रहे थे। आठ-दस बरस पहले जब ये यहाँ रहने के लिए आए थे तब पति-पत्नी मरी हत्या-से लगते थे, अकाल के कौओं जैसे, और अब रिश्वत भगवान् की महिमा से साढ़े तीन-तीन मने कोलतार के ड्रमों जैसे फूल गए हैं; जब अपने मने-अधमने और दस-सेरे बच्चों के साथ ठुमुक-ठुमुक लुढ़कनियाँ चाल से चलते हैं तो राह-चलते रसियों को उन्हें देखकर मज़ा आ जाता है। उन्हें देखकर मैंने कहा, "देखिए, इंस्पेक्टर साहब, कैसा प्यारा बच्चा है ! हर हाइनेस आबूगढ़ ने अपने प्राइवेट जंगल से इसे पकड़वाया है। जब बड़ा होगा तो पूरे पाँच फुट साढ़े सात इंच का कद होगा इसका।"

"पाँच फुट साढ़े सात इंच ? आप मज़ाक कर रहे हैंगे रिपोर्टर साहब !" इंस्पेक्टराइन ने अविश्वास करते हुए कहा।

मैं बोला, "मि० सरन से पूछ लीजिए। पढ़े-लिखे आदमी हैं; जानते ही होंगे कि आबूगढ़ के लंगूर सारी दुनिया में प्रसिद्ध हैं। अमरीका वालों ने रॉकेट में उड़ाने के लिए इसके बाप को दस हज़ार रुपयों में खरीदा है। आपने तो उसकी फोटो भी

अखबारों में छपी देखी होगी इंस्पेक्टर साहब !"

"जी हाँ ! जी हाँ !" बेचारे इंस्पेक्टर और कह ही क्या सकते थे।

घर आकर बच्चों के सामने मैंने अपने लंगूर की वो-वो तारीफें कीं कि स्कॉटलैंड के अल्सेशियन, फारस की बिल्ली और अमरीकी गाय से लेकर देसी भैंस और हिरन तक, सबके भाव बिगड़ गए। बच्चे बड़े खुश थे और लंगूर का बच्चा भी उन्हें पाकर बड़ा खुश था। धीरे-धीरे लंगूर का बच्चा सचमुच ही मुहल्ले-भर के बच्चों का सबसे बड़ा आकर्षण-केंद्र बन गया। मैं बड़ा प्रसन्न हुआ। जब कभी फुरसत मिलती, उस लंगूर के बच्चे को सरकस के खेल सिखलाता था। बच्चों को इससे और भी उम्दा शगल मिल गया था, दिन-भर उसके साथ नए-नए स्टंड खेला करते थे। लंगूर का बच्चा सबका लाड़ला और बड़ा चंट हो गया। कुछ लड़कों ने छत्ते के बाद वाली दो दीवालों की सँकरी जगह पर मेरे लंगूर को एक अनोखा सरकस सिखा दिया। लड़कों में से कोई राहगीर बनकर दोनों दीवारों के बीच की राह पार करता और दूसरे लड़के के संकेत पर लंगूर एक दीवाल से उछलकर टप्प से लड़के की खोपड़ी पर कूदता और वहाँ से छलाँग मारकर दूसरी दीवाल पर। धीरे-धीरे वह लंगूर का बच्चा इस करतब में ऐसा माहिर हो गया कि राह चलतों की खोपड़ी पर बिजली-सा कूदता और बिजली-सा ही दूसरी दीवाल पर छलाँग मार जाता था। लड़कों को बड़ा अच्छा खेल मिल गया। गाय, बैल, गधों पर लंगूरे को कुदाकर उनकी घबराहट के तमाशे खूब देखे जाते। एक दिन एक फकीर बड़ी भभूत-वभूत रमा के आया और लड़कों के छेड़ने पर उन्हें भस्म करने की धमकियाँ देने लगा। लड़कों ने लंगूरे को उस पर हुश्काकर छोड़ दिया। उस दिन गली में दोनों नाके घेर-घेरकर लंगूर के बच्चे ने बाबा को ऐसा नाच नचाया कि केवल बच्चों ही को नहीं, राह में चलते बड़े-बूढ़ों को भी मज़ा आ गया। हमारा लंगूरा उसी दिन से मुहल्लारत्न मान लिया गया। उसके आगे बाकी सारे जानवर मुहल्लाभूषण और मुहल्लाश्री मात्र ही रह गए। लोगों को अब यह विश्वास होने लगा कि बालिग होने पर हमारा लंगूरा अवश्य पाँच फुट साढ़े सात इंच का कद पाएगा और यह बात भी जम गई कि जिसका बेटा इतना करतबी है वह लंगूर पिता अवश्य ही अमरीकी रॉकेट पर बैठा सूर्य-लोक से रेडियो-सिगनल भेजता होगा।

एक दिन लड़कों ने लंगूर बच्चे से एक नया खिलवाड़ शुरू कराया। लंगूरा टप से तरकारी वाले के झाबे में कूद पड़ता और कद्दू-लौकी अगल में दबाकर भाग जाता। इसके बाद तो उसका हियाव ही खुल गया। एक दिन एक बिसाती की दो गुड़ियों पर आशिक हो गया और उन्हें ले भागा। इस तरह होते-करते वो ऐसा जाबिर साबित हुआ कि डर के मारे खोंचे तरकारी वालों ने उस गली में आना ही छोड़ दिया।

मुहल्ले वालों के लिए यह नई परेशानी शुरू हुई। शिकायतें चलीं। एक दिन छोटी सेठानी की हवेली में हरि-संकीर्तन करते-करते इंस्पेक्टराइन ने जो मेरी पत्नी को आते देखा, तो राम-नाम छोड़कर लंगूर-चर्चा आरंभ कर दी, बोलीं, "रिपोर्टर साहब को और जानवर नहीं मिला था तो गधा ही पाल लेते। ये लंगूर क्यों पाला, जो निगोड़ा सबकी जान की साँसत बन गया है।"

गधा पालने की बात पर औरतें हँस पड़ीं। मेरी घरवाली को बुरा लग गया। फिर भी वो गर्माईं नहीं, ठंडे-ठंडे हँसकर उन्होंने बस इतना ही कह दिया, "अरे बहिन जी, मुहल्ले में एक ही गधा काफी है, आपने पाल तो रखा है।"

इस पर ऐसी हँसी हुई कि इंस्पेक्टराइन ताव खाकर वहाँ से चली आईं। मेरी श्रीमती जी की यह बात घर-घर में फैल गई। लोग-बाग उस दिन से इंस्पेक्टर साहब को अपनी बातों के सिलसिले में 'जोरू का गधा' कहने लगे। किसी लड़के को चुहल सूझी तो वह इंस्पेक्टर साहब के साइनबोर्ड पर खड़िया से यह लिख भी आया। इंस्पेक्टर साहब ने पढ़ा तो बड़े उछले-कूदे। इंस्पेक्टराइन ने सुना तो हमारी घरवाली का नाम ले-लेकर हमें उनका गधा साबित करने लगीं। मगर बात कुछ बनी नहीं, उलटे बिगड़ ही गई। उस दिन से हर शाम जब इंस्पेक्टर साहब घर लौटकर आते, तो अपने साइनबोर्ड पर इस उपाधि को लिखा हुआ पाते थे। आखिर बेचारे कब तक ये संकट झेलते, ताव में आकर एक दिन उन्होंने अपना साइनबोर्ड भी उतार डाला।

मुहल्ले में जब खासी चों-चों शुरू हुई तो मैंने अपनी पत्नी व बच्चों को यह आदेश दिया कि लंगूरे को बाँधकर रखा जाए और उसे घर से ज़रा भी न निकलने दिया जाए। पंद्रह-बीस रोज़ तक शांति रही। लड़कों को बड़ी उलझन महसूस होती थी और लंगूर के बच्चे को भी। संयोग की बात, एक दिन मेरी पत्नी किसी काम से बाज़ार गई थीं, वकील साहब का लड़का मेरे यहाँ ही खेल रहा था। उसके आग्रह पर मेरे लड़के ने लंगूर का ज़ंजीर-पट्टा खोल दिया। कई दिन के बाद उसे आज़ादी मिली। वकील साहब के लड़के ने उसे मूँगफली दिखाई और उसे फुसलाता हुआ घर के बाहर ले गया। कई दिन के बाद गली के लड़कों को अपना साथी मिला तो हुड़दंग मच गया। लंगूरे को भी मज़ा आ गया। शामत की मार कि इंस्पेक्टर साहब अपने को चालानिए शिकार, यानी मिलावट का घी इस्तेमाल करने वाले हलवाइयों को रिश्वत की रकम पटाने के वास्ते साथ लिए हुए घर आ रहे थे। इंस्पेक्टर साहब ने नया सोला हैट खरीदा था। टोप लगाए पतलून की जेब में शान से एक हाथ डाले हलवाइयों को डाँटते हुए अपनी ठुमुक-ठुमुक लुटकनिया चाल से वे जैसे ही छत्ते के पास वाली दीवार से गुज़रे, वैसे ही मेरा लंगूरा टप से उनके टोप पर कूदा और फिर छलाँग मारकर

दूसरी दीवार पर चढ़ गया। इंस्पेक्टर साहब हड़बड़ा गए और उनका हैट नाबदान में जा गिरा। लड़के हँस पड़े। दो-एक राह चलतों ने देखा तो उन्हें भी हँसी आ गई और हलवाई भी बेसाख्ता हँस पड़े। इंस्पेक्टर साहब मारे गुस्से के लाल-पीले हो गए। गरज-गरजकर हिंदी-अंग्रेज़ी की खिचड़ी में गालियाँ देने लगे। गली-भर में सबके घर जा-जाके उन्होंने मेरी और मेरे लंगूरे की शिकायतें कीं। दूसरे दिन सवेरे इंस्पेक्टर साहब मेरे यहाँ भी आ धमके और त्यौरियाँ चढ़ाकर कहा, "क्यों साहब, आप शरीफ हैं ?"

मैंने कहा, "आपके साथ रहता हूँ, चाहे जो समझ लीजिए।"

इंस्पेक्टर बोले, "ये क्या हिमाकत है आपकी कि लंगूर पाला है जनाब ने ?"

मैंने कहा, "आपकी पर्शियन बिल्ली से अधिक सुंदर है।"

वे बोले, "उसकी सुंदरता को आप ही सराहिए। बहरहाल मैं आपको ये वार्निंग दे रहा हूँ कि 'विदिन ट्वंटी फोर आवर्स' आप अपने इस लंगूर को यहाँ से हटा दीजिए वरना···" क्रोध के मारे इंस्पेक्टर साहब को 'वरना' के आगे यह न सूझ पड़ा कि वे क्या करेंगे, इसलिए मैंने ही ठंडे-ठंडे पूछा, "वरना आप क्या करेंगे इंस्पेक्टर साहब ?"

"आप मुझे चुनौती देते हैं ? आप समझते हैं कि अखबार के रिपोर्टर हैं, मिनिस्टर और अफसर आपके जान-पहचान वाले हैं। मगर मैं भी आपको वार्निंग देता हूँ, मैं दिखा दूँगा कि मैं क्या कर सकता हूँ।"

मुझे उनकी चहक में मज़ा आ रहा था, इसलिए इत्मीनान से सिगरेट फूँकते हुए मैंने कहा, "इंस्पेक्टर साहब, मैंने माना कि इस गली में औरतों के अलावा आप ही सबसे कम पढ़े हैं, फिर भी इतना तो समझते ही होंगे कि मेरा लंगूर मिलावट का घी नहीं, जो आप उसका चालान कर सकें।"

"मैं-मैं-मैं उस साले को शूट कर दूँगा।"

"यह नई बात मालूम हुई कि वो आपका साला भी है। खैर, शूट कर दीजिएगा। हमारे धरम में बंदर हनुमान जी का अवतार होता है, ज़रा इसका ध्यान रखिएगा। और इंस्पेक्टराइन, सुना है, हर मंगल को उनके दर्शन करने जाती हैं।" मेरा उत्तर सुनकर इंस्पेक्टर साहब भुनभुनाते हुए चले गए। मैंने भी घरवालों को यह चेतावनी फिर नए सिरे से दे दी कि लंगूर को बाँधकर रखा जाए। मेरी पत्नी बहुत ध्यान रखतीं, फिर भी लड़के किसी न किसी समय उसे खोलकर ले ही जाते थे। वह लड़कों की टोली में ऐसे रहता था मानो उन्हीं में से एक हो। अकसर ज़ंजीर-पट्टे के भय से वह रात को भी गायब रहने लगा। मैंने आवारा मानकर उसकी चिंता ही मन से उतार दी।

एक दिन चाँदनी रात में उसने गज़ब कर दिया। वकील साहब रात के दस-ग्यारह बजे सन्नाटे में अपनी प्रेयसी, छोटी सेठानी के यहाँ जा रहे थे। उनके हाथ में चमेली के फूलों का हार था, जिसे झुलाते हुए खँडहर दो दिवरिया के गलियारे से गुज़र रहे थे। शायद सफेद फूलों की चमक ने ही दीवार पर बैठे हुए मेरे लंगूर को आकर्षित किया होगा। वह टप से वकील साहब के कंधे पर टपका और उनके हाथ से माला तोड़कर ले भागा। उस दिन से उसकी यह नई लीला शुरू हुई। वकील साहब बिगड़े। अपने नौकरनुमा साले से उन्होंने मेरे पास धमकी-भरा संदेशा भिजवाया। गौरो बाबू बोले, "रिपोर्टर साहब, इसे बोरे में बंद करके नदी के पार छोड़ आइए। आप तो जानते ही हैं, बड़े-बड़े शातिर चोर-डाकू भी जीजाजी के मुवक्किल हैं। किसी दिन अगर आपका घर लुटवा दिया तो मुर्गी के लिए तकुए का घाव ही बहुत हो जाएगा।"

मेरी पत्नी ने सुना तो घबराई, बोलीं, "चोरों के वकील से रार मत मोल लो।" मैं राज़ी हो गया और कर भी क्या सकता था, हालाँकि लंगूरा मुझे अब बच्चों के समान ही प्यारा लगता था। खैर, एक दिन मैंने लंगूरे को गहरी भंग पिलाकर नशे की बेहोशी में उसे बोरे में बंद किया और साइकिल पर लादकर नदी के पार पेड़ के नीचे सुलाकर लौट पड़ा। मुश्किल से पचास कदम ही आगे बढ़ा था कि सड़क के किनारे- किनारे लंगूर राम दौड़ते नज़र आए। मैं उसे मारने की धमकियाँ देकर भागता और वह घर लौट-लौटकर आता। अंत में मैं हार गया और मेरे पीछे-पीछे ही गली में लौट आया। मैंने घोषित कर दिया कि लंगूरा बिना बालिग हुए ही आवारा हो गया है, अब इससे मेरा कोई संबंध नहीं रहा।

लंगूर का बच्चा अभी भी गली में ही रहता है। हर घर के बच्चे को उसके साथ न खेलने, न बोलने के आदेश हैं। अब और किसी को तो नहीं छेड़ता, मगर इंस्पेक्टर साहब जब हैट पहनकर चलते हैं, तब उनके सिर पर अवश्य कूदता है। इसी तरह वकील साहब जब सीधी गली आते-जाते हैं तब कुछ नहीं बोलता, लेकिन रात के सन्नाटे में वे जब अपने प्रेमपथ की ओर बढ़ते हैं, तब उनका रास्ता अवश्य रोकता है। एक दिन गौरो बाबू मेरे पास आए और कहने लगे, "रिपोर्टर साहब, जानवर आपने ही सबसे उम्दा पाला है। बड़ा न्यायकारी है, मेरी जीजी को इसकी बदौलत फिर से जीजाजी मिले हैं। मेरी राय में जब ये बालिग हो जाए, तो आप इसे पुलिसमैन या घी-इंस्पेक्टर ज़रूर बनवा दीजिएगा, कम से कम झूठे चालान तो नहीं करेगा।"

भला, बतलाइए, मैं इस बात का क्या उत्तर दे सकता हूँ !

(1963)

शकीला की माँ

केले और अमरूद के तीन-चार पेड़ों से घिरा कच्चा आँगन। नवाबी युग की याद में मर्सिया पढ़ती हुई तीन-चार कोठरियाँ। एक में जमीलन, दूसरी में जमलिया, तीसरी में शकीला, शहज़ादी, मुहम्मदी। वह 'उजड़े पर वालों' के ठहरने की सराय थी।

एक दिन जमीलन की लड़की शकीला, दो घंटे में अपनी मौसी के यहाँ से लौट आने की बात कह, किसी के साथ कहीं चल दी। इस पर घर में जो चख-चंख और तोबा, तिल्ला मचा, उसे देखने में लोगों को बड़ा मज़ा आया। दिन-भर बाज़ार के मनचले दूकानदारों की ज़बान पर शकीला की ही चर्चा रही और तीसरे दिन सवेरे, आश्चर्य-सी वह लौट भी आई। लोगों ने देखा—कानों में लाल-हरे नग-जड़े सोने के झुमके, 'धनुशबानी' रंग की चुनरी, गोटा टँका रेशमी कुरता और लहँगा।

घर की चौखट पर पैर रखते ही पहले-पहले मुहम्मदी ने थोड़ा मुस्कराकर, उसकी ठोड़ी को अपनी उँगलियों की चुटकी से दबाते हुए पूछा, "ओ-हो-री झको बीबी, दो दिन कहाँ रहीं ?"

शकीला केवल मुस्कराकर आगे बढ़ गई।

झब्बन मियाँ की दाढ़ी में कितने बाल हैं, अथवा उनकी नुमायशी तोंद का वज़न कितना है, यह तो आपको शहज़ादी ही बता सकेगी। हाँ, उनका सिन इस समय पचास-पचपन के करीब होगा, यह आसानी से जाना जा सकता है। एक दिन जब आप खुदा के नूर में खिजाब लगाकर शकीला से हँस-हँसकर कुछ फरमा रहे थे, तब शहज़ादी ने उनके जवान दिल पर कितनी बार थूका था, मुहम्मदी उसकी गवाह है।

चारपाई पर बैठे-बैठे पंखा झलते हुए मियाँ झब्बन ने शकीला को देखा। दाढ़ी-मूँछों के काले-सफेद बालों में एक बार बिजली-सी चमकी। फिर कहा, "ओह-हाय, यह गज़ब। यह ठाट !! कहाँ चली गई थीं तुम ?"

चुनरी से सिर को अच्छी तरह ढककर कनखियों से देखते हुए शकीला ने कहा, "कानपुर।"

शहज़ादी ने वैसे ही कोठरी के बाहर आकर देखा, शकीला। मुँह बिचकाकर दोनों हाथों को सहज ढील पर छोड़ते हुए बोली, "ऊँ-हूँ ? अब तो बेगम साहिबा के कदम क्यों ज़मीन पर पड़ेंगे ? हाँ भाई, यार लोग सलामत रहें, चलो अच्छा है।..."

लेकिन कहे देती हूँ, मेरे घर यह छिनाला नहीं चलेगा, हाँ !"

शहज़ादी पर जैसे गाज गिर गई। पत्थर की मूर्ति की तरह, जैसे खड़ी हुई थी, वैसे ही रह गई।

शहज़ादी का अंग-अंग, उस समय, फड़क-फड़ककर एक अजीब दृश्य उपस्थित कर रहा था—हाथ कभी इधर, कभी उधर, आँखें कभी पृथ्वी और कभी आकाश की ओर। चालीस से कुछ ऊपर का सिन। घर की चहारदीवारी के अंदर सिर पर दुपट्टा डाल लेने की कोई ज़रूरत थी ही नहीं। फिर झब्बन मियाँ को लुभाना भी न था—शायद इसीलिए वह 'वाडी' नहीं पहनती और मैले कुरते के सब बटन भी खुले रहते हैं। पान के कत्थे से रँगीले होंठ रसीले हैं या नहीं, इसे झब्बन मियाँ बता तो सकते थे, परंतु वे आज तक किसी भी अंग्रेज़ी पढ़े-लिखे आदमी के पास बैठे तक नहीं। फिर भी, उन रसीले होंठों से बात करते समय हमेशा 'पराग' बिखरता है, इसे तो बहुत लोग जानते हैं। शहज़ादी कह रही थी, "ऐ, कभी हमारे भी जवानी के दिन थे, हमने भी ज़माना देखा है, लेकिन यह सिन और यह सितम—ऐसी जवानी पर खुदा की मार।"

अपनी कोठरी के सामने वाले दालान में चारपाई पर बैठी हुई जमीलन रोटी खा रही थी। शहज़ादी के बखान से उसे शकीला के आने की सूचना मिल चुकी थी, फिर भी वह उठी नहीं, चुपचाप सुनती ही रही।

और शहज़ादी बिना रुके ही कहे जा रही थी, "मुई के मिज़ाज तो देखो। ऊँ-हूँ, यह ठसका ! जैसे हज़ार-दो हज़ार कमा लाई हो। अल्लाह ने ज़री सूरत दी होती तो ज़मीन पर पैर ही न पड़ते। उफ री नज़ाकत !" मुँह बिचकाकर, गाल पर उँगली रख, आँखें चढ़ाते हुए उसने इस अंदाज़ से गर्दन मटकाई कि···खुदा की पनाह।

सहनशीलता की भी एक हद होती है। यह ठीक है कि शकीला के भाग जाने पर जमीलन ने 'परवरदिगार' से उसकी मौत माँगी थी, लेकिन आज अपनी आँखों के सामने अपनी लड़की के लिए इतनी तीखी बातें सुनने को वह हरगिज़ तैयार न थी। मुँह का कौर जो बहुत देर से दाँतों का अत्याचार सहन कर रहा था, आधे लोटे पानी के सहारे पेट में पहुँच गया। जमीलन ने दालान से बाहर आकर आवाज़ दी, "सकीला ! चल इधर आ।"

किसी स्वप्न को देखते-देखते शकीला जैसे चौंक-सी उठी। माँ की आवाज़ सुनकर उसने अपने को सँभाला और फिर अपनी कोठरी में चली गई।

आग दोनों तरफ बराबर सुलग रही थी। शहज़ादी अभी कुछ और कहना चाहती थी, और जमीलन का दिल भी अंदर ही अंदर घुमड़ रहा था। आखिर जमीलन से न रहा

गया। अपने आप ही 'किसी' को सुनाकर कहने लगी, "ज़िंदगी-भर दुअन्नी-चवन्नी पर कलमा पढ़ा की, अब किसी की बढ़ती देखकर आँखें फटती हैं। वाह रे ज़माना, बुरा हो तेरा।"

"ऐ, तो ज़माने को क्या कोसती हो ? मुझे कोसो, मुझे। है हिम्मत ?" शहज़ादी फट पड़ी।

"मैं क्यों किसी को कोसूँ—मुझे गरज़ ? तुम्हें क्यों चिनगी लगती है ?"

"है-है, लगे नहीं। लेके कोस डाला—बुरा हो, बुरा हो—वाह !"

"और मेरी आँखों के सामने घंटा-भर से जो तुम मेरी लड़की को कोस रही थी, वह कुछ नहीं।...दिन-भर बहन-बहन कहो, वह मौसी-मौसी रटे, और मौसी मुई जब देखो तब कोसा-काटी। ऐसी मौसी के मुँह में आग। बड़ी मौसी..."

जमीलन की बात अभी पूरी न हो पाई थी कि शहज़ादी लपककर उसके पास जा खड़ी हुई, "ले, रख आग, ले रख, रख ना ? मुई छिनाल रंडी, बदज़ात... ।"

शहज़ादी हाँफ रही थी।

"और तुम कौन हो ? दूसरे को तो रंडी, छिनाल, बदज़ात और आप बिचारी बड़ी पाक-साफ हैं न ? वह दिन भूल गई बीबी, जब कंपनीबाग में अपने चहेते के साथ पकड़ी गई थी ? रह तो आई हो तीन दिन तक हवालात में। मुई दो कौड़ी के सिपाहियों ने दुर्गत कर तो दी थी...? नहीं, अब वह भूल गई। अपनी वाली कैसे कहे ?"

"हाँ-हाँ, मेरे तो दो कौड़ी सिपाही थे, तेरे यार तो बड़े लाट के बच्चे थे ?"

"थे ही, और ले ही आए मेरे ज़रा से इशारे पर तुझे छुड़ाकर। वरना मर जाती ज़िंदगी-भर जेल में चक्की पीसते-पीसते।"

"ऐ, कौन किसका खून किया था, डाका डाला था, जो ज़िंदगी-भर जेल में पड़ी रहती ? बड़ी आई छुड़ाने वाली—कुत्ती कहीं की।"

जमीलन के तन में आग लग गई। लपककर शहज़ादी की गर्दन नापी। सब लोग बचाने के लिए 'हैं-हैं' करते हुए दौड़ पड़े। जमीलन उसका गला छोड़कर अपने दालान में चली आई।

दोनों हाथों को बार-बार ऊपर की ओर उठाकर चिल्ला-चिल्लाकर शहज़ादी कहने लगी, "अल्लाह करे, आधी रात में इसकी लाश मचमचाती हुई निकले। अल्लाह करे, इसके तन-तन में कीड़े पड़ें। अल्लाह करे..."

और फिर अपनी असमर्थता को पछाड़ने के अंतिम प्रयत्न में वह ढह गई। मियाँ झब्बन ने लपककर चारपाई से पंखा उठाया और उसके सिर को अपनी गोद में रखकर पंखा झलने लगे।

जमीलन खाना खाने बैठी, पर उससे ठीक तरह से खाया नहीं गया। थाली एक ओर सरकाकर गड़ुए से हाथ धोते-धोते उसने आवाज़ दी, "सकीला !"

शकीला अपनी कोठरी से निकलकर चुपचाप उसके पास खड़ी हो गई। जमीलन ने पानदान को अपनी ओर खिसकाकर उसका ढक्कन खोलते हुए पूछा, "गई कहाँ थी ?"

"कानपुर।" चारपाई के एक कोने का सहारा लेकर पायताने की डोरी पर हाथ फेरते हुए सिर झुकाए उसने उत्तर दिया।

"किसके साथ गई थी ?"

"मुन्ना के साथ।"

"कौन मुन्ना ?"

"रामलाल का लड़का।"

"रामलाल कौन ? सराफे वाले ?"

इस बार माँ की आँखों से आँखें मिलाकर शकीला ने उत्तर दिया, "वह नहीं। अरे वही सुनार, सब्ज़ी मंडी वाला।"

पेशानी पर बल डाल, आँखें चमका, बात समझते हुए जमीलन ने कहा, "हूँ।"

और फिर पान पर कत्था लगाने लगी।

शकीला चुप बैठी थी।

पान के बीड़े मुँह में दबाकर दामन से हाथ पोंछते हुए जमीलन ने पूछा, "मिला क्या ?"

शकीला ने कमर से रेशमी बटुआ निकालकर दस-दस के दो नोट माँ की हथेली पर रख दिए।

मुट्ठी में नोटों को दबाते हुए कोमल स्वर में जमीलन ने कहा, "तो कहके क्यों नहीं गई ?"

शकीला सिर झुकाकर चुपचाप बैठी रही।

थोड़ी देर बाद जमीलन स्नेहपूर्वक बोली, "अच्छा जा। कपड़े बदल। मैं बाज़ार से पूड़ी मँगाए देती हूँ।" जमीलन उठी और गली में आकर खड़ी हो गई। पूड़ी मँगाने के लिए वह किसी परिचित को खोज रही थी। संयोगवश मियाँ बुलाकी थोड़ी देर बाद उधर से निकले। अदा के साथ मुस्कराते हुए बुलाकी मियाँ ने कहा, "किसका इंतज़ार हो रहा है ?"

"तुम्हारा ही।" जमीलन ने ज़रा मुस्कराकर उत्तर दिया।

"ओफ, ओह ! खुदा के लिए इतना झूठ न बोलो तो क्या हो जाए ?"

"अपनी जान-कसम, झूठ नहीं। सोच रही थी, इधर से कोई आता-जाता दिखाई

पड़े। सकीला भूखी बैठी है, बाज़ार से पूड़ी मँगानी थी। ज़रा तुम्हीं ले आओ लपक के।"

अकेली गली में खड़े-खड़े मूँछों पर हाथ फेरते हुए तृषित नेत्रों से उसने एक बार जमीलन की ओर ताका और फिर उसके कंधे पर हाथ रखते हुए कहा, "बोलो, क्या मँगाती हो ? लाओ, ले आऊँ ?"

जमीलन ने अठन्नी का नुस्खा बतला दिया। बुलाकी मियाँ जाने लगे। जमीलन ने पुकारकर कहा, "अरे, पैसे तो लेते जाओ।"

पीछे की ओर गर्दन घुमाकर मियाँ बुलाकी चलते-चलते बोले, "रख लो, फिर काम आएँगे।"

उसी दिन शाम को जमीलन ने शकीला को मारते-मारते अधमरी कर डाला। बड़ी मुश्किल से मुहम्मदी उसे बचा सकी। मियाँ झब्बन अलग से ही आँसू-भरी आँखों से उसे देखते रहे। शकीला रो-रोकर कह रही थी, "हाय मरी, हाय मरी !" जमीलन घूँसों और थप्पड़ों से उसकी पूजा करती हुई हाँफ-हाँफकर कह रही थी, "जा, जा न और जाएगी ?"

मुहम्मदी अपनी पुरज़ोर शक्ति से जमीलन को पीछे ढकेलती हुई कह रही थी, "अरे, बस-बस। बहुत हुआ। छोड़ दो उसे। अब मत मारो।" और शहज़ादी ने दूर ही से हाथ और आँखें नचाकर धीरे से कहा, "वाह रे जोम ! ओफ हो, तोबा रे तोबा !" कहकर उसने अपने गालों पर धीरे से चपत मारकर कान उमेठ लिए।

शकीला का अपराध दंड को देखते हुए बहुत कम था। बात यह थी कि शकीला ने शाम के वक्त जाकर शहज़ादी से बड़े लहजे के साथ कहा, "मौसी, आज पान नहीं खिलाओगी ?"

आए दिन होने वाले कलह और सुलह की तरह शकीला ने आज भी संधि हुई जान ली थी, पर शहज़ादी उस दिन बेहद चिढ़ी हुई थी। इसी से उसने शकीला को हज़ारों जली-कटी बातें सुनाईं।

जमीलन का चेहरा क्रोध से तमतमा उठा। शीघ्रतापूर्वक आकर शकीला को घसीटती हुई अपनी कोठरी की तरफ ले गई, "ले, और जाएगी ? ले-ले।" धम-धम-धमाधम···शकीला फिर खूब पीटी गई।

मुहम्मदी के बीच-बचाव करने से छुटकारा पाकर ज़ोर-ज़ोर से सिसकती हुई शकीला अपनी कोठरी में चली गई और जमीलन हाँफते-हाँफते अपनी चारपाई पर।

रात के आठ बजे किसी ने दरवाज़े पर थपक थी। जमीलन चारपाई से उठकर चटर-पटर चप्पलें चटकाती हुई गई और कुंडी खोलकर देखा, मुन्ना।

"आइए, आइए।" मुस्कराने का निष्फल प्रयत्न करते हुए जमीलन ने उसका स्वागत किया। ज़रा-सी बात पर शकीला को कितना मारा—रह-रहकर उसे इसी का ध्यान हो आता था।

मुन्ना ने पूछा, "शकीला कहाँ है ?"

"अभी बुलाती हूँ। आप ऊपर तशरीफ रखें।"

ऊपर छत पर एक काठ का छोटा-सा कमरा था—वही उसकी रूप की दूकान थी।

मुन्ना को ऊपर के कमरे में बैठाकर उसने नीचे आकर शकीला की कोठरी के किवाड़ों को थपथपाया।

"सकीला, अरी सकीला ! ज़रा कुंझ खोल तो बिटिया !"

शकीला ने कोई उत्तर न दिया।

"अरी, मुन्ना बाबू आए हैं।"

किवाड़ तब भी बंद रहे। बड़ी देर बाद माँ के बार-बार मिन्नत करने पर उसने कुंडी खोल दी।

उसके सिर पर प्रेम के साथ हाथ फेरते हुए उसने कहा, "क्यों गई थी उस जलमुँही, मरी-पीटी के पास ?"

शकीला तकिए में मुँह छिपाए ज़ोर-ज़ोर से सिसकने लगी। जमीलन भी रो पड़ी, "तुझे मेरे सिर की कसम। अब न रो मेरी बिटिया ! उठ तो मेरी रानी ! उठ, उ़ठ।"

थोड़ी देर बाद अपने को सँभालकर जमीलन ने उससे कहा और हाथ पकड़कर उसे उठाना चाहा।

अपनी छाती से शकीला को कसकर जमीलन रोने लगी, और शकीला भी। सिसकियों और आँसुओं के बीच जमीलन ने कहा, "अल्लाह करे, मेरे ये हाथ गल जाएँ। मेरी बेटी, मेरी बच्ची !" वह उसके मस्तक को दोनों हाथों से अपनी छाती पर कसकर दबाए हुए थी।

मुहम्मदी ने कोठरी के द्वार पर खड़े होकर उस दृश्य को देखा और फिर जमीलन से कहने लगी, "पहले तो ले के पीट डाला, और अब फफड़दलाली करने चली है, वाह री मौसी ! ऐसे मना रही हो, अल्लाह कहीं सचमुच ही तुम्हारी बाँहें न काट डाले।"

"···शकीला ! चल उठ, हाथ-मुँह धो। रहने दे अब अपने नखरे। चल-चल, यह चोंचलेबाज़ी ऊपर जाकर दिखाना। दो-एक झुमके और मिल जाएँगे। सुनार का बेटा है आखिर।"

मुहम्मदी ने उसका हाथ पकड़कर अपनी ओर घसीट लिया। वह मुस्करा रही थी। सूजे-से जलमग्न नेत्रों से उसकी ओर देखकर शकीला भी एक बार मुस्करा दी।

मुहम्मदी की मदद से हाथ-मुँह धोया, साड़ी बदली, पान खाया और ऊपर चली गई।···और ऐसे ही सारी रात बीत गई। सुबह उठकर मुन्ना ने देखा, शकीला बिस्तर पर न थी। उसने जमीलन से पूछा। शकीला को आवाज़ दी, मुहम्मदी से पूछा, झब्बन से पूछा, शहज़ादी से भी पूछा। शकीला कहीं भी न थी। एकाएक उसने देखा, ड्योढ़ी की अर्गला तो खुली थी, पर किवाड़ भिड़े हुए थे। दोनों हाथों से अपना कपाल पीटकर वह रो पड़ी।

शकीला सचमुच फिर भाग गई थी।

एक दिन, दो दिन, दस दिन, महीना, डेढ़ महीना—कुछ पता नहीं। जमीलन के लिए धरती जैसे उसकी शकीला को निगल ही गई थी। वह दरोगा जी की खिदमत में गई, 'हवलदारों' की पाशविक मनोवृत्तियों की छाप अपने गालों और···और अवनत स्तनों पर लगाकर लौट आई। परंतु शकीला न आई, न आई।

जवानी की कमाई की बची-खुची स्मृतियों को एक-एक कर उसने बेचा और खा डाला। अच्छा भोजन किया, दिन में चार बार सिंगार करना शुरू किया। मुहम्मदी को अकेले में बुलाकर जमीलन कहती, "ज़रा मेरी चोटी तो कस दे, मेरी गुइयाँ। आय-हाय, आज तो तू बड़ी खूबसूरत जँच रही है।"

बात समझकर मुहम्मदी जमीलन का जूड़ा बाँधते-बाँधते कहती, "लेकिन मौसी, तुमसे कम ही कम। गज़ब ढाती हो तुम तो। सारा बाज़ार तुम्हें देखता है घूर-घूरकर, जैसे कोई हूर खड़ी हो !"

"ए चल हट, मुई ! तुझे बातें बनाना खूब आता है।" मन ही मन प्रसन्न और गर्वित हो जमीलन उसे उत्तर देती।

दिन चुपचाप यों ही बीत रहे थे। जमीलन बड़े सजाव के साथ बाज़ार के आने-जाने वालों को देखती। बहुत-से उसे भी देखते, परंतु आता उसके यहाँ कोई भी न था।

एक दिन मुहम्मदी भी कहीं चली गई—तीन दिन के लिए। जमीलन के लिए वे दिन कयामत के दिन थे।

सुनसान गली में खड़ी हो आँखें फाड़-फाड़कर जमीलन जैसे कुछ खोज रही थी। बाज़ार में जाते हुए मुन्ना को उसने देखा। वह दौड़ी हुई गई मुन्ना को बुलाने। वह भी उधर ही आ रहा था।

मुन्ना ने पूछा, "शकीला आ गई ?"

"सकीला गई भाड़ में ! उससे तुम्हें क्या मतलब ?" कह उसने मुन्ना का हाथ

पकड़ लिया और घर में ले गई।

चारपाई पर उसे बिठाकर बोली, "तुम तो अब आते ही नहीं, क्यों ?"

"क्या करूँ ? किसके लिए आऊँ ?" मुन्ना जमीलन को यह दिखाना चाहता था कि उसे शकीला से कितना अधिक प्रेम था और अब भी बाकी है।

कटीली कनखियों से देखते हुए उसका हाथ अपने हाथ में दबाकर उसने कहा, "क्यों ? क्या मैं खूबसूरत नहीं हूँ ? बोलो प्यारे, बोलो।"

फिर दोनों हाथ सिर के पीछे बाँध, छत की कड़ियों की ओर देखते हुए घूमकर गुनगुनाना शुरू किया :

"क्या इश्क ने समझा है,
क्या हुस्न ने जाना है !
हम खाक-नशीनों की,
ठोकर पै ज़माना है !"

गाकर उसने एक बार मुन्ना की ओर देखा और फिर हँस पड़ी। उसके पास सरक, अँगड़ाई लेते हुए उसने पूछा, "आज चुप क्यों हो मेरी जान ?"

मुन्ना अचानक उठा। वह क्या बताए कि वह चुप क्यों है ? कुछ देर बाद जमीलन ने फिर पूछा, "हमसे कुछ खफा हो ?"

मुन्ना ने मुस्कराकर उत्तर दिया, "नहीं तो, भला तुमसे कौन खफा हो सकता है ? हाँ, यह तो बताओ कि आज घर में और सब कहाँ हैं ?"

जमीलन ने मुँह फुलाकर आँखें तरेरते हुए हाथ से मुन्ना को धीमा-सा धक्का देकर कहा, "तुम्हें दूसरों से क्या मतलब ? ऐ, हाँ तब से हज़ार बार पूछ चुके हो, शकीला कहाँ है, फलानी कहाँ है, ढिमाकी नहीं दिखाई पड़ती ? कोई तो आप पर जान दे और आप ऐसे कि⋯"

मुन्ना चुपचाप बैठा हुआ उसकी ओर ताक रहा था। जमीलन कुछ देर चुप रही, फिर कनखियों से देखते हुए मुस्करा पड़ी।

वह मुन्ना के पास खिसक आई, खिसकती ही आई और उसकी गोदी में अपने आपको बिलकुल ढीला छोड़ दिया।

मुन्ना अजब उलझन में पड़ा। वह जमीलन से पीछा छुड़ाना चाहता था। उसने कहा, "अच्छा, इस वक्त जाने दो। मुझे काम है। फिर आऊँगा।"

मुन्ना अपने को अलग करने की कोशिश करने जा ही रहा था कि जमीलन ने उसे अपनी ओर खींचकर अपनापन जताते हुए कहा, "यह भी जाने का कोई वक्त है ? नहीं, अब न जाने पाओगे।"

जमीलन की सारी चेष्टाएँ मुन्ना को अपनी ओर खींचने का प्रयत्न कर रही थीं। उत्साहित होकर वह अपनी एक-एक अदा से, बचपन से लेकर अब तक आजमाए हुए प्रयोगों से, उन्मत्त होकर मुन्ना को रिझाना चाहती थी। उस वक्त उसकी बाँकी अदा में कितना बाँकापन था, कितना मज़ा था, कितना···!

मुन्ना सचमुच में घबरा उठा था।

आखिर उससे न रहा गया। अपनी पूरी ताकत से जमीलन को ढकेलकर भागा—भागा।

जमीलन दूर जा पड़ी। समूची शक्ति लगाकर उठना चाहा, पर उठ न सकी। वहीं ढह गई। अकर्मण्य रोष घुमड़-घुमड़कर उसके अंग-अंग को जैसे उमेठ रहा था। होंठ बार-बार फड़-फड़ाकर रह जाते थे, मानो कह रहे हों, 'शकीला, आ जा बेटी, आ जा।'

जैसे उसकी दोनों बाँहें टूट गई थीं, मुहम्मदी भी नहीं, शकीला भी नहीं; और वह भूखी थी।

(1936)

सती का दूसरा ब्याह

"डॉक्टर, देयर इज़ समबडी आउटसाइड, जो आपसे मिलना चाहता है।"

"आप देख ही रहे हैं डॉक्टर, कि मैं इस समय बिजी हूँ।" कहकर डॉ० किशोरी अग्रवाल ने कमरे के किनारे की मेज़ से एक दवा की शीशी उठाई और फिर ऑपरेशन टेबिल की ओर चली गई। हिंदुस्तान के प्रसिद्ध सर्जन डॉ० रसगोत्रा एक रोगी के दिल का बड़ा ही नाज़ुक ऑपरेशन सफलतापूर्वक कर चुकने के बाद अब उसका ज़ख्म सी रहे थे। किशोरी उनकी अत्यंत प्रिय शिष्या थी। वह जानती थी कि इस समय एक क्षण के लिए भी डॉक्टर रसगोत्रा उसका दूर रहना पसंद नहीं कर सकते। ऑपरेशन थियेटर से बाहर निकलते ही डॉक्टर को चाय की तलब होगी, किशोरी ही उनकी चाय तैयार करती है। चाय की चुस्कियों के साथ डॉक्टर अपने शिष्यों को ऑपरेशन-संबंधी बारीक बातें समझाते हैं—ठीक उसी तरह जैसे एक चित्रकार अपनी कला की बारीक व्याख्या करता है, योगी अपने सहयोगी साधक को रहस्य के गोपन स्वानुभव सुनाता है। उनकी आदत है, ताबड़तोड़ गर्म चाय की चुस्कियाँ ले लेने के बाद वे प्याली मेज़ पर रख देते हैं और फिर बात शुरू करते हैं, बातों में रमते जाते हैं, चाय ठंडी होती जाती है। एकाएक फिर बीच में चाय की तलब उठती है; चाय गर्म ही होनी चाहिए। किशोरी के सिवा डॉ० रसगोत्रा का इतना ध्यान कौन रख सकता है ! सहपाठी डॉ० टंडन ने दूसरे कमरे में सबके जाते समय किशोरी को फिर यह सूचना दी। उसे झुँझलाहट आ गई, कहा, "जानते हैं, मैं इस समय किसी से नहीं मिल सकती।"

लेकिन डॉ० टंडन ने आगे बढ़कर किशोरी को फिर घेरा और धीरे से कहा, "एक संन्यासी टाइप का आदमी अपने आपको आपका हस्बैंड बतलाकर आपकी शान में बेतुकी बकवास कर रहा है।"

चेहरा उतर गया, आँखें खोईं और पथरा गईं। डॉ० किशोरी अग्रवाल, एम०बी०बी०एस० के शरीर से मानो एकाएक जान निकल गई थी। उसे लड़खड़ाते देख टंडन ने सहारा दिया। वैसे ही डॉ० रसगोत्रा भी इधर मुड़े, उन्हें देखते ही किशोरी की मानो चेतना लौट आई। टंडन किशोरी की बाँह छोड़कर अदब से खड़ा हो गया। डॉ० रसगोत्रा और पीछे-पीछे उनकी शिष्यमंडली आगे बढ़ी। किशोरी को देखकर

मुस्कराए, बोले, "हलो बेबी ! आज तो गगारिन और शेपर्ड की तरह मुझे भी एकदम नया अनुभव हुआ है। क्यों, ठीक है न !" डॉ० रसगोत्रा ने उसके कंधे पर हाथ रखा और बगल वाले कमरे में बढ़े। लड़के डॉ० रसगोत्रा की श्रद्धा-भरी स्तुतियों के कार्यक्रम में रसमग्न होते चले, किंतु किशोरी के स्वर में सदा की-सी ललक न उमग सकी। पिछले सात वर्षों में उसने नए सिरे से जीवन के प्रति जो आस्था पाई थी वह ताश के महल-सी क्षण-भंगुर सिद्ध होकर बिखर रही है, बिखरती ही चली जा रही है।

डॉ० किशोरी अग्रवाल नगर में प्राइवेट प्रेक्टिस करने वाले सुप्रसिद्ध डॉ० मनोहरदास की जेठी बेटी है। डॉ० मनोहरदास पुरबले जन्म के पुण्य-प्रताप से इस जन्म में कमाते हैं, रोगी की नब्ज पर झूठ-मूठ हाथ रखकर पानी का इंजेक्शन लगा देते हैं, तो भी वह रामबाण सिद्ध होता है। सोलह रुपये विज़िट की फीस, आठ घर की, पाँच इंजेक्शन की लगवाई की धरा लेते हैं। नुस्खे इन्हीं की दूकान पर बँधते हैं, सरकारी अस्पतालों में थोक माल सप्लाई करते हैं, ब्याज-बट्टे का काम फैला है, मकानों-दुकानों का किराया भी आता है—पिछले पचीस-तीस वर्षों में देखते ही देखते बड़ी माया फैली है। डॉ० मनोहरदास पर लक्ष्मी की इतनी कृपा देखकर नारायण को उनसे जलन हुई। पैसे की तरी में पुण्य-लाभ करने के लिए इनकी गृहलक्ष्मी जब बदरीनारायण गईं तो भगवान ने उन्हें वहीं से अपने घर बुला लिया। दुर्भाग्य यहाँ तक सीमित न रहा, नारायण दामाद के रूप में भी सताने आए और अब तक सता रहे हैं।

पत्नी के देहांत के बाद डॉ० मनोहरदास को अपने अतिव्यस्त जीवन के कारण घर में बैठी कुँवारी कन्या भार हो गई। किशोरी तब इंटर में पढ़ रही थी। उसकी इच्छा डॉक्टरी पढ़ने की थी। डॉक्टर साहब की पत्नी यदि जीवित होती तब तो शायद वे अपनी पुत्री की इच्छा पूरी कर देते, परंतु इस स्थिति में वे उसका विवाह करने पर तुले हुए थे। उन्होंने एक न सुनी।

नारायण प्रसाद गुप्त बड़े तेज़-तर्रार नौजवान थे। दूसरी लड़ाई का ज़माना था। देश की वास्तविक शक्तियाँ ब्रिटिश राज्य की जेलों में बंद थीं, सो नारायण प्रसाद सरकार द्वारा पोषित एम०एन० राय पार्टी के सक्रिय सदस्य हो गए। फिर उसके स्थानीय सर्वेसर्वा भी हो गए। नारायण प्रसाद भाषण ज़ोरदार करते थे। दैनिक पत्रों में संपादकों के तार पत्र भी अकसर लिखा करते थे। उस साल एम०ए० पास किया था। वर के गुण और घर की मोटर-कोठी और गल्ले का बड़ा भारी कारोबार देखकर डॉ० मनोहरदास ने किशोरी का विवाह कर दिया। उन्होंने नारायण प्रसाद और उनके पिता से अपनी लड़की की डॉक्टरी पढ़ने की इच्छा और अपनी मजबूरी भी प्रकट की। नारायण प्रसाद से तो उन्होंने यहाँ तक कहा कि आपके उन्नत विचारों के कारण

ही इस संबंध पर ज़ोर दे रहा हूँ। जानता हूँ कि मेरी बेटी की इस सदिच्छा को पूरा करने में दिल से सहयोग देंगे। उस समय तो नारायण प्रसाद ने जोश में आकर स्त्री-शिक्षा पर एक लेक्चर तक दे डाला और विलायत तक पढ़ाने का वादा किया। किशोरी के होने वाले ससुर बोले, "हमारे लिए तो अच्छा है कि घर में डॉक्टरनी हो जाएगी।" इस वचन से संतुष्ट होकर मनोहरदास जी ने खोलकर दान-दहेज दिया। यही एक लड़की है, इससे छोटे दो लड़के हैं।

डॉक्टर साहब को रुपया कमाने के अलावा और कोई शौक नहीं था। अपनी कोठी और दवाखाने वाली सड़क का नाम इन्होंने डॉक्टर मनोहरदास रोड करा लिया था। निज को लेकर बस यही एक महत्त्वाकांक्षा थी सो भी पूरी हो चुकी थी। बेटी बड़े घर सुख-चैन में जा रही है, डॉक्टरनी हो जाएगी। मंगू को भी डॉक्टरी पढ़ाने की आकांक्षा थी, क्योंकि अपनी गद्दी सौंपना चाहते थे और गंगू को हाई क्लास बिज़नेसमैन बनाने की आकांक्षा थी सो भी ईश्वर की दया से पूरी हो जाएगी।

'मगर मेरे मन कछु और है कर्ता के कछु और' वाला हिसाब हो गया। नारायण प्रसाद का मन शीघ्र ही किशोरी से भर गया। बाहर नेतागिरी में कई लड़कियों का साथ था, चुलबुली, शोख, अंग्रेज़ी बड़े बनाव से बोलने वाली, अलबेली, चोंचलेबाज़ माशूकें थीं। नित नया रंग था। जेब में पैसा था, कुछ बाप का, कुछ सरकारी, जो नाज़ी-विरोधी और सन् '42 के आंदोलन-विरोधी प्रचार-कार्य के लिए वे पाते थे। मगर ये ऐश बहुत दिन सध न सके। दूसरी लड़ाई समाप्त हुई। छोटे-बड़े नेता जेल से निकले। नारायण प्रसाद गद्दार सियार की तरह राजनीतिक क्षेत्र से दुबककर बैठे रहे। कुछ दिन बाप के पैसे पर ऐश करते रहे। फिर हलचल हुई, आज़ादी आई, दंगे हुए, हज़ार के नोट को सरकार ने अमान्य ठहरा दिया। सैकड़ों चोरबाज़ारिए हाय मारकर बैठे। नारायण प्रसाद के पिता की गुप्त तिजोरी में बंद कई लाख के हज़ारी नोट पुड़िया बाँधने के कागज़ मात्र रह गए। सट्टे-फाटके का काम भी ज़ोरदार था, पर विधाता वाम था। काल की अजस्र धारा में किशोरी के श्वसुर का वैभव पानी के बनते-मिटते बुलबुले-सा विलीन हो गया।

किशोरी के पिछले जीवन के सात दुःस्वप्नों-भरे वर्ष, बाद के इन सात वर्षों के सुखद जीवन को भी स्वप्न बनाकर बरबस अपने साथ उड़ा ले गए। डॉ० टंडन के उस समाचार के प्रभाव से एक भूला-सा चेहरा, स्मृति का एक भयंकर भूत उतर आया। वह धक से रह गई, निरी शून्य हो गई। डॉ० रसगोत्रा को चाय पिलाने के बाद वहाँ फिर रुक न सकी। डॉक्टर एक आवश्यक टेलीफोन कॉल सुनने के वास्ते उधर गए, इधर किशोरी एक चिट में अपने सख़्त सिर-दर्द का बहाना लिखकर, कॉलेज के पीछे वाले भाग से चोर की तरह कतराकर एकदम पिछवाड़े के दरवाज़े

से होती हुई बाहर आई। ऐंडे-वेंडे मार्ग से पैदल चलकर काफी दूर पर एक रिक्शा पाया। घर पहुँचकर सीधे अपने कमरे में घुस गई। दरवाज़े उढ़काने का होश हाथों को बेहोशी में भी रहा, पर पंखा खोलने अथवा सामने की खिड़कियाँ बंद करने का होश न रहा। किशोरी अपने पलंग पर तकिए में मुँह गड़ाए हुए पड़ गई। लू के गर्म झोंके खुली खिड़की से आते रहे।

बहुत देर गुमसुम पड़ी रहने के बाद चेतना कुनमुनाने लगी, मानो ऑपरेशन के बाद बेहोशी का असर हटने लगा। किशोरी ने आँखें खोलीं, सिर उठाकर देखा, फिर लेट गई। फिर थोड़ी देर बाद करवट बदली तो दिमाग में ससुराल के मकान के अपने वाले कमरे में बंद पति के हाथों चप्पलों और मुक्कों की मार खाने का दृश्य सहसा उभर आया। 'हरामज़ादी, कमीने की औलाद' और भी बुरी-बुरी गालियाँ फिर कानों में गूँज उठीं। नारायण प्रसाद के हाथों वे बड़ी मार खाने के दिन, सास-जेठानियों के ताने सुनने के दिन, भय की सिहरन से बँधे पुराने चित्र तेज़ी से मस्तिष्क-पटल पर अपनी तीव्र रेखाएँ खींचने लगे। फिर भी भय-जनित उस शून्य के आभास के बाद इस स्थिति में जीवन का स्पंदन था। हर पुराने चित्र के साथ वर्तमान में 'नहीं-नहीं' का भाव, झटकों पर झटके आ रहे थे। मानो अलक्ष्य में मानस रूपिणी किशोरी की निज से प्रश्नोत्तरी चल रही थी। ये चप्पलों की मार, ये गालियाँ, ये कलह कज़िए-भरा जीवन क्या अब फिर से सहोगी ? नहीं, नहीं, नहीं ! किशोरी में आस्था लौट रही थी। उसने कितनी लगन से अपना यह नया जीवन बनाया है। एम०बी०बी०एस० किया। टॉप किया। डॉ० रसगोत्रा इसे बेहद मानते हैं। उसका अपना जीवन इस समय कितना पर-उपयोगी है। किशोरी के ये वर्तमान की झलकें और वे बीतें दिनों की स्मृतियाँ—नहीं, नहीं, नहीं। वह बड़ी बेचैनी से इधर-उधर करवटें बदलने लगी।

"बीबी जी ! बीबी जी !" मुलिया महरी की आवाज़ ने लू के सनसनाते झोंकों की तरह उसके अंतर्मन का स्पर्श किया। आवाज़ सुई-सी चुभी और बरबस सचेत कर गई। फिर भी किशोरी बोली नहीं। उसे किसी से बोलना-चालना, हिलना-डुलना ज़रा भी नहीं रुचता, परंतु मुलिया का हाथ हलके-हलके उसकी बाँहें झिंझोड़ रहा है। मुलिया कह रही है, "बीबी जी, डॉक्टर साहब बुलावत हैं।"

नीचे डॉ० रसगोत्रा और डॉ० मनोहरदास दोनों बैठे थे। जब कॉलेज में डॉ० रसगोत्रा को अचानक किशोरी के जाने का समाचार और दो-तीन छात्रों से किशोरी के संन्यासीनुमा पति के बाहर अनशन करने की खबर मिली तो वे चिंतित हो उठे। डॉक्टर साहब किशोरी के कटु अनुभवों की कथा से परिचित थे। उन्हें मार्मिक कष्ट पहुँचा। वे तुरंत फाटक पर आए। किशोरी के पति संन्यासी नारायण

ने अपनी बकवास से खासा मज़मा इकट्ठा कर रखा था। परनिंदा में ज़माने को मज़ा मिल रहा था। डॉ० रसगोत्रा ने चौकीदारों को आज्ञा दी, "दोनों आदमी इसके पास लाठी लेकर खड़े हो जाओ। पुलिस के आने से पहले अगर यह ज़रा भी बकवास करे या दंगा-फसाद करे, तो तुम लोग इसका हाथ-पैर-सिर जो चाहो सो तोड़ सकते हो। बाद में हम इलाज करते रहेंगे।"

"अरे बाप रे !" चीखकर नारायण प्रसाद एकाएक उछलकर खड़ा हो गया। चौकीदार सँभल भी न पाए थे कि वह पत्ते-छू भागा। डॉ० रसगोत्रा सिपाहियों पर बिगड़ते रहे, फिर डॉ० मनोहरदास के मतब पर फोन किया; फिर दोनों डॉक्टर साथ घर आए।

किशोरी पिता के सामने आई। आँखों में सहसा आँसुओं के सोते फूट पड़े। पिता की छाती में मुँह छिपाकर रोने लगी। डॉ० मनोहरदास की आँखें भी भर आईं। डॉ० रसगोत्रा समझाने लगे, "किशोरी, तुम्हें इस तरह घबराते, भागते और रोते देखकर मुझे गहरी चोट लगी है। तुम्हारा ये आचरण तुम्हारे प्रोफेशन की शान के खिलाफ है। चलो, मुँह-हाथ धो हमारे साथ खाना खाओ और हॉस्पिटल चलो।"

डॉ० मनोहरदास ने पुलिस की मदद लेने का आश्वासन दिया। किशोरी आश्वस्त हुई। सात वर्ष पहले जब वह पिता के आश्रय में आई थी, तब भी सब करतब दिखलाकर वह 'जानवर' पुलिस-बल से ही काबू में आया था। किशोरी का मन अब नारायण प्रसाद के लिए 'पति' शब्द प्रयुक्त करने से इनकार करता था। पापा उसे 'जानवर' कहते हैं। वह भी उसे जानवर ही मानती है—सामाजिक अपराधी, हिंस्र पशु। नारायण प्रसाद ने उनके साथ किया भी ऐसा ही था। मारता था और रोने नहीं देता था। मायके वालों से मिलने नहीं देता था। और जब दो-एक महाजनों की ओर से उसके ऊपर डिग्री नालिश की नौबत आई, पिता और भाइयों ने उसका ऋण पटाने से इनकार करके 'संयुक्त परिवार' से अलग कर दिया तो नारायण प्रसाद किशोरी की खुशामद करने लगा। अपने ससुर से रुपया उधार दिलाने के लिए उससे आग्रह करने लगा। स्वयं उसे साथ लेकर डॉ० मनोहरदास के यहाँ आया। रात में पिता-पुत्री की बातें हुईं। पिता ने दबाव डालकर अपनी बेटी से उसकी सारी दुखगाथा सुनी और कहा कि अब तुम यहीं रहोगी, पढ़ोगी, डॉक्टर बनोगी। ऐसे जानवर के साथ अब मैं तुम्हें हरगिज़ नहीं भेजूँगा।

रात में किशोरी पति के कमरे में गई। सुबह दामाद को एक घूँट चाय तक पिलाने कोई न पहुँचा तो नारायण प्रसाद का पारा चढ़ा, ससुराल में ही गरजने लगे। दो नौकर आए, घसीटकर बाहर ले गए। कहा, "अब यहाँ न आइएगा।"

नारायण प्रसाद ने वकील से नोटिस भिजवाया। डॉ० मनोहरदास ने रुपये और

मेलजोल के ज़ोर से पुलिस द्वारा उसे पकड़वाकर सिविल सर्जन से उसकी जाँच करवाकर उसे नशेबाज़ और कुंठाग्रस्त मनोरोगी करार दिलवा दिया। इतना ही नहीं, बल्कि इसके हलके के थाने वालों को इनाम-इकराम से संतुष्ट करके इसका सवेरे-शाम की थाने में हाजिरी लगवा दी। कोई पुलिसमैन कभी-कभी इसके घर के दरवाज़े पर भी इसके नाम पर धमकियों-भरा हुल्लड़ भी मचा आता था। इसी बीच में यह दीवालिया करार दिया गया। घर में इसके हिस्से के नीलाम पर चढ़ाए जाने की नौबत आई तो एक भाई ने बोली बोलकर खरीद लिया। यह निकाला गया। नगर से बाहर चला गया। सात-साढ़े सात वर्षों के बाद अब फिर लौटा है। डॉ० मनोहरदास ने बेटी से कहा, "तू मत घबरा बेटी, इसकी शामत घेरकर लाई है।" किशोरी पिता से आश्वासन पाकर फिर से हरी होने लगी।

इस घटना के बाद दो-ढाई महीने का समय निर्विघ्न बीता। किशोरी भूल गई। रसगोत्रा उसके जीवन में इतने घुलमिल गए थे कि अब उनकी और उनके पेशे की ज़िम्मेदारियों के अतिरिक्त और कुछ भी सोचने का उसे अवकाश नहीं था। डॉ० रसगोत्रा आयु में किशोरी से लगभग तेरह-चौदह वर्ष बड़े थे, अविवाहित थे। लोगों का कहना था कि विदेश में किसी युवती से धोखा खाकर उन्होंने फिर स्त्री जाति की ओर से अपना मन ही हटा लिया था। सच तो यह है कि किशोरी की प्रतिभा और अचूक सेवा-भावना के कारण वे उसकी ओर खिंचे हुए थे। उन्हें इस बात का खयाल शायद बहुत कम आता था कि किशोरी नारी थी। किशोरी काम के समय के अतिरिक्त कभी उनके साथ नहीं रही। यह बात दूसरी थी कि डॉक्टर मनोहरदास अपनी दुनियादारी के सुहावने फंदे में फँसकर जैसे औरों को अकसर अपने यहाँ खाने-पीने के लिए बुलाया करते थे, वैसे ही रसगोत्रा को भी बुलाते थे। उनके आने पर किशोरी अवश्य वहाँ मौजूद रहती और वही कुछ ऐसे क्षण होते थे जब डॉ० रसगोत्रा किशोरी के संबंध में उससे अथवा उसके पिता से कुछ निजी बातें भी कर लिया करते थे। किंतु इतनी घनिष्ठता होने पर भी दोनों के मनों में एक-दूसरे के लिए नर-नारी वाला भाव अभी तक उनकी चेतना की ऊपरी सतह पर नहीं जागा था। डॉ० रसगोत्रा गुरु थे और वह शिष्या। डॉ० किशोरी अग्रवाल डॉ० रसगोत्रा की ऐसी सहयोगिनी थी कि उसे प्रायः कुछ बतलाने की आवश्यकता नहीं पड़ती थी। रसगोत्रा अपने विभाग के प्रबंध से संबंधित बहुत-से कामों के लिए भी किशोरी अग्रवाल पर ही आश्रित हो गए थे। अस्पताल के लोग किशोरी और रसगोत्रा का यह अभिन्न नाता जानते हुए भी अब तक उनके प्रति कोई कच्ची उँगली न उठा पाए थे, लेकिन इधर-उधर बाहर से कुछ ऐसी अफवाहें डॉक्टरों के भीतरी दायरे में भी आने लगी थीं। इस बात की ज़ोरदार चर्चा उड़ने लगी कि नगर में एक स्वामी

नारायणानंद नाम के विद्वान् संन्यासी अपने प्रवचनों में डॉ० मनोहरदास की अर्थ पिशाचता और किशोरी तथा रसगोत्रा के अनैतिक संबंध के प्रति बड़ी खरी-खरी बातें सुनाया करते हैं।

किशोरी को पहले खबर लगी। वह डरी कि रसगोत्रा सुनेंगे तो क्या कहेंगे। डॉ० मनोहरदास तक भी खबरें पहुँचने लगीं। डॉक्टर साहब क्रुद्ध हुए। उन्होंने यह भाँप लिया कि उनका दामाद, उनके कुछ प्रबल विरोधियों के हाथ में खेल रहा है। वे इसीलिए इस बार पुलिस अथवा गुंडों का सहारा लेकर अपने दुष्ट दामाद को दंडित करने का साहस न कर पाए। नारायण प्रसाद अच्छे वक्ताओं में से था। अपने प्रभावशाली प्रवचनों के कारण वह पुज निकला। हर प्रवचन में मनोहरदास और किशोरी के संबंध में एक न एक ऐसी बात अवश्य कहता, जिससे कि जनधारणा क्रमशः पिता और पुत्री के खिलाफ जाने लगी थी।

विरोधियों ने सताने का एक पैना तरीका खोज निकाला। डॉ० मनोहरदास मार्ग पर, डॉ० मनोहरदास के मतब से कुछ दूर पर एक शिवाला था। वहाँ रोशनी और सजावट हुई। लाउडस्पीकर लगे, और सारे शहर में यह ढिंढोरा पिट गया कि वहाँ पर स्वामी नारायणानंद का एक सप्ताह तक प्रवचन और नागरिक सम्मान होगा।

किशोरी नगर-भर में लाउडस्पीकरों पर दी जाने वाली इस सूचना को सुनते-सुनते काठ हो गई। डॉ० मनोहरदास क्रोध के मारे भीतर ही भीतर सुलगे चले जा रहे थे, पर कुछ न कर सकते थे। प्रवचन आरंभ होने के दिन स्वामी नारायणानंद जी को शंख, घड़ियाल, तुरही, नगाड़े और बड़ी जयजयकारों के साथ जुलूस में डॉ० मनोहरदास मार्ग स्थित शिवाले में लाया गया। उनकी सार्वजनिक रूप में पूजा की गई। उनके तप-तेज के संबंध में बड़ी-बड़ी बातें बखानी गईं। फिर स्वामी जी का प्रवचन आरंभ हुआ। वे कहने लगे, "आज मेरी परीक्षा का दिन था। आज से बारह वर्ष पहले इसी मुहल्ले में एक दिन इसी प्रकार बाजे-गाजे और जुलूस के साथ यह काया रूपी आत्मन आया था। मैं परम प्रसन्न था। उसी समय किसी ने मानो अदृश्य से मुझे पूज्यपाद गोस्वामी जी महाराज का यह दोहा सुनाया कि 'फूल्यो फूल्यो, फिरत है आज हमारो ब्याव, तुलसी गायि बजायि कै देत काठ में पाँव।' हे भक्तो, अपने कानों में अज्ञान और अभिमान की रुई खोंसे रहने के कारण मुझ पापी ने भगवान् द्वारा दी गई चेतावनी सुनी-अनसुनी कर दी। विवाह के बाद पहली बार सुहाग-कक्ष में मुझ कामांध-मोहांध ने जब अपनी पत्नी का घूँघट उठाकर देखा तो आकाश में कहीं से पपीहा बोला, 'पी कहाँ ? पी कहाँ ?' सज्जनो, भक्त-वत्सल भगवान् की यह पुकार भी मैंने दंभ में अनसुनी कर दी और उत्साह से कहा, 'पी यहाँ ! पी यहाँ !' उस समय मैं प्रेम में मतवाला हो रहा था, उसके कठिन बंधन में जकड़ रहा था।

"The bond of Love ! What worse bondege can we conceive than the bond of Love ?[1]

"सज्जनो, अंग्रेज़ी विद्वान् डॉ० एच० लॉरेंस ने कहा है कि समुद्र के ज्वार को चहारदीवारी में बाँधने का नाम प्रेम है, वसंत ऋतु को बंदी बनाने की इच्छा का नाम प्रेम है। मजनूँ का पाप लैला थी, फरहाद का पाप शीरी थी और मेरा पाप किशोरी थी। एक उर्दू शायर ने कहा भी है कि 'हुआ लैला पे मजनूँ, कोहकन शीरीं ये सौदाई। मुहब्बत दिल का इक सौदा है, जिसकी जिसपे बन आई।।' मैंने जितना ही अपनी पत्नी को हृदय से चाहा, उतना उस बड़े बाप की बेटी ने अपने पैसे के घमंड में मुझे धोखा दिया। मेरा दिल तोड़ दिया। किशोरी के पीछे मैं दिवालिया हुआ, पागल ठहराया गया, पुलिस के द्वारा सताया गया, घर से निकाला गया। क्या-क्या दुर्दशा न हुई मेरी ! आज भी डॉ० मनोहरदास मेरे पीछे पुलिस लगाते हैं, कहते हैं कि मैं पागल हूँ। हाँ, हाँ, मैं पागल हूँ। पहले किशोरी का मजनूँ था और अब अपने प्रभु का पागल हूँ। मैंने साकार-निराकार परब्रह्म परमेश्वर के श्रीचरणों में अपना हृदय अर्पित कर दिया है और अपनी पत्नी किशोरी के संबंध में भी राष्ट्रकवि श्री मैथिलीशरण गुप्त के शब्दों में निवेदन करता हूँ कि–

तुम यहाँ सुधि लो कि न लो कभी
उचित उत्तर दो कि न दो कभी।
पर यही कहते हम हैं अहो !
तुम सदैव सहर्ष सुखी रहो।"

पब्लिक धन्य-धन्य हो गई; स्वामी जी की वाहवाही हो गई। अपने मतब में मरीज़ों की भीड़ से घिरे बैठे हुए डॉ० मनोहरदास की लाउडस्पीकर जग में थुड़ी-थुड़ी हो गई। उनके मतब में उनके जामाता का स्वर गूँज रहा था। किशोरी के कमरे में उसके भूतपूर्व पति की आवाज़ कई गुना बड़ी और लाउडस्पीकर की घर्राहट का असर लेकर आ रही थी। अपने घर में बैठी सुन रही डॉ० किशोरी अग्रवाल का चेहरा स्तब्ध, रंग फक्क, होश गुम।

दूसरे दिन घर से कॉलेज जाने के लिए निकलते ही दो-चार लौंडे-लपाड़ी किस्म के भक्त आवाज़ें-तवाज़ें फेंकने लगे। डॉक्टर किशोरी अग्रवाल के अंदर की विवश नारी तिलमिलाकर रो उठी। पिता ने पिछली रात अपने संन्यासी दामाद की बातें सुनने के बाद ही घर में बच्चों और नौकरों को आदेश दे दिया कि उनकी बातों से या किसी की बातों से इस समय तनिक भी उत्तेजित न होना, नहीं तो मामला बिगड़

1. प्रेम का बंधन ! प्रेम के बंधन से बदतर हम और किस बंधन की कल्पना कर सकते हैं।

जाएगा। ड्राइवर चुपचाप गाड़ी हाँक ले गया। प्रतिदिन का तमाशा आरंभ हो गया। प्रति शाम को भारतीय नारी की महिमा, सती की महिमा, स्वामी जी महाराज बखानते, "पति कोढ़ी, अपाहिज, शराबी, जुआरी कैसा भी हो, पर पत्नी को उसकी सेवा करनी चाहिए। यह भारतीय संस्कृति का महान् आदर्श है ! एक ब्राह्मणी अपने कोढ़ी पति की भोग-लिप्सा शांत कराने के लिए उसे अपने कंधों पर चढ़ाकर वेश्या के यहाँ ले गई—कैसा महान् आदर्श है। एक किशोरी है, जिसने मुझे चरित्रहीनता के लिए बदनाम किया।" कभी उमा-नारद-संवाद और कभी श्री भगवान् ब्राह्मण-संवाद और न जाने कहाँ-कहाँ के पौराणिक दृष्टांतों से घर-घुसनी, पति-पूजनी भारतीय नारी की महिमा बखानता, और आज की डॉक्टर, वकील, अफसर, इंजीनियर, वैज्ञानिक आदि बनती हुई नारियों को वह किशोरी के मिस नीचे गिराता था। औसत लोग कलिकाल की महिमा बखानते और हिंदू धर्म के पतन की दुहाई देते थे। लगातार चार-पाँच दिनों तक अनर्गल प्रलापों से डॉ० मनोहरदास का ब्लड प्रेशर बढ़ गया। वे स्वयं रोगी होकर पड़े रहे। डॉ० मनोहरदास का बीमार पड़ना भी दूसरे पक्ष वालों को विजय प्रतीत हुई।

नारायण के भक्तों ने आवाज़ें कस-कसकर किशोरी का घर से बाहर निकलना तक बंद करवा दिया। किशोरी के अस्पताल न पहुँचने से डॉ० रसगोत्रा के कानों में भी इस नई घटना की भनक पड़ी। वे बहुत नाराज़ हुए, क्या इसी का नाम हिंदू धर्म है ? एक पतित पुरुष के द्वारा एक सती और सुशीला स्त्री का यों अपमान किया जा सकता है ? डॉक्टर ज्यों-ज्यों किशोरी की व्यथा के संबंध में सोचते गए त्यों-त्यों स्वयं उनके मन में उसके प्रति अनुराग उमड़ता गया। उन्हें लगा कि वे किशोरी के बिना अधूरे हैं। किशोरी उनके जीवन का अनिवार्य हिस्सा बन गई। मन की तहों-दर-तहों में छिपा हुआ एक निश्चय एक झटके में ही डॉक्टर रसगोत्रा की चेतना की ऊपरी सतह पर आ गया। वे सीधे किशोरी के यहाँ गए, उससे कुछ बातें कीं। डॉ० मनोहरदास से भी कुछ बातें कीं और शाम को स्वामी नारायणानंद की प्रवचन-सभा में वे किशोरी को लेकर पहुँच गए। अपनी सुरक्षा के लिए उन्होंने एक पुलिस दल भी वहाँ बुलवा लिया था। दोनों को देखते ही स्वामी जी का प्रवचन एकाएक रुक गया। डॉक्टर साहब ने सभा को घोषित करके कहा, "अगर किसी ने तनिक भी गड़बड़ की तो पुलिस फौरन ही शिवाले के भीतर आ जाएगी। आप लोग रोज़ इस नाकारा, नशेबाज़ की बातें सुनते रहे हैं, आज आपको उस देवी की भी बातें सुननी होंगी, जिसने लगातार सात वर्षों तक इसके हाथों से अमानुषिक कष्ट पाए थे। जाओ किशोरी, और माइक्रोफोन पर सभा को संबोधित करो। अगर यह ढोंगी संन्यासी या उसके लगुए-भगुए तुम्हें ज़रा भी पीड़ित करेंगे तो पुलिस तुम्हारी

सहायता करेगी।"

सभा सकते में आ गई। किशोरी ने सभा के आगे अपने पति के एक-एक कारनामे खोलने शुरू किए। उसकी वाणी में इतनी उत्तेजना थी कि सभा में उसके प्रति सहानुभूति की धारा बहने लगी। स्वामी नारायण प्रसाद उर्फ नारायणानंद ने उठकर जाना चाहा, किंतु रसगोत्रा ने उसे पकड़ लिया। किशोरी ने उसी सभा में यह भी घोषित किया कि वह इस लंपट और धूर्त को कभी अपने पति के रूप में स्वीकार नहीं करेगी। उसके सहधर्मी संरक्षक डॉ० रसगोत्रा उसके दूसरे पति होंगे और ऐसा करने से उसे कोई रोक न सकेगा।

एक सप्ताह के भीतर ही डॉ० मनोहरदास मार्ग पर फिर एक नई सजावट हुई। बाजे-गाजे बजे और सती का दूसरा ब्याह हुआ।

(1961)

ओढ़री सरकार

छुट्टी का दिन। गर्मी का मौसम, तापमान सैंतालीस डिगरी। पंखे की हवा जितनी आग उगल रही थी, उससे चौगुनी चिताएँ हमारी ज़बानों पर सुलग रही थीं। सारा आक्रोश बढ़ती हुई अराजकता, महँगाई, नशाबंदी और आरक्षण के कारण था। लोग फिर से इंदिराजी और इमरजेंसी के हिमायती बन रहे थे। बहस की गर्मी मौसम की गर्मी से डबल होकर उबल रही थी। बहस की गर्माहट सबसे अधिक इंदिरा जी के कारण बढ़ी। लल्लू बाबू अभी पाँच मिनट ही पहले कमरे में दाखिल हुए थे। कोने में रखी सुराही से दो गिलास पानी पीकर उन्होंने तृप्ति की आह भरी, फिर गोष्ठी में सम्मिलित होते हुए बोले, "अजी साहब, आप लोग कुछ भी कहें, इंदिरा नाम में ही कुछ ऐसी तांत्रिक शक्ति है जो बड़े-बड़े लौह-पुरुषों को मोम-पुरुष बनाकर पिघला देती है, चाहे वो इंदिरा गांधी हों या इंदिरा सिंह।

"ऐं !" ये इंदिरा सिंह कहाँ से टपक पड़ी लल्लू बाबू ?" विषय-परिवर्तन से ताज़गी पाकर मैंने पूछा।

"कौन इंदिरा सिंह ?"

"अमाँ, इतनी जल्दी भूल गए ? प्रदेश के भूतपूर्व मुख्यमंत्री लाल रिपुदमन सिंह···"

"अच्छा-अच्छा, वो ओढ़री सरकार ! क्या किया उसने ?" प्रश्न जैशंकर ने किया ! इन दोनों नामों से मेरा मन खोखले कनस्तर में पड़े मिट्टी के ढेले की तरह ढम-ढम बज उठा। लाल रिपुदमन सिंह मेरे पैंतालीस वर्ष पुराने घनिष्ठ साथी हैं, यद्यपि पिछले तीस वर्षों में मेरी उनकी दोस्ती करीब-करीब 'बिलो फ्रीज़िंग प्वाइंट' तक आ चुकी है। कुमारी इंदिरा सिंह भी लालजू के नाते एक समय मेरे बहुत निकट थीं, मैं उन्हें 'भौजी' कहकर पुकारता था। रिपुदमन के मंत्री और मुख्यमंत्री वाले ज़माने में इंदिरा सिंह 'ओढ़री सरकार' के नाम से गाँव-गाँव, गली-गली में सरनाम थीं। लाल रिपुदमन सिंह यदि राजनीति के लौह-पुरुष माने जाते थे तो ओढ़री सरकार उनका लौहसार थी। जैशंकर के प्रश्न में मेरा मौन कौतूहल भी जुड़ा हुआ था। लल्लू बाबू बोले, "आज सबेरे मैं काम से महुआपुर गया था। रास्ते में ही 'इंदु विलास प्रासाद' पड़ता है, यह तो आप लोग जानते ही होंगे। करीब साढ़े दस-ग्यारह बजे

जब मैं साइकिल पर लौट रहा था तो देखता क्या हूँ कि बहुत सारे संदूक, बिस्तर बाहर फेंके जा रहे थे…"

"कहाँ ?"

"और कहाँ, इंदु विलास महल के बाहर, सड़क पर।"

"सामान किसका था ?" मैंने पूछा।

लल्लू बाबू हँसे, सिगरेट की डिबिया की ओर हाथ बढ़ाते हुए कहा, "आपके भूतपूर्व जानी-जिगरी लौह-पुरुष लाल रिपुदमन सिंह का। ऐसा लगता था कि पुलिस के सिपाही पलंगों पर बिछे बिस्तरे और कबर्डों में भरे कीमती कपड़े ऐसे के ऐसे लाकर बाहर फेंकते जा रहे थे। और साहब, एक बात और मैं आपको बतलाऊँ, हमारे भूतपूर्व मुख्यमंत्री एक काठ के बड़े संदूक पर बैठे सिगार पी रहे थे। उनकी रानी साहब, उनकी दो बहुएँ जंगले में पहली बार घेरी गई शेरनियों की तरह उनके पीछे वाले फुटपाथ पर तेज़ी से टहल रही थीं। (हँसकर) उनके रंग-बिरंगे कपड़ों में मुझे ऐसा लगा कि जैसे पीछे वाली बत्ती बुझती है और आगे वाली जलती है। अगल वाली बुझती है, बगल वाली जलती है। हः हः हः !"

लल्लू बाबू अच्छे किस्सा कहने वाले हैं। कौतूहल की एक-एक मंज़िल पर वे किसी न किसी बहाने रुक जाया करते थे और हम पाँच-छह जने उनके मुख से त्राटक योग साधने लगते थे। राम-राम करके यह रहस्य खुला कि ओढ़री सरकार ने प्रादेशिक सरकार के भूतपूर्व कर्णधार और उनके परिवार को मय उनके सामान के कोठी से बाहर निकलवा दिया।

"क्यों ?"

"इसलिए कि इंदु विलास महल सदा सुहागिन कुमारी इंदिरा सिंह का है तथा लाल साहब और उनका परिवार उस पर ज़बरदस्ती अपना अधिकार जमाए हुए था। जैसा कि आम तौर से बड़े-बड़े प्रतापशालियों के पतन पर होता है !" मित्र मंडली की व्यंग्य-भरी फुलझड़ियों के साथ-साथ कमरा पटाखों की तरह कहकहों से गूँज उठा।

लेकिन मेरा मन भारी हो गया, रिपुदमन सन् पैंतीस में यूनिवर्सिटी में मेरे सहपाठी हुए थे। सन् सैंतालीस तक मेरा उनका एक जान दो कालिब वाला साथ रहा। लाल साहब सरौठा इस्टेट के छोटे राजकुमार थे। मेरा उनका कुछ दूर का रिश्ता भी लगता था, मगर यूनिवर्सिटी यूनियन की हलचलों में समान रूप से जोशीला भाग लेने के कारण हम दोनों एक-दूसरे के बहुत पास आ गए थे। सन् बयालीस के आंदोलन में भी मेरा-उनका साथ रहा। मैं तो शुरू में ही पकड़ लिया गया था, मगर रिपुदमन ने अंग्रेज़ सरकार के छक्के छुड़ा दिए और सन् छयालीस में कांग्रेस की

अंतरिम सरकार बनने से दो महीने पहले तक ऐसे फरार हुए कि परम प्रतापशाली ब्रिटिश सरकार अपनी सारी कोशिशों के बावजूद उनकी छाया तक न छू सकी, उनको इस प्रकार आरक्षित रखने में इंदिरा सिंह का बड़ा हाथ था।

मेरे जेल जाने के बाद रिपुदमन ने कुछ साथियों को लेकर एक पुलिस चौकी जला डाली। तभी से फरार हुआ। मैकू अहिर हमारे इस नगर से मिले हुए गाँव अन्नूपुर में रहता था। सत्रह-अठारह वर्ष का नौजवान मैकू यद्यपि राजनीति में कभी सक्रिय नहीं रहा, फिर भी मन से देशभक्त था। चौकी नसीबगंज जलाए जाने की घटना में वह भी संयोगवश जोश में आकर भागीदार बन गया था। वही युवक लाल रिपुदमन सिंह को अपने घर ले आया। मैकू के घर में उसकी अंधी माँ और इक्कीस-बाईस वर्ष की विधवा भावज इंदरानी रहती थी। स्वयं मैकू कुछ महीने से अपनी ससुराल की जायदाद का मालिक होकर पड़ोस के गाँव में रहने लगा था। इंदरानी का पति हरभजन साल-भर पहले ही अपनी रिश्तेदारी में हुए एक लाठी कांड में मारा जा चुका था। तब से इंदरानी ही अपनी घर-गृहस्थी सँभालती थी। वह शुरू से ही दबंग थी। अपने स्वर्गवासी पति की साइकिल पर दो भैंसों का पचीस-तीस सेर दूध कैनों में भरकर शहर के एक हलवाई के यहाँ नियमित रूप से पहुँचाया करती थी। क्या मजाल कि उस पर कोई फब्ती कस तो जाए ! साइकिल पर चढ़ने की सुविधा के कारण जब उसने हिंदुस्तानी लहँगा-ओढ़नी छोड़कर चूड़ीदार पाजामा और कुर्ता पहनना आरंभ किया तो कुछ बड़े-बूढ़ों ने टेढ़ी-सीधी बातें कही थीं, मगर इंदरानी ने ऐसे मुँहतोड़ जवाब दिए कि तब से कोई सहसा उसके मुँह लगने की हिम्मत न कर सका।

लालजू को छिपाने के लिए मैकू ने तो केवल जोश-भर ही दिखलाया था, मगर उसे निभाया इंदरानी ने ही। दिन-भर काम ही करती रहती थी। दूध बेचकर आती, तीन प्राणियों का खाना बनाती, गाय-भैंसों के लिए चारा काटती। एक चक्कर अपने देवर व देवरानी के यहाँ भी लगा आना उसका नित्य का नियम था। शहर से लौटकर वह कुर्ते-पाजामे के बजाय फिर से लहँगा-ओढ़नी की पोशाक पहन लेती थी। उसकी कुशाग्र बुद्धि, फुर्ती, कमेरेपन, तेजस्विता और सच्चरित्रता के कारण लालजू धीरे-धीरे उसके भक्त बन गए। शहर में अपने घर वालों से वे उसी के कारण अपना संपर्क साध सके थे। वही उनके लिए घर से किताब, अखबार और रुपये लाया करती थी। सन् तैंतालीस के अंत में बीमारी के कारण जब मैं जेल से रिहा हुआ तो इंदरानी ही रिपुदमन की चिट्ठी लेकर मेरे पास आई थी। धीरे-धीरे इंदरानी हमारे लालजू की इंदु और इंदिरा बन चली। रिपुदमन अपनी इंदु को पढ़ाने भी लगे, पढ़ने में वह तेज़ निकली।

सन् छयालीस में अंतरिम देशी सरकार बनी। लाल रिपुदमन सिंह पार्लियामेंटरी सेक्रेटरी बनाए गए। उनका दिन चमका और इंदरानी उर्फ इंदिरा उर्फ इंदु का गाँव छूटा। रिपुदमन ने शहर में ही उसके लिए एक मकान किराए पर लिया, एक नौकरानी, एक मास्टरनी रखी और इंदिरा जी पढ़ने लगीं। प्राइवेट हाई स्कूल किया, इंटरमीडिएट किया, विशारद बनीं। फिर यूनिवर्सिटी में भर्ती होकर बाकायदा बी०ए० भी कर लिया।

लाल रिपुदमन सिंह तब तक स्वायत्त शासन मंत्री बन चुके थे और मेरी-उनकी घनिष्ठता काफी हद तक घट चुकी थी। दरअसल अपने बढ़ते हुए प्रभाव के कारण लालजू के तेवर बदल चुके थे और उनके पुराने मित्रों में वही लोग उनके साथी रहे जो उनकी मुसाहिबी कर सकते थे। चूँकि मुझसे यह सब हो नहीं सकता था, इसलिए उनसे कट गया। राजनीति छोड़कर विश्वविद्यालय में प्राचीन इतिहास का व्याख्याता हो गया। इसके बाद पिछले तीस वर्षों में इंदु और लालजू से मेरी मुलाकातें केवल उँगलियों पर ही गिने जाने लायक हुईं। बी०ए० में मेरी शिष्या होने के कारण परीक्षा पास करने के बाद इंदु भौजी अंतिम बार मेरे यहाँ मिठाई लेकर आई थीं। इंदिरा जी अब 'सिंह' भी हो गई थीं। लेकिन इसके साथ ही साथ उनके नाम में कुमारीत्व भी जुड़ गया था। जो हो, आम जनता की ज़बान पर वे केवल 'ओढ़री सरकार' ही थीं। दुनिया जानती थी कि लौहपुरुष लालजू की जान 'ओढ़री सरकार' में ही बसती है। सन् इकहत्तर के चुनाव के बाद लालजू मुख्यमंत्री बने। उनका 'इंदुविलास महल' तो तभी से बनने लगा था जबकि वे पी०डब्ल्यू०डी० के मंत्री थे, लेकिन उसकी सजावट और चमत्कारी ऐश्वर्य उसके मुख्यमंत्री निवास बन जाने के बाद ही बढ़ा। तभी से इंदु उर्फ 'ओढ़री सरकार' अलग बँगले में न रहकर आठों पहर लालजू के साथ ही रहने लगी थीं। सुना कि रिपुदमन ने करोड़ों रुपयों की हैसियत बना ली थी।

ओढ़री सरकार भी लाखों से खेलने लगी थीं। उनके गाँव अन्नूपुर में उनके लिए एक बहुत बड़ा डेरी फार्म बनाया गया था। सरकारी न होते हुए भी सारी सरकारी सहूलियतें कामधेनु डेरी फार्म को मिली हुई थीं। शहर में कुमारी इंदिरा सिंह की अपनी मलकियत के दो बँगले भी थे, लेकिन अभी तक मुझे यह नहीं मालूम था कि लालजू ने अपना यह इंदुविलास महल भी ओढ़री सरकार के लिए ही बनवाया था।

कुछ भी हो पुराने घनिष्ठ मित्र के संबंध में यह बुरे समाचार सुनकर मेरे मन को बार-बार धक्के लगे। इंदरानी के प्रति मेरा आश्चर्य भी उसी अनुपात में बढ़ता रहा। इंदरानी तो लालजू के जीवन में ऐसी गाढ़ी घुली हुई थीं कि मानो दूध में मक्खन गाढ़ा होकर घुला हो ! सारे दिन सोचता रहा कि जाऊँ या न जाऊँ, फिर मन न

माना। शाम तक दूरभाष के द्वारा मैंने यह पता लगा ही लिया कि लाल रिपुदमन सिंह अपने साले राजा गनेशबख्श सिंह की कोठी 'सनेहीपुर हाउस' में अकेले टिके हैं। उनकी पत्नी अपने पुत्रों और पुत्र-वधुओं के साथ अपनी ससुराल की पुरानी पैतृक कोठी में थीं, इस खबर से मैंने इतना तो जान लिया कि पत्नी और बेटों ने भी इस महान् अपमान के कारण लालजू को त्याग दिया है। मेरे मन में लालजू से मिलने की उत्सुकता और भी बढ़ गई। मैंने कार निकाली और 'सनेहीपुर हाउस' की ओर चल पड़ा।

पुराने हाहाहूती अहाते में सनेहीपुर हाउस अपने विगत वैभव की निशानी-सा लुटा-पिटा-सा खड़ा था। सनेहीपुर के राजा गनेशबख्श सिंह और उनका परिवार अब बंबई में रहता है। उन्होंने वहीं हवाई अड्डे के पास एक शानदार होटल खोल दिया है। अच्छी आमदनी है। अपनी सामंती शान के कारण अपने सनेहीपुर ग्राम के महल और राजधानी की इस कोठी में थोड़ा-बहुत पैसा भी लगाते रहते हैं और देखभाल के लिए अब भी दो-एक नौकर वहाँ रहते हैं। मैं जब पहुँचा तो भूतपूर्व मुख्यमंत्री लॉन में अकेले बैठे बीयर पी रहे थे। मुझे देखकर वे एकाएक चौंके, फिर लहरकर उठे। उन्होंने मेरा स्वागत किया, "आओ जी रंजीत !" कसकर कलेजे से चिपका लिया, फिर बोले, "तुहै देखि कै हमका गुसाईं जी महाराज कै चौपाई याद आए गई⋯धीरज, धर्म, मित्र, अरु नारी, आपत्ति काल परखियै चारी !⋯अरे कोई है ?"

कोई होगा तो ज़रूर, मगर आया नहीं। भूतपूर्व मुख्यमंत्री झेंपकर खुद ही कहते हुए "ठहरौ हमै लाए देइति हैं कुर्सी।" बरामदे से वे एक कुर्सी उठाकर लाए, मैंने रास्ते में ही उसे ले लिया। व्यवस्थित होकर बैठने के बाद मैंने कहा, "यह सब क्या हो गया लालजू ? इंदु भौजी से मुझे तो ऐसी आशा कभी नहीं थी।"

मुँह से गंदी गाली निकालते हुए वे बोले, "साली छोटी जात की स्त्री से और आशा ही क्या की जा सकती है। खैर, बीयर पियोगे। मैंने दो बोतलें मँगाई थीं, एक पी डाली और एक अभी बची है। क्या करें यार ! वह गालिब का शेर है न⋯निकलना खुल्द से आदम का सुनते आए थे, लेकिन बहुत बे-आबरू होकर⋯!" शेर अधूरा ही छूट गया। भद्दी गालियाँ मुँह से निकलने लगीं। बातों में क्रमशः यह कारण जाना कि कल शाम इंदरानी के मामा और उनके साथ कुछ और अहिर नेता आए थे। आरक्षण के मसले पर सरकारी हलकों में चूँकि आजकल बहुत गर्मा-गर्मी है इसलिए वर्तमान मुख्यमंत्री ने विभिन्न जातियों के कुछ लोगों को मंत्रणा देने के लिए राजधानी बुलवाया था। वे सब कुमारी इंदिरा सिंह बी०ए०, विशारद, एम०ए० से मिलने के लिए भी इंदुविलास में आए थे। सन् सतहत्तर के चुनाव में लाल रिपुदमन सिंह और उनकी पार्टी की तो करारी हार हुई, मगर संयोग से कुमारी इंदिरा सिंह जीत गईं।

लाल रिपुदमन सिंह की मंत्रणा के कारण ही कुमारी इंदिरा सिंह इस प्रदेश के हरिजन मुख्यमंत्री तथा अन्य कुछ मंत्रियों से अपने संबंध बनाए हुए थीं। लेकिन जब वे लोग आए और आरक्षणी राजनीति की बातें चलीं तो लाल साहब का पारा यकायक चढ़ गया। गरजकर बोले, 'आप लोग मेरे घर में बैठकर ऊँची जातियों के विरुद्ध षड्यंत्र रचेंगे, यह मैं बरदाश्त नहीं करूँगा। दूर चले जाइए मेरी आँखों के सामने से...' सो बंधु, कल मैंने उन्हें निकाला तो आज उस हरामज़ादी ने मुझे और मेरे परिवार को अपने ही बनवाए महल से बाहर निकलवा दिया। मेरी बिल्ली मुझी से ही म्याऊँ करने लगी है।"

इसके साथ ही उन्होंने तथाकथित छोटी और दलित जातियों के लिए इतनी भद्दी-भद्दी गालियाँ देना आरंभ किया, जिसकी मैं कल्पना नहीं कर सकता था। मैंने सोचा कि अबकी पराजय से पूर्व मुख्यमंत्री मन ही मन बौरा उठे हैं। उन गालियों-भरे मन की धारा मोड़ने के लिए मैंने पूछा, "क्या महल भी तुमने इंदु के ही नाम से बनवाया था ?"

"नहीं ! असल में रानी साहब और उनके लड़कों के उत्पात के कारण ही मैंने इस महल को उस (गाली) के नाम लिख दिया। दोनों कुँवर साले बार-बार कहते थे कि इसे हमारे नाम लिख दीजिए। एलेक्शन में हारने के बाद उनकी महतारी (गाली) ने मेरा नातका ही बंद कर रखा था। बहाने के तौर पर मैंने यह प्रापर्टी इंदु के नाम कर दी। मैं क्या जानता था कि हरामज़ादी मुझे ही अपनी जात का ओछापन दिखलाएगी। ऐसा विश्वासघात मेरे साथ कभी नहीं हुआ।"

यों तो जातियों के ऊँच-नीचपन के संस्कार अभी हम सबके मनों में पलते हैं, फिर भी अनेक प्रगतिशील विचारक इन बातों से मुँह मोड़ चुके हैं। खास तौर से राजनीति के क्षेत्र में रिपुदमन सिंह जैसा घाघ पुरुष इस तरह से कहे तो कुछ-कुछ अजब भी लगता है और दुःख भी होता है। मैंने कहा, "लालजू जाति वर्गविहीन समाज की कल्पना कभी हम दोनों ने मिलकर की थी। आज तुम इत्ते बदल क्यों गए हो ?"

"मैंने नहीं, बदला है इन छोटी जातियों की सरकार ने। बैठे ठाले। ख्वामख्वाह यह आरक्षण का तमाशा खड़ा कर दिया है सालों ने। इज़्ज़त ले रखी है हमारी। वह चाहते हैं कि सवर्ण साले सब माइनारिटी में आ जाएँ और वे लोग उन्हें धर के पीस दें !"

सहसा मेरे दिमाग में एक बिजली-सी कौंध उठी, उलझन की भूलभुलैयों में भटकते-भटकते मन को राह मिली। मैंने शायद उस समय सोचने की भी आवश्यकता नहीं समझा और पूछ बैठा, "लालजू, चुनाव में अपनी हार और इंदु भौजी की जीत

से कहीं तुम्हारे वर्षों के सिद्ध लौहपुरुषत्व को ऐसी ठेस तो नहीं लगी कि तुमने बात-बात में छोटी जात कहकर भौजी को चिढ़ाया हो ?"

राजनीति, कूटनीति से आकंठ भरा-भरा लालजू का वर्षों से सिद्ध लौहपुरुषत्व मेरी ओर पैनी रोब-भरी नज़रों से देखने लगा। मैंने उसकी परवाह न की, बात में बात जोड़ी, "तुम अकेले ही इस तरह के अपराध के दोषी नहीं हो। सवर्णों के करीब-करीब सभी वर्गों में यह प्रभुता की भावना हज़ारों वर्षों से घर किए है। जाने-अनजाने हम सभी इस गलती के शिकार होते हैं।"

"तुम मेरे मित्र हो रंजीत, तुम्हारे इस सत्य कथन को मैं नहीं काटूँगा, पर उस उल्लू की पट्ठी को इतने वर्षों तक मेरे साथ रहते हुए भी यह समझ क्यों न आई कि मैं अपनी गहरी से गहरी चिढ़ भी खुले मन से उसी के सामने प्रकट कर सकता हूँ, जिसे मैंने गहरे मन से प्यार किया है। जिस प्रापर्टी को मैं जीते-जी अपने बेटों को भी नहीं देना चाहता था, उसे इंदु के नाम लिखकर मैंने उस पर कितना अथाह विश्वास प्रकट किया था। कोई किसी को भला इतना विश्वास दे सकता है। मैं उसे कभी क्षमा नहीं कर सकता रंजीत। हरामज़ादी ने मेरी दौलत लूटने के लिए ही यह षड्यंत्र किया है। लेकिन वह भूल जाती है कि मैं बड़े-बड़े ज़हरीले नागों और नागिनों को अपने वश में करने का मंत्र जानता हूँ।"

मैं लाल रिपुदमन सिंह के साथ करीब घंटे-डेढ़ घंटे रहा, मगर कोई समझदारी की बात उनके मुख से न सुनी। हाँ, यह रहस्य अवश्य हाथ लगा कि इंदुविलास महल में उनका कोई गुप्त 'स्ट्रांग रूम' है, जिसका पता किसी को भी नहीं है, इंदिरा सिंह तक को भी नहीं और वह अपने 'स्ट्रांग रूम' के लिए मन से दुर्बल हुए चले जा रहे हैं। उनके बिना वे पैसे-पैसे के मोहताज हैं और एक बार वे किसी भी प्रकार इंदुविलास महल में जाने के लिए बेताब हो रहे हैं।

लालजू ने सीधे-सीधे तो मुझसे एक बार भी न कहा, किंतु बातों में तरह-तरह से घुमाकर मुझसे यह अनुरोध किया कि मैं इंदु से मिलकर उसे समझाऊँ कि वह 'सनेहीपुर हाउस' आकर उन्हें मनाए और 'इदुविलास महल' में ले जाए। इस नेकी का बदला चुकाने के लिए लालजू इंदु को यह वचन देने के लिए भी तैयार थे कि भविष्य में वे अपनी ब्याहता पत्नी और बेटों से कोई संबंध नहीं रखेंगे। अब भी नब्बे प्रतिशत वे सदा इंदिरा के साथ रहे और भविष्य में वे शत-प्रतिशत उसके ही होकर रहेंगे।

सनेहीपुर हाउस से जब चला तो मेरा मन लालजू रूपी दर्पण में अपने आपको देखने लगा। मैं बहुत संयत हूँ। मेरी कथनी और करनी में कम अंतर रहता है। फिर भी रहता तो है। अनजाने में अकसर मेरा क्षात्रवर्गी स्वाभिमान दूसरों को छोटा समझने

की स्थिति में आ जाता है। जातियों का छोटा-बड़ापन, उनके भेदाभेद अभी तरह-तरह से हमारे सवर्ण मनों में पलते हैं। यह प्रभुता और दासता की हजारों वर्षों से जमी हुई जड़ें क्या आसानी से उखाड़ी जा सकती हैं ?

पहले तो खास विचार नहीं था, लेकिन यह सब सोचते हुए फिर दवाओं की एक बड़ी दुकान देखकर मैंने अपनी गाड़ी रोक दी और दूकानदार की अनुमति लेकर मैंने 'इंदुविलास महल' को फोन मिलाया। ऑपरेटर द्वारा लाइन मिलाए जाने पर कुमारी इंदिरा सिंह ने मुझसे कहा, "भगवान् जानता है रंजीत भैया, आज दिन-भर में तीन-चार बार आपका ध्यान आ चुका है। जल्दी आ जाइए। क्या घर से बोल रहे हैं⋯गाड़ी भेजूँ ?"

प्रेम, अंतरंगता और अधीरता-भरी इस आवाज़ में मुझे न जाने क्यों यह आश्वासन मिला कि यह नारी अभी बनावटी मन वाली नहीं है, स्वर में सहज स्वभाव बोलता है। 'ओढ़री सरकार' के प्रति मन में स्नेह छलछला उठा। ठाकुर हूँ, ज़मींदार कुल का हूँ, मैंने बचपन से ही अपने घर में नाते-रिश्तेदारों में और दूसरे ब्राह्मण-बनियों के जीवनों में बहुत-सी रखैलों को देखा है। मेरे दादा के एक फुफेरे भाई थे, उन्हें छोटा-मोटा ताल्लुकेदार कहिए, जब मैंने उन्हें देखा था तब काफी बुड्ढे हो चुके थे, मगर उन्होंने अपने महल से कुछ दूर हटकर एक बाग बनवा रखा था। अनेक असवर्ण और दलित जातियों की छोटी उम्र की कन्याओं से घिरे वे अधिकतर उसी बाग में रहा करते थे। बड़े हँसमुख, बड़ों में बड़े की तरह और छोटों में छोटे की तरह घुल-मिल जाते थे। वे उन कन्याओं को अपनी 'हिरनियाँ' कहते थे। उन्हें खूब खिलाते-पिलाते भी थे और नितांत अविकसित आयु में ही उनकी चेतना में विलासरत नारीत्व का भाव भर देते थे। उन छोटी-छोटी बच्चियों को हँसी-हँसी में यह बतलाने से भी नहीं चूकते थे कि उनकी नानी-दादियों के साथ हज़ारों बार यह खेल खेला था। गाँवों में आम तौर से सदियों से छोटी जातियाँ बड़ी जातियों के पुरुषों की रखैल बनने को बाध्य होती थीं। दासों की स्त्रियों पर स्वामी का अधिकार होता है। कहीं-कहीं राजा और पुरोहित वर्ग के लोग अपने प्रजाजनों की नई ब्याहली बहुओं के साथ सुहागरात मनाने का 'धार्मिक' अधिकार भी रखते थे। तथाकथित छोटी जाति के लोगों के मनों में बार-बार खुलेआम हीनता की भावना को जगाना उसी बर्बर सामंती का ज़हरीला संस्कार है, जिसमें एक मनुष्य को स्वामी और दूसरे को दास बनने पर मजबूर कर दिया गया है। मानव-सभ्यता कितनी परतों में सतत चढ़ती-उतरती पानी की तरह बहती है। कहाँ जाकर मरेगा यह पानी ?

'इंदुविलास' पहुँच गया। पर्ची पर नाम लिखकर भिजवाया। कुमारी इंदिरा सिंह नंगे पाँवों दौड़ती हुई बाहर आईं। आँखें फटीं-फटीं, चेहरा पिटा-पिटा, पर ईमान की

तेजस्विता लिए हुए। मुझे देखते ही छोटी बच्ची-सी खिल पड़ीं। कहा, "आप न आते रंजीत भैया तो मैं आजकल में खुद ही आपके पास आती। आज रह-रहकर मुझे आप ही की याद आई है।"

मैंने धीरे से कहा, "और इतने वर्षों में कभी नहीं आई।"

इंदरानी की नज़रें झुक गईं। कहा, "दुख में सुमिरन सब करें, सुख में करे न कोय" फिर मेरी आँखों में आँखें डालकर और उनमें शोखी लाने का प्रयत्न करती हुई इंदु भौजी बोलीं, "वैसे मैं तब भी याद करती थी आपको। उनके साथ भी याद किया है। आइए, अंदर चलें।"

'इंदुविलास महल' सचमुच किसी राजा के महल जैसा लगता है। जिन दिनों यह बन रहा था और जितने वर्षों तक यह 'मुख्यमंत्री निवास' रहा, इस महल में अखबारों और जनचर्चा में लाल रिपुदमन सिंह की रिश्वतखोरी का बड़ा ढिंढोरा पिटा, लेकिन लाल रिपुदमन सिंह की ठकुराई मानो अपनी रिश्वतखोरी को शत-प्रतिशत ईमानदारी मानकर जनचर्चा के ज़हर को हँस-हँसकर पी और पचा रही थी : समय पाकर सभी करते हैं और मैं भी कर रहा हूँ। यह अकड़-भरी अदा किसी ब्राह्मण ठाकुर में ही हो सकती है। मोटी-मोटी कालीनें, झाड़-फानूस, नया फर्नीचर तथा सजावट का सामान देख-देखकर मेरी आँखें चौंधियाने लगीं। खट् से उस करोड़ों की धनराशि का ध्यान भी आया जो लोकप्रिय देशभक्त और जनसेवक लाल रिपुदमन सिंह ने इस लाखों के ऐश्वर्य में कहीं 'स्ट्रांग रूम' बनवाकर छिपा रखी है। भौजी मुझे अपने निजी कमरे में ले गईं। गैलरी में खड़ी हुई एक नौकरानी से कहा, "जानती है, मेरे जेठ जी-देवर जी हैं। खाना साथ ही खाएँगे।"

'जेठ जी-देवर जी' के सम्मिलित नाते की ईजाद पर हम हँसे, मैंने कहा, "लेकिन भौजी..."

"भौजी-वौजी कुछ नहीं, आपके घर में टेलीफोन है ?"

"हाँ।"

अपने कमरे के फोन से भौजी ने ऑपरेटर को आदेश दिया, "डॉक्टर रणजीत कुमारसिंह के घर पर टेलीफोन मिलाकर कह दो कि वे खाना यहीं खाएँगे और लौटने में अगर कुछ देर हो जाए तो भाभी चिंता न करें।" सोफे पर बैठकर कमरे में इधर-उधर नज़रें दौड़ाने लगा। टेलीफोन रखकर इंदु भौजी बोलीं, "अपने मित्र के राज्यकाल में आप शायद यहाँ कभी नहीं आए।"

"मेरी ऐसी हैसियत नहीं थी। तब लालजू मुख्यमंत्री थे और मैं एक साधारण प्रजाजन।"

"और आज आप दोनों ही साधारण प्रजाजन हैं।"

"लेकिन तुम और लालजू साधारण होकर भी असाधारण हो भौजी। मेरा बड़े से बड़ा अपराध भी काल-चक्र में नाचकर भुला दिया जाएगा, जबकि तुम लोगों की छोटी से छोटी बातें भी हवा के ज़र्रे-ज़र्रे में बिजली बनकर अब भी चमक सकती हैं।"

भौजी चुप रहीं। मैंने भी जानबूझकर बात को आगे बढ़ाना उचित न समझा। हमारे बीच उपस्थित होने वाला कुछ क्षण का मौन शायद भौजी को बहुत बड़ा लगा। इसलिए ही शायद उनका ध्यान गया और पूछ बैठीं, "क्या लेंगे ? शरबत, लस्सी या बीयर ? खाने में अभी आधे-पौने घंटे की तो देर लगेगी ही।"

"कुछ भी पिला दो भौजी, मुझे तो अपनी आतिथेया का मान रखना है।"

"मान-सम्मान बड़े लोगों का होता है भैया, मैं तो आपके मित्र की रखैल मात्र हूँ। जनता की ज़बान पर 'ओढ़री सरकार'···एक बदनाम स्त्री !"

"मैंने आप दोनों के नाते को इस तरह से कभी देखा नहीं भौजी। और जहाँ तक लालजू का प्रश्न है, मैं समझता हूँ कि उन्होंने आपको सदा पत्नी की तरह से ही चाहा और माना है। सारे अधिकार तो उन्होंने दे रखे हैं आपको।"

"आप तो इतिहास विद्वान् हैं रंजीत भैया, जानते ही होंगे कि किसी बादशाह ने अपनी चहेती डोमिन के लिए एक महल भी बनवाया था।"

"आप भी तो एक महल की स्वामिनी हैं।"

"यह महल मेरा नहीं है।"

"मगर मैंने तो सुना है कि लालजू ने यह महल आपके नाम लिख रखा था और आपने उन्हें और उनके परिवार को ज़बरदस्ती दखल जमाने के अपराध में ही···"

"निकाल दिया, है न ? लेकिन पहली बात तो यह है कि मैंने उनकी पत्नी और बेटों के परिवार को निकाला था, उन्हें नहीं। विश्वास न होने पर पुलिस में मेरी रिपोर्ट देख सकते हैं आप !"

"मगर तुम्हारी ऐसी संयत और सावधान स्त्री को यह न करना चाहिए था। जब कल के समाचार-पत्र देखोगी तो···"

"मेरा क्या बिगड़ेगा ! अरे, जब उतर गई लोई तो क्या करेगा कोई ! बदनाम होंगे तो वह होंगे···आज तो मैं किसी अखबार वाले से मिली नहीं, पर यदि आवश्यकता पड़ी तो मैं यह कहने से कदापि नहीं चूकूँगी कि हरिजनों और असवर्णों के सुख्यात हितचिंतक माननीय भूतपूर्व मुख्यमंत्री जी में जातिवाद का कितना विष भरा है !"

"सुनो भौजी, इस समय तुम आवेश में हो।"

"यह आवेश एक दिन का नहीं है। अपनी हार के बाद इन्होंने न जाने कितनी बार मेरी छोटी जात को कोसा है। कल खुलेआम चार लोगों के बीच इन्होंने मेरे बूढ़े

मामा जी का अपमान कर दिया। यह ठकुराई की ठमक अब न सहूँगी। अहिर हूँ मैं भी ! गऊमाता की सेवा करना छोटा और अपवित्र काम नहीं है। मेरी बिरादरी की वजह से ही इनकी जमानत जब्त नहीं हुई, वरना लौहपुरुष जी की नाक पूरी ही कट जाती।"

मैंने समझाने की कोशिश की कि क्रोध में बात को अब और अधिक न बढ़ाएँ। आप दोनों अब भी शक्तिशाली हैं। आप दोनों की सूझ-बूझ से यह जातिवाद की बढ़ती हुई विषम राजनीति को सुलझाया जा सकता है। मैंने यह भी कहा कि लालजू सनेहीपुर हाउस में हैं। न उनके खाने का ठिकाना है न पीने का। मैंने बतलाया कि लालजू से मिलकर आ रहा हूँ। उनकी पत्नी व बेटों ने भी उन्हें बेसहारा छोड़ दिया है।

"तो मैं क्या करूँ !"

"उन्हें जाकर मना लाओ भौजी। अकेलेपन की घुटन में अगर कुछ ऊँच-नीच कर बैठे लालजू तो तुम जनम-भर पछताओगी।"

भौजी चुप ! कुछ देर बाद छलछलाई आँखों से मुझे देखकर बोलीं, "इंदुविलास महल उनका है। आपको खाना खिलाने के बाद मैं यहाँ से सीधे अन्नूपुर चली जाऊँगी। आज की रात डेरी फार्म में गुज़ारूँगी, लेकिन कल से अपनी अलग झोंपड़ी का प्रबंध कर लूँगी। मेरा क्या, अहिर की बेटी हूँ, गोधन ही मेरा असली धन है, मुझे किसी का कुछ भी नहीं चाहिए।"

स्वाभिमानिनी नारी की बात ने मुझे छुआ।

मैंने कहा, "क्या यह संभव नहीं कि सदा की तरह तुम दोनों साथ-साथ रहो ?"

"नहीं रंजीत भैया ! मुझसे मेरे अपमान के लिए क्षमा माँगने पर संभव होगा !"

बाद में मैं लालजू से भी मिला था, लेकिन लालजू भी इस बात पर अड़े हुए हैं कि जब वह लेने आएगी, तभी जाऊँगा। दोनों के बीच सामंती स्वाभिमान की तलवारें बनी हुई हैं और लक्ष्मी फिलहाल निकम्मी होकर धरती में ही गड़ी पड़ी है।

(1978)

सूखी नदियाँ

इंग्लैंड जाते हुए एक हवाई जहाज़ आल्प्स की पर्वतमाला से टकराकर तबाह हो गया है, यह खबर अखबारों में छपकर सवेरे की चाय के साथ मिसेज़ अहमद के पलंग पर पहुँच गई। और इस खबर को लेकर मिसेज़ अहमद आधे मिनट के लिए सकते के आलम में पहुँच गईं। अहमद इसी जहाज़ से इंगलिस्तान गए थे। मिसेज़ अहमद का नन्हा-सा नाजुक दिल दहल गया। चीखकर रोने या बेहोश हो जाने को जी चाहा, मगर कमरे में कोई मौजूद न था। मिसेज़ अहमद की नज़रों के सामने वह वक्त आ गया, जब अहमद ने चलते वक्त एयरड्रोम में अचानक उनका आखिरी चुंबन 'चुराया' था। आसपास खड़े सभी दोस्त अहबाब···मिस्टर, मिस और मिसेज़···हँस पड़े थे। कैसा मोहक नज़ारा था ! कितना मादक !

वह चुंबन मिसेज़ अहमद को इस वक्त भी अपने ओठों से चिपका हुआ महसूस हुआ। दिल की दहलन में 'रोमांस' की गुदगुदी रेंग गई, ज्यों बर्फ में गरमी दौड़ी हो। ओठों पर आई भीनी मुस्कान को मिसेज़ अहमद ने बड़ी चाह के साथ प्याले के गर्म घूँट से दबा लिया···

"अहमद, माई पुअर अहमद !"···दर्द को चाय के गर्म घूँट के पास वह दिल की गहराइयों में उतार ले गईं।

और उन्हें खयाल आया कि आलम को उनके दर्द की खबर मिलनी चाहिए। फौरन ही मलाबार हिल का वह खुशनुमा फ्लैट अपनी मालकिन की पियानों के सुर जैसी चीख से गूँज उठा। बैरा, ब्याय, आया, टामी सबके सब कमरे में घिर आए। देखा कि मेम साहब अखबार को कलेजे से दबाए तकिए पर सिर ढाले बेहोश पड़ी हैं। सबको कमरे में देखकर मिसेज़ अहमद को होश आ गया। बड़ी-बड़ी खूबसूरत आँखें खिड़की के सामने हहराते हुए समुद्र के ज्वार-सी उछल उठीं, और उन्होंने गम को तस्वीर की तरह फ्रेम में बाँधकर अपनी रिआया के सामने इस तरह पेश किया गोया प्रेसमैनों से कह रही हों, "तुम्हारे साहब अब नहीं रहे।"

यह कहकर मिसेज़ अहमद फिर बेहोश हो गईं।

ज़माने को दौड़ने में देर लगती है, मगर मिसेज़ अहमद के गम की इस खबर को उनके दोस्त अहबाब तक दौड़कर पहुँचने में देर न लगी। दिन-भर दोस्त और

टेलीफोन की घंटियों का ताँता बँधा रहा। शाम तक मिसेज़ अहमद की एक-एक आह, सिसकी, आँखों में आँसू लाने वाली बातें अहमद के साथ अपने पहले मिलन, प्रेम, शादी, हनीमून और एयरड्रोम के आखिरी चुंबन तक की बातों के साथ तरतीबवार सध गई। देखने वाले सब एक मुँह से यही कहते थे, "ओह ! बेचारी मिसेज़ अहमद का दुःख तो देखा नहीं जाता।"

मिसेज़ गुलशन भरूचा ने कहा, "जोने ! आक्खो ढारो ठई गियो। बेचारी ने कुछ नहीं खाया—पुअर मिसेज़ अहमद कैसा ढोका डिया है टकडीर ने !"

मिस्टर फीरोज भरूचा ने आगा हश्र कश्मीरी के ड्रामे पढ़-पढ़कर अपनी ज़बान को पारसी से फारसी बनाया है, उसकी अदायगी में सोहराब मोदी से टक्कर लेते हैं। मिसेज़ अहमद के दुःख पर अपनी मिसेज़ की पारसी-हिंदुस्तानी का 'ढोका' उन्हें पत्थर के ढोके की तरह लगा। तड़प को नाटक के ढंग से सँवारकर सधी हुई बुलंद आवाज़ में बोले, "धोखा नहीं। कहना चाहिए कि उससे भी जियादह ! (आह के साथ)

किस्मत की खूबी देखिए
टूटी कहाँ कमंद।
दो - चार हाथ जब कि
लबे बाम रह गया।

अगर टूटना ही था तो इंग्लैंड की सरसब्ज ज़मीन से टकराकर टूटता। कम-अज-कम लोग अपने दोस्त के आखिरी वक्त पर पहुँचकर उनकी लाश पर अपनी मुहब्बत के चार फूल तो चढ़ा सकते ! मगर अफसोस !"

मिसेज़ अहमद कुछ देर से सोफे के सिरहाने पर अपनी बेजान गर्दन डाले आँखों को हाथ से ढके हुए पड़ी थीं। मिस्टर भरूचा की बातें उनकी कल्पना की हर सतह को छूकर रोमानी खयाल की रंगीनियों से भर गईं। तुरंत उत्साह में भरकर बोलीं, "ह्वाट ए नाइस आइडिया। काश कि ऐसा होता। बर्फ से ढके हुए कब्रिस्तान में जब इतने हिंदुस्तानी मिलकर अपने बिछुड़े हुए साथी को आखिरी 'ऑनर्स' देते, तब इंग्लैंड वालों को मालूम होता कि हमारे कौमी जज़्बात क्या होते हैं ! अहमद की मौत एक नेशनल हीरो की मौत की तरह याद की जाती। माई पुअर अहमद, अब ज़िंदगी-भर के लिए उनकी याद एक दाग बनकर मेरे दिल में रह जाएगी। किसी सूरत से भी न भुला सकूँगी'''कभी भी न भुला सकूँगी।"

मिसेज़ अहमद की बड़ी-बड़ी खूबसूरत आँखें आँसुओं से नहाकर और भी खूबसूरत लगने लगीं, जिन्हें देखकर मिस्टर रबड़वाला का दिल पंचर हो गया। उनके सोफे की बाँह पर आकर बैठते हुए, उनके सिर को बड़े भाव से थपथपाकर बोले,

"इतना गम न करो विमी। तुम्हारी तंदुरुस्ती खराब हो जाएगी।"

"आप ठीक कह रहे हैं मिस्टर रबड़वाला"—भरे बदन के, गंजे अधेड़ मिस्टर भड़कमकर संज़ीदगी का अवतार बनकर आगे बढ़े—"विमला, अगर इतना रंज करेगी तो इसे टी०बी० हो जाने का डर होगा। अभी तो बेचारी वर्मा के 'डायवोर्स-केस' से अपने मन को सँभाल भी न पाई थी कि यह दुःख इसके सिर पर पड़ गया। कहावत है मराठी में कि चुलींतून धूनिन वैलांत पडणे···एक संकट से निकले कि दूसरे में पड़ गए।"

मिसेज़ अहमद ने बड़ी तड़प के साथ अपने लिए उछाली गई सहानुभूति को 'कैच' कर लिया। जज़्बात फिर आँखों में झलक पड़े। अल्फाज़ के साथ-साथ आह दिल से बाहर निकली, "आप सच कहते हैं, मिस्टर भड़कमकर ! मेरी तमाम ज़िंदगी ही एक दुःख की कहानी है, दर्द का नगमा है, एक ऐसी शमा है, जिसे नसीब की आँधियाँ जलने से पहले ही बुझा-बुझा डालती हैं।"

"ए पोएटेस ! डिवाइन फ्लेम !" मिस सोमा कापड़िया यों चहचहा उठीं गोया पिंजरा तोड़कर बुलबुल भागी हो। बेचारी की पूरी शाम एक मातमपुर्सी को लेकर बेरौनक हुई जा रही थी, और यह खयाल अब तो उनके मन पर मातम बनकर छाने लगा था। मिसेज़ अहमद के कविता-भरे बखान ने उन्हें मौका दिया और चट से बात को मिस्टर अहमद की मौत से मिसेज़ अहमद की कविता की तरफ मोड़कर बड़े जोश के साथ बोलीं, "मैं बाज़ी लगाकर कह सकती हूँ कि अपने प्रियतम की इस ट्रैजिक मौत से इंसपिरेशन लेकर विमला एक ऐसा मास्टरपीस महाकाव्य लिख सकती है जोकि शाहजहाँ के ताजमहल से भी ज़्यादा ठोस और रोमियो-जूलियट की प्रेम-कहानी से भी ज़्यादा महान् साबित होगा। ओफ मिस्टर वर्मा की जेलर जैसी उस कड़ी निगरानी और सख्तियों में विमला का अहमद के लिए तड़पना, मैं क्या भूल सकती हूँ, वह दिल ?···तब एक दिन ऐसी ही आँसुओं से धोई आँखों से मुझे देखकर इसने मेरे दिल में प्यार के पर्दे खोले थे। कहा था, मुझे इन सख्तियों में वही सुख मिलता है जो लैला को मिला था। अब फिक्र क्या ? दिल जिसका था, उसे सौंप चुकी। अब तो उस खाली जगह पर पत्थर रख लिया है···जिसका जी चाहे चोट करे।"

कमरे में चारों तरफ से वाह-वाह के झोंके आने लगे। मिस्टर रबड़वाला को तो जज़्बाती हिस्टीरिया का दौरा ही उमड़ आया। सबके बाद तक झूमकर वाह-वाह करते रहे। फिर एक गहरी साँस डालकर आँखें चढ़ा लीं। मिस्टर भरूचा, मिस्टर भड़कमकर, मिस्टर फ्रांसिस कैथराइल (कैंथरआइडीन) जोशी, मिसेज़ गुलशन, भरूचा···सभी मिस्टर अहमद को भूलकर मिसेज़ अहमद के शायराना दिल की झोली के भिखारी बन गए।

मिसेज़ अहमद ने मौके की रानी का सिंहासन बड़ी संजीदगी के साथ सँभाला।

उसके दुःख-भरे चेहरे पर हलकी मुस्कान इस तरह खिली जैसे घटाटोप बदली के भीतर झाँक जाने वाली बिजली फबती है। बेसँवारे हुए बालों पर मुलायमियत से हाथ फेरकर कहा, "क्या सुनाऊँ, मेरा सुनने वाला तो आल्प्स की बर्फीली चोटियों में सो रहा है।"

मिस्टर रबड़वाला की सर्द साँस कमरे में गूँज उठी। मिसेज़ अहमद ने हमदर्द निगाहों से उनकी ओर देख लिया। नज़रें मिलाकर मिस्टर रबड़वाला का गमगीन सिर नीचा हो रहा और मिसेज़ अहमद ने कहना शुरू किया, "गौ हौसला नहीं, मौका भी नहीं, मगर आप इसरार करते हैं तो एक कविता सुनाती हूँ। यह मेरे अहमद को बहुत पसंद थी।"

सुनने वालों ने कविता की अगवानी में सूनेपन के फूल बिखेर दिए। मिस सोमा कापड़िया फौरन ही पियानो के स्टूल की ओर लपकी। मिसेज़ अहमद ने यों घबराकर सावधान किया जैसे कि मिस सोमा छत से नीचे ही टपकने जा रही हों। बोलीं, "ना ! ना सखी ! आज की रात साज़ न छेड़···मेरे अहमद की रूह लरज जाएगी।"

मिसेज़ अहमद की दर्द की गहराइयों से निकली हुई इस बात पर वाह-वाह के छींटे उड़े, हाय-हाय की बौछारें पड़ीं और मिसेज़ अहमद की कविता चमकी :

"ओ मेरे प्यार के गीत ?–
ओ मेरे मन के गीत !
चुप हो··
खामोश ज़रा··देख तो
कौन आता है।
विरह का राक्षस खूँख्वार
बना जाता है।
ओ मेरे मीत, तुझे दिल में
छिपा लूँ अपने।
कि इसमें पलते हैं तेरे ही
सुखों के सपने।
चुप ही ढीठ, मेरे गीत,
ज़रा तो चुप हो।
दिल से दर्द गया जीत,
ज़रा तो चुप हो।

अरे सुख के दिन गए बीत,
ज़रा तो चुप हो।
प्रीत में हो रही अनरीत,
ज़रा तो चुप हो।
तू ये कहता है कि,
प्यारे का पयाम आता है।
अरे दिल, सब्र कर,
बस सुबहो शाम आता नहीं
यह जानता अंज़ामे मुहब्बत की तरह—
विरह का राक्षस खूँख्वार
बना धाता है।
चुप हो ! खामोश ज़रा''देख
तो कौन आता है !
ओ मेरे प्यार के गीत !
ओ मेरे मन मीत !

टैगोर, टी०एस० ईलियट, इकबाल, बायरन, कीट्स, शेली, मिल्टन तक सब कवियों की फेहरिस्त खत्म हो गई, मगर मिसेज़ अहमद की कविता की तारीफ खत्म न हो सकी। मिसेज़ कैंथरआइडीन ने तो मोपासाँ, वैनगाग और पिकासो की कविताओं की तरह इस कविता को भी सदा याद रखने लायक चीज़ करार दे दिया। मिस्टर रबड़वाला ने एतराज उठाया कि इन तीनों नामों में से एक भी कवि नहीं। इस पर मिसेज़ कैंथरआइडीन बिगड़ गईं। उन्होंने 'कोंतीनेंतुल कुल्चर' पर एक गर्म लेक्चर दे डाला, जिसके हिसाब से लेडीज़ की कोई बात काटना शराफत का बड़े से बड़ा जुर्म है। मिस सोमा कापड़िया पिछले साल ही यूरोप की सैर करके लौटी हैं। उन्होंने मिसेज़ कैंथरआइडीन की 'कोंतीनेंतुल कुल्चर' की जानकारी का मज़ाक उड़ाया। इस पर मिसेज़ कैंथरआइडीन का चमक उठना लाज़मी था। और चूँकि इधर कई महीनों में मिसेज़ कैंथरआइडीन की चमक का मिस्टर भड़कमकर पर खास असर पड़ता है, लिहाजा उनका भड़क उठना भी लाज़मी था। मिस सोमा की तरफ से बहस करने वाला कोई यहाँ मौजूद न था, मगर चूँकि बड़े बाप की बेटी हैं, इसलिए वह खुद अपने तजुर्बे के बल पर वकालत करने लगीं। मिसेज़ भरूचा ने ज़रूर उनकी हर बात पर ज़ोरदार 'हाँ' की शह दी, और वह भी इस तरह कि जैसे वह खुद भी 'कुंतीनेंत' की सैर कर आई हों। मिस्टर भरूचा ऐसी, कुल्चरल लड़ाइयों के वक्त

हमेशा से अपनी 'साइंटिफिक एंड इंडस्ट्रियल सप्लाइज़ लिमिटेड' के सिलसिले में कुलाबे भिड़ाने के आदी हैं, इस वक्त भी उसी में मसरूफ हो गए। मिस्टर फ्रांसिस जोशी को अपनी चमकदार मिसेज़ की तरफदारी के बजाय उम्र पचपन-साला की झपकियों में ज़्यादा रस मिलता है। वे उसी रस में डुबकियाँ लेने लगे।

मिसेज़ अहमद इस वक्त मातम के मूड में थीं। मिस्टर अहमद की इस अचानक मौत ने उनके दिल में एक जगह खाली कर दी थी। उसमें सूनापन और आने वाले कल की चिंता भर रही थी। उन्हें अहमद की माली हालत का सही-सही अंदाज़ तो शादी के इन आठ महीनों में भी न हो सका था, मगर वह इतना ज़रूर समझ रही थीं कि बैंक में दस-पाँच हज़ार से ज़्यादा रकम न होगी। एक बिजनेस फर्म के मैनेजर और छोटे पत्तीदार के पास आखिरकार हाथी-घोड़े तो बँध नहीं सकते। फिर उनकी रोज़मर्राह की ज़िंदगी काफी खर्चीली थी। इन्हीं सब उखड़े-से खयालों को लेकर वह मन ही मन अपनी थकान से जूझ रही थीं। मेहमानों पर गुस्सा आ रहा था जो उन्हें अकेली छोड़कर आपस में जूझ रहे थे। मिस्टर रबड़वाला की तरफ ध्यान गया। वे हमदर्द निगाहों से उन्हें ताक रहे थे।

मिस्टर रबड़वाला को मिसेज़ अहमद के दुःख से दुःख हो रहा था। वह उस ज़माने से मिसेज़ अहमद की कद्र करते हैं, जब वह मिसेज़ वर्मा थीं। उनके और अहमद के रोमांस की गर्म चर्चा के दिनों में उन्हें रह-रहकर अहमद पर एक खामोश किस्म का रश्क होता था। अपने ऊपर पछतावा भी आता था कि सोसायटी की किसी प्रेम-कहानी के हीरो न बन सके। अपनी किस्मत पर ही अफसोस होता था, जिसने उन्हें अहमद की तरह पुरमज़ाक हाजिरज़वाब, चुस्त, चंचल और लेडी-किलर न बनाया। वह अहमद की नकल करने की भरसक कोशिश भी किया करते थे। और जब मिसेज़ अहमद की अहमद के साथ शादी हो गई तो मन ही मन अपनी 'हीरोइन' के और भी नज़दीक सिमट आए थे। इस वक्त भी जब उन्होंने मिसेज़ अहमद को बहस में हिस्सा लेते न देख खामोश और उदास देखा तो खुद को भी कमरे के कुल्चरल फिजाँ से समेट लिया। सिर झुकाकर बैठे रहे। बीच-बीच में उदास आँखें उठाकर मिसेज़ अहमद को देख लिया करते थे। जब नज़रें मिल जाती थीं तो उनको राहत होती थी। और नज़रें मिल ही जाती थीं—खयाल आ ही जाता था।

कमरे के कुल्चर के जब कोंतीनेंत के मुकाबले में अपने 'कुंत्री' की जहालत फैली, मिस सोमा कापड़िया ने जब पुरानी कारतूसों से नए कुल्चर का निशाना बेधने की कोशिश करने पर हँस-हँसकर एतराज किए, तब मिसेज़ कैंथरआइडीन की ऊपरी कुल्चर की खुशबू उड़ गई। वह अपनी असलियत पर आ गईं।

और मिसेज़ अहमद को गश आ गया, "अहमद ! माई पुअर अहमद ! मैं तुम्हारे

बिना कैसे जी सकूँगी···।" बेहोशी में ही वह रह-रहकर बड़बड़ाने लगीं, दर्द से घुटने लगीं।

मिस्टर रबड़वाला फिर लपककर मिसेज़ अहमद के सोफे पर पहुँच गए। उनके सिर और कंधे पर दोनों हाथ रखकर नौकरों को यू-डी-कोलोन लाने के लिए पुकारने लगे।

सबको मिस्टर अहमद की मौत पर नए सिरे से अफसोस होने लगा।

मिस्टर भड़कमकर ने भरी आवाज़ में कहा, "प्रेमी की मृत्यु प्रेमिका के लिए खुद अपनी मौत से भी ज़्यादा तकलीफदेह होती है।···बेचारी विमला ! इन अवर मराठें दे से कि अल्लाची गाय।"

मिसेज़ कैंथरआइडीन मिस्टर भड़कमकर की बाँह से सटकर खड़ी हो गईं, फिर निसाँस डालकर कहा, "ओह ! बेचारी मिसेज़ अहमद का दुःख तो देखा नहीं जाता !"

थके हुए मन को बल देने के लिए, मिस्टर रबड़वाला के इसरार करने पर मिसेज़ अहमद ने दो-तीन पैग भी ले लिए, कुछ मुँह भी जुठला लिया। खाना खाकर दोनों मिसेज़ अहमद की आरामगाह में आकर बैठ गए। ब्वॉय मेज़ पर ज़रूरी सामान सजाकर रख गया। मिस्टर रबड़वाला ने सिगरेट एश-ट्रे के किनारे पर रखकर बोतल-गिलास सँभाले। मिसेज़ अहमद ने धुआँ छोड़ते हुए कहा, "मेरे लिए अब नहीं।"

"क्यों ?"

"नहीं···कुछ अच्छा नहीं मालूम होता। लगता है कि उम्र के दूसरे सिरे पर पहुँच गई हूँ···न उम्मीद···न अरमान···न सुख, न दुःख···दिल का हर अरमान दिल से दूर चला गया···कुछ धड़कनें बची हैं, जिनका किसी से भी कुछ लगाव नहीं, बस अपना फर्ज़ अदा करती हैं···!"

मिसेज़ अहमद अपने दर्द में खो गईं। मिस्टर रबड़वाला भी कुछ देर तक खामोश रहे, फिर कहा, "अपने जी को इतना न गिराओ विमी। धीरे-धीरे यह दुःख भी भूल जाओगी। मन को कहीं न कहीं से ज़रूर शांति मिलेगी।"

"शांति।" मिसेज़ अहमद ने फिल्म देवदास के हीरो की तरह हँसकर कहा, "प्रेम की राह पर चलने वालों की ज़िंदगी में शांति नहीं आया करती, रबड़वाला ! जो खुद ही अपने तन में आग लगाता है, उसे तो मरकर ही शांति मिलती है।"

"तुम पागलपन की बातें कर रही हो विमी।"···मिस्टर रबड़वाला ने अचानक स्वर्गवासी अहमद की तरह ही आवाज़ में ज़ोर और झटका देकर कहा, "लो ! लो···योर हेल्थ···योर प्रास्पैरिटी !"

मिसेज़ अहमद की आँखों में छेड़ की अदा चमकी, होठों पर मुस्कान खेल गई

जो दिन-भर के दर्द से अछूती थी।

मिस्टर रबड़वाला के सारे शरीर में बिजली का करेंट दौड़ गया। यह दूसरा मौका था जब उन्हें अपने ऊपर घमंड हुआ। चचा के मरने पर उनके वारिसदार होकर अपनी फर्म के दफ्तर में प्रोपराइटर की कुर्सी पर जब वह पहली बार बैठे थे तब मन ही मन फूले थे; और दूसरी बार आज, अपनी डेढ़ वर्षों की तपस्या के फल को मिसेज़ अहमद की इस एक झलक में पाकर। यह झलक इसलिए और भी अनमोल थी कि उन्हें किसी औरत ने पहली बार इस तरह अपनापन देकर देखा था। सोसायटी को हर सरनाम मिस और मिसेज़ से लेकर मिसेज़ अहमद तक ने उन्हें महज़ ईडिएट, महज़ खिलौना ही माना।

खुशी से जोश में आकर मिस्टर रबड़वाला ने एक ही साँस में अपना गिलास खत्म कर दिया। दूसरी सिगरेट जलाकर शान से एक कश खींचा, टाँग फैलाई और हीरोशाही की अदा में इत्मीनान से कहने लगे, "मैंने यह देखा है कि विमी, इंसान बड़े से बड़ा दुःख भी धीरे-धीरे भूल जाता है। ज़िंदगी जहाँ ठोकरें मारती है, वहाँ सहारा भी देती है। मैंने अपनी ज़िंदगी से ही यह सबक सीखा है। और मैंने यह भी जाना कि जिस चीज़ को मैंने चाहा है, उसे पाया भी है। और इसीलिए अपने ऊपर पूरा भरोसा भी है।…"

मिस्टर रबड़वाला की बकवास लंबी होती गई।

मिसेज़ अहमद अपनी एक अदा दिखाकर फिर खामोश हो गईं। बीच-बीच में एक-दो घूँट पीकर धीरे-धीरे सिगरेट के कश खींच लेती थीं। अपने खयालों में रम गई थीं। उनके मन में आज और कल की गहरी कशमकश चल रही थी। अहमद का खयाल बार-बार चुभकर इस बात का अहसास कराता था कि आने वाले कल के लिए उन्हें किसी का सहारा चाहिए। अपनी पैनी सूझ के मुताबिक वह इस नतीज़े पर पहुँच रही थीं कि सोसायटी के अंदर आज़ाद होकर घूमने के लिए 'मिसेज़' का टाइटिल ज़रूरी है। और वह यह चाहती थीं कि उनका मिसेज़पन कहीं नए सिरे से इंश्योर्ड हो जाए, जिसमें कि मातम का साल पूरा होते न होते वह आगे के लिए बेफिक्र हो जाएँ। इस बार वह किसी ठोस पैसे वाले को अपना प्रेम देंगी। महज़ प्रेम करने के लिए ही प्रेम नहीं करेंगी। और भूले से भी वर्मा जैसे पति के पल्ले नहीं बँधेंगी।—वर्मा तंदुरुस्त खयालों के, सीधे-सादे, भले आदमी हैं, प्रोफेसर हैं। हर बात उनके लिए मानी रखती है, और हर मानी पर वह ध्यान देते हैं। हँसना, बोलना, मज़ाक करना, सैर-सपाटा, खेलकूद उन्हें सब कुछ खूब पसंद हैं, मगर अपनी या किसी की भी ज़िंदगी को गेंद की तरह उछालना उन्हें कतई पसंद नहीं। तमाम हँसी-तमाशे के बावजूद जीवन उनके लिए एक गंभीर चीज़ है। मिसेज़ अहमद इस

गंभीरता का मान भी करती हैं, और साथ ही साथ वह उससे चिढ़ती भी हैं, नफरत करती हैं। ज़िंदगी जब उनके सामने कोरा खयाल बनकर आती है तो बड़ी पवित्र, गंभीर और सुहावनी होती है; मगर असलियत में वह उनके लिए एक खेल है, दबने और दबाने के दाँव-पेचों का अखाड़ा है।

बचपन से उन्होंने यही जाना है। विधवा माँ अच्छे खानदान की मगर मुसीबत की मारी, एक बड़े बैरिस्टर के बँगले पर रसोईदारिन का काम करती थीं। बैरिस्टर साहब बड़े शरीफ थे। अपनी रसोईदारिन से गुनाह का रिश्ता भी उन्होंने बड़ी शराफत और इज़्ज़त के दामन को सँभालकर बाँधा था। विधवा को भी उन्होंने अपनी लड़की की तरह ही पढ़ाया, लिखाया, पहनाया, उढ़ाया। उनके एक लड़के और भतीजे ने अपने यहाँ पलने वाली रसोईदारिन की खूबसूरत और नौजवान लड़की से अपने खानदान के अहसानों की मनमानी कीमत वसूल की। इसी दबाव के 'रिएक्शन' में उन्हें शादी की पवित्रता का अहसास हुआ था; और शादी की पवित्रता के 'रिएक्शन' में 'फ्री लव' का।

ज़िंदगी अब एक नए सिरे से शुरू हो रही है। इसमें उन्हें शादी की ज़रूरत है, फ्री लव की ज़रूरत है, पैसा, हुकूमत और आराम की ज़रूरत है। अपनी तमाम ज़रूरतों को साफ-साफ समझकर वह अब एक ऐसा पति चाहती हैं जो कि आड़ भी बन जाए और कभी उनकी मर्ज़ी के आड़े भी न आए। उनका खयाल है कि रबड़वाला भी ऐसा पति हो सकता है। मगर वह जल्दबाज़ी नहीं करना चाहतीं। अभी तो उनके पास अहमद के मातम का पूरा एक साल पड़ा है। तब तक वह परख लेंगी। मगर तब तक के लिए पैसों और आराम की कमी न आए, इसलिए फिलहाल चारा भी डालती चलेंगी। रबड़वाला बुद्धू है, मगर घमंडी है, इसलिए उसे दुत्कार-दुत्कार कर अपने पास बुलाएँगी।

इन गहरी स्कीमों में डूबते-उतराते हुए भी मिसेज़ अहमद को यह खयाल बना रहा कि अहमद के लिए उनके दिल में कहीं टीस भी बराबर ही उठ रही है।...प्यारा आदमी था, उन्हें प्यार भी करता था। वो भी प्यार करती थीं। उस प्यार में एक तेज़ी थी, सचाई भी थी जो अब बिखर रही है। यह भी मिसेज़ अहमद को अच्छा नहीं लगता। पूरी ज़िद के साथ वह उस सचाई को बटोरना चाहती हैं; अपने प्यार की तड़प को लेकर घुटना चाहती हैं, उसमें रमना चाहती हैं। "...अहमद ! माई पुअर अहमद ! माई पुअर अहमद !!..."

घुटन की सख्त कशिश में उनकी बड़बड़ाहट निकली। मिस्टर रबड़वाला की जीत के नशे में सहसा यह उतार आया। बदहवास होकर वह मिसेज़ अहमद की ओर देखने लगे। उनकी गर्दन एक ओर ढली हुई थी। बंद आँखों से गंगा-जमना बह

रही थीं। बायाँ हाथ सिगरेट को थामे सोफे के नीचे लटक रहा था और दाहिने हाथ से वह अपने घुटने पर टिके हुए गिलास को पकड़े धीरे-धीरे बड़बड़ा रही थीं।

नशे के झोंक में उठकर रबड़वाला उनके पास आए। उनके दोनों गालों को अपने हाथों से दबाकर उनका सिर सीधा कर उन्होंने कहा, "विमी ! विमी ! काम योर सेल्फ ! मुझसे अब तुम्हारा दुःख बरदाश्त नहीं होता। मैं···"

"गेट आउट ! चले जाओ यहाँ से, मुझे अकेली छोड़ दो···मुझे मेरे अहमद के खयाल में खो जाने दो—मर जाने दो।"

मिसेज़ अहमद ने इतने ज़ोर से डाँटा कि मिस्टर रबड़वाला का सारा नशा हिरन हो गया। वह सहम गए। लगा कि तीर बहुत दूर निकल गया। वह घबड़ाकर जल्दी से पीछे हटने लगे। पैर लड़खड़ाकर मेज़ से अटका। वह भी उलटे, मेज़ भी उलटी ! बेचारे के मुँह से एक हलकी-सी चीख निकल ही गई।

मिसेज़ अहमद को भी अहसास हुआ कि उनका तीर बहुत दूर निकल गया। फौरन ही खयाल से असलियत में आईं। लपककर रबड़वाला के पास आईं। उनके ऊपर झुककर, उनके चेहरे और सिर पर हाथ फेरते हुए बड़े प्यार से पूछा, "बहुत चोट आई ! कहाँ लगी ?"

मिस्टर रबड़वाला ने धीरे-धीरे बैठते हुए कहा, "कहीं नहीं। मुझे···मुझे माफ कर दो विमी। मैं··· मैं···जाता हूँ।"

उठने से पहले ही मिसेज़ अहमद ने उन्हें अपनी बाँहों में जकड़ लिया। कहने लगीं, "नहीं, मैं अब तुम्हें न जाने दूँगी। मैंने तुम्हें बड़ी चोट पहुँचाई है।···मगर मेरे दिल की गहराइयों को समझो रबड़वाला। दिलवर की याद में ऐसी खोई कि मैं भूल गई कि किससे क्या कह रही हूँ।···अहमद तो गए ! मेरा बस न चला। मगर क्या उनके ही जैसे हमदर्द को भी यों ही चला जाने दूँगी ? अब तो तुम ही मेरे अहमद हो। माई पुअर अहमद ! माई पुअर अहमद !"

कहते हुए उन्होंने मिस्टर रबड़वाला के होंठों पर अपने प्यार की छाप लगा दी—वैसे ही अचानक जैसे कि मिस्टर अहमद के चलते वक्त उनके होंठों पर अपने प्यार की छाप छोड़ी थी।

(1951)

पाँचवाँ दस्ता

सिमरौली गाँव के लिए उस दिन दुनिया की सबसे बड़ी खबर यही थी कि संझा बेला जंडैल साब आएँगे।

सिमरौली में जंडैल साब की ससुराल है। वहाँ के हर जोड़ीदार ब्राह्मन किसान को सुखराम मिसिर के सिर चढ़ती चौगुनी माया देख-देखकर अपनी छाती में साँप लोटता नज़र आता था। बेटी के बाप तो कई धनी-धोरी किसान थे, मगर जंडैल के ससुर एक सुखराम ही हो सके। लड़ाई की चढ़ती में जो किसान चेत गए थे, उनमें एक सुखराम भी थे। कच्चे घर पर नया फैंसूफी चेहरा बनवा लिया था, सो अब तारा का ब्याह होते ही आठ महीने में दो पक्की मंज़िलें भी चुन गईं। 'लखनऊ' से ठेकेदार आया, मकान में अँगरेज़ी फैसन बना गया। गुसलखाना और डरेसरूम—जाने कैसे-कैसे डिजैन ऊपर की मंज़िल में निकाले गए हैं। सुखराम के घर तो मानो कलजुग से सतजुग आ गया।

तारा के लिए कहा ही क्या जाए ? उसे तो भाग ने आसमान से सात सखी का झुमका ही ला के सजा दिया है। जितनी ब्याह के लिए भारी पड़ रही थी, उतनी ही फूल-सी सुहागवती बनी। शहर से नित नई चीज़ें आती हैं; हर महीने डेढ़ सौ रुपए का मनीऑर्डर सरकार से आता है। तारा की साड़ियाँ रखने के खातिर ऐने जड़ा हुआ बड़ा भारी कपाट आया; सिंगारदान और बढ़िया मसहरीदार पलंग, उस पर हाथ-भर ऊँचा गद्दा, और फोनूगिराफ बाजा, हरमुनिया बाजा, सिट के सिट जड़ाऊ गहने—रानी-महारानियों के भी ठाट-बाट और क्या होते होंगे ? तारा के लिए मास्टरनी आई। मास्टरनी का कमरा-गुसलखाना बना। मास्टरनी के साथ किताबें आईं; और अब तो पंडित सुखराम मिसिर के घर के आगे लोटने वाला कुत्ता भी ए बी सी डी भौंकता है।

जंडैल साब के घर नहीं है। ज़िंदगी लड़ाई के मैदान में ही बीत गई। अब पचास की उमिर में ब्याह किया; सो भी ऐसे जंडैली ढंग से कि दिन में दस बजे की लगन निकाली गई, दोपहर में सुहागरात हुई और तीन बजे का टिफिन खाके जंडैल साब चले भी गए। उसी दिन उन्हें हवाई जहाज़ में बैठकर काश्मीर की लड़ाई लड़ने जाना था। ये सब बड़ी-बड़ी बातें गाँव में सुनी गई थीं। इसके बाद अखबारों में खबर छपी

थी कि उन्होंने काश्मीर में एक लड़ाई जीती है, उन्हें बड़ा इनाम-ओहदा मिला है। फिर एक बार अखबारों में उनकी फोटू भी छपी, लड़ाई के मैदान में पंडित जवाहरलाल उनसे हाथ मिला रहे थे। कुछ दिन हुए, तब ये खबर आई थी कि एक नए मोर्चे पर उन्होंने दुश्मनों को बड़ी बहादुरी के साथ मार भगाया, पर आप बहुत चोट खा गए। जब तक अस्पताल में रहे, रोज़ तारा के पास काश्मीर से तार आता था। अब सुना कि एक महीने की छुट्टी पर तारा से मिलने के लिए आ रहे हैं। यह भी सुना है कि यहाँ एक रात रहकर सवेरे तारा के साथ मोटर में लखनऊ चले जाएँगे। वहाँ से हवाई जहाज़ पर उसे बंबई-कलकत्ते की सैर कराने ले जाएँगे। बड़े लोगों की बड़ी-बड़ी बातें हैं, और तारा भी अब रानी है—रानी बहू कहलाती है।

झुटपुटे बखत से गाँव में हरेक के कान बजने लगे कि अब जाने मोटर का 'हारन' सुनाई दिया। सुखराम के घर तो मानो हरएक को दलेल बोल दी गई थी। ऐसी दौड़-भाग कि जैसे एक पूरी बारात की अगवानी का इंतज़ाम हो। कड़े-धड़े, बाले-बेसर से मढ़ी हुई मलकिन को रसोईघर के पकवानों के सिवा दुनिया की सुध नहीं; सुखराम महाराज को सवेरे से घड़ों पसीना चू गया। बड़कऊ बहनोई की अगवानी के लिए लखनऊ गए हैं, छुटकऊ को सीसा-इलामारी और दरवाज़ों को कपड़े से रगड़ते-रगड़ते आज पूरे पाँच रोज़ हो गए, मगर अभी भी संतोख नहीं होता। और रानी बिटिया तो आज ऊपर से उतरी ही नहीं।

तारा के ध्यान में आहट बँध गई थी। 'उनकी' सुध में सब कुछ बिसर गया—'वो' भी। बस, एक ध्यान बना और वह उसी में रम गई थी।

सूरज पीपल के पार उतर गया और पत्तों की झिलमिलियों से सुनहरी किरनें फूट पड़ीं। काले-धौले बादल पच्छिम में सिमट आए और ढलते सूरज का सिंदूर लेकर रंगीन हो गए। पीपल की चोटी पर बाँस से बँधा हुआ बजरंगबली का मटमैला झंडा अँधेरे को रफ्ता-रफ्ता अपनी ओर खींचने लगा; और पीपल के बसेरे आबाद होने लगे। तारा देर तक इन सबको देखती रही थी, पर सूझ कुछ भी न रहा था।

'ताराराानी !' मास्टरनी दीदी ने कमरे में आकर आवाज़ दी। पेड़ पर कौओं की काँव-काँव, चिड़ियों की चहचहाहट, और नीचे के खन में दद्दू, अम्मा और कामकाज के गुल-गपाड़े के साथ-साथ दीदी की आवाज़ तारा के कानों में पहुँची। हाथ तुरंत सिर के पल्ले पर पहुँचा और घूँघट सरकते-सरकते रुक गया। उसने सिर उठाकर दीदी की ओर देखा, परेशानी और थकान पर लजा कर मुस्कराई, तन और सिमट गया।

दीदी हँसने लगीं। दीदी की हँसी तारा को न भाई। आज उसे कुछ भी अच्छा नहीं लगता। वो आ रहे हैं। इतने महीनों में पहली बार आ रहे हैं। कहीं घूँघट फिर

आड़े न आ जाए। वह उन्हें कैसे देखेगी ? कैसे बात करेगी ? इसी सोच में उलझते-उलझते तारा खो गई थी और उसी खोयेपन में वह सब कुछ भूल गई थी। अब फिर कलेजे की धुकधुकी से मन की लाज सिमटने लगी।

दीदी हँसते हुए पास आईं। उसकी साड़ी के पल्ले को सिर से गिराते हुए कहा : "घूँघट के पट खोल री···"

"नहीं दीदी, इस दम जाओ !"

आदत के खिलाफ और होश में पहली बार तारा ने दीदी को झिड़क-सा दिया और उठकर खिड़की के पास जा खड़ी हुई। दीदी को बिजली के करेंट-सा धक्का लगा। उन्होंने महसूस किया कि उनकी गँवार-देहाती सखी और चेली में भी हुकूमत का रोब आ गया है। हालाँकि आवाज़ में परेशानी का कंपन भी पहचाना। दीदी को जलन और डाह भरी खुशी हुई। मगर ऊपरी तौर वह और भी ज़ोर से खिलखिलाकर हँस पड़ीं और तारा की ठोड़ी का चुम्मा लेती हुई कमरे से बाहर हो गईं। वह सोच रही थीं कि इस फूहड़ को घूँघट से परेशानी है। मज़ा हो जब कि कर्नल तिवारी आते ही इससे बेरुख हो जाएँ। चार दिन की चाँदनी की तरह इस दिहातिन गुड़िया की हेकड़ी सदा के लिए हवा हो जाए।

मन ही मन दाँव-पेच खाती हुई दीदी तारा के कमरे से निकलकर अपने कमरे की तरफ बढ़ गईं।

ब्याह के बाद से तारा अपने आप के लिए उलझन बन गई थी। ब्याह के पहले वह अपने आप के लिए भारी थी। उसकी उम्र सोलह की जवानी को पार कर चुकी थी और उसका ब्याह नहीं हुआ था। नाते-गोते, टोले-पड़ोस की चार उँगलियाँ उसकी उम्र पर उठने लगी थीं। सुखराम मिसिर के बड़े बेटे और लड़की के अब तक कुँवारे रहने के पीछे एक भेद था जो दुनिया के लिए अब हँसी-ठट्ठे का साधन बन रहा था।

सुखराम ज़रा पैसे की तरी में आ गए थे। पहले वह गाँव के औसत लोगों में भी गरीब ही माने जाते थे, इसलिए नए धन का मद डबल तरी ला रहा था। बड़कऊ के लिए सुखराम ऐसा रिश्ता चाहते थे, जहाँ समधी उनके चढ़ते मद को सुहला सके। कुल के हेठे, अकड़ के वीर विक्रम बहादुर। गंज में सट्टे की दलाली करते थे, सो शहर तक घर-आँगन के समान उनका डोलना होता था। मन के नक्शे बढ़ गए थे, इसलिए सुखराम की नज़रों में आसपास के गाँवों तक अपनी मेल के गोतों में सबकी कुल-मरजाद छोटी हो गई थी। मगर शहर से कौन आवे ? बड़कऊ के ब्याह की उमर खिंचने लगी। तारा का ब्याह भी इसी फेर में रोक रखा था। लड़के की ससुराल की रकम से दूने होकर सुखराम तारा का रिश्ता शहर में करना चाहते थे, जिससे मरजाद

में चार चाँद लगे।

जब ब्याह की उमरें चढ़ने लगीं तो चक्कर में पड़े। खास तौर पर बेटी भारी पड़ने लगी। सुखराम की सारी अकड़ हवा हो जाती, जो गंज में माधो गुरु से भेंट न होती। माधे गुरु जंडैल साहब के लिए कन्या खोज रहे थे। जंडैल साहब का 'अडर' था कि गाँव में ब्याह करेंगे, सो देहात के ब्राह्मनों को समधी बनाने के लिए, माधो गुरु इस अकड़ से खोज कर रहे थे, जैसे वह खुद ही जंडैल के बाप हों। सुखराम महाराज की अकड़ को इनकी अकड़ की चरण-शरण पाने में ही अपनी गति दिखाई दी। दुम की तरह माधो गुरु के साथ जुड़ गए। किसी तरह मना-मुनू कर उन्हें अपने घर लाए। छप्पन बिंजन का भोजन कराके एक गिन्नी दक्षिणा दी। तब लड़की को दिखाया। सुखराम के बच्चे गोरे हैं। सहज शील और लाज ने तारा की सुंदरता को और भी सँवार दिया था। गिन्नी की चमक में तारा उन्हें साक्षात् लक्ष्मी जैसी दिखाई दी। ऊपर से मलकिन ने अपनी सोने की बड़ी नथ के बेसर को हाथ से घुमा-घुमाकर यह भी बता दिया कि उनकी बिटिया सब कुछ पढ़ी-लिखी है। रामायन बाँच लेती है, चिट्ठी-पत्री कर लेती है; और दोहे-चौपाई तो ऐसे राग से सुनाती है कि पाँच गाँवों की औरतें इसकी बलइयाँ लेती हैं।

मलकिन के बखान से नहीं, अपनी समझ से माधो गुरु को यह विश्वास हो गया कि जंडैल साहब का जी हर तरह से भर जाएगा। इत्ते बड़े फौज के जंडैल हैं–कमांडर-इन-चीफ–लाख अपने मन से गाँव के गरीब ब्राह्मण की कन्या का उद्धार करना चाहें, मगर माधो गुरु की निगाह में जाँचने के लिए तो जंडैल के ससुर की कुछ न कुछ अच्छी हैसियत होना ज़रूरी था।

अपने मीठे बोल और बुद्धि की चतुराई से, सुखराम गंज की दलाली के नए धंधे में गाँव के एक हल से बारह हलों के किसान हो गए थे। शहर में सफलता पाकर उनके मीठे बोल गाँव से ऐंठने लगे। अपनी हैसियत वाले दूसरों को यों तो जथाजोग मान-सम्मान देते थे, उनके सौदे-पट्टी में धेले-पौने का ऊँचा मुनाफा भी करा देते थे, मगर इस अहसान के बोझ से, औरों को हलका समझकर, अपने बड़प्पन को भारी-भरकम भी बनाना चाहते थे। लड़ाई की चढ़ती में गाँव के कई घरों के चेहरे पक्के बने, मगर वह पुरानी मरजाद के ऊँचे फाटक और पक्के चबूतरों तक ही, जूने-पुराने मेमार कारीगरों के हुनर के भरोसे, घराने की मरजाद बढ़ाकर रह गए। सुखराम शहर के कारीगर लाए। घर का चेहरा फैंसूफी बनवाया। आगे के दरवाज़े पर सिरीमिंट का चौखटा बनाकर उस पर फूल-बेल काढ़ी गई। तोता-मैना के डिजैन बने। दरवाज़े के दोनों तरफ गुलदस्ते बनी टैलों के पत्थर जड़े गए। दोनों तरफ बड़े-बड़े आले, एक में शंकर जी की फोटू की टैल, दूसरे में राधा-किसन की जोड़ी

और दरवाज़े के ऊपर गनेस जी। बैठकों का नया चलन किया। यह किसानों में बड़ी बात थी। सुखराम के बोलने में तो करीब-करीब वही बात थी, मगर चलन और रहन-सहन में बहुत फर्क आ गया था। उन्होंने अपने मकान के ऊपर दो शेर और जंगल की कारीगरी का काम बनवाया। उराके बीच में 'ॐ' और 'मिश्र निवास' भी लिखवा लिया। पटवारी बैजनाथ का घर दो मंज़िल का था, इसलिए गाँव की मरजाद में उस घर का कुमार था। सुखराम मिसिर एक ही मंज़िल में ऐसे-ऐसे कर्तबों से चढ़ गए कि चार के चर्चे में किसी न किसी बहाने उनका नाम आना ज़रूरी हो गया। बराबर वाले सब मन ही मन उनसे कटते थे और छोटे लोगों को भी 'सरकारी हजूरी' में एक और नए 'मालिक' को जुड़ते देखकर कोई खुशी नहीं हुई थी। जलन इस बात से और ज़्यादा थी कि सुखराम अपनी तरफ से किसी को भी लड़ाई का छोटे से छोटा मौका नहीं देते थे। गंज के सफल दलालों में सुखराम का आदर होने लगा। कुल के बड़े और पुराने धाक पर निभने वाले घरानों से गाँव की परंपरा में जो नेग-जोग और राम-जुहार की मरजाद कायम थी, सुखराम उस लक्षमन की लकीर को लाँघकर गंज और शहर से अपनी सफलता के लिए नई मरजाद लाए थे। सुखराम के बैठकें में एक न एक व्यापारी या दलाल मेहमान बना ही रहता था। सुखराम अपने नए हौसले को गाँव की पुरानी मरजाद पर लाद रहे थे। ऊपर से सब अमनचैन था, मगर मनों में ज्वालामुखी भड़क रहे थे।

पैसे से हैसियत बनाने की चढ़ा-ओढ़ इतनी मुश्किल, सख्त और तेज़ हो गई थी कि हर शख्स एक-दूसरे से सदा एक हाथ आगे बढ़ जाने के लिए ही उतावला और दीवाना बना रहता था। जो चढ़ न सके, पिसते ही चले गए। उनकी गुलामी उतनी ही मुश्किल, सख्त और तेज़ हो गई। जो जितना बड़ा पैसे वाला है, वह उतना ही अपने से छोटों पर अपनी खुदपरस्ती का बोझ डालता है। वह आम तौर पर खुशामद को आदर समझता है और इस झूठे रोब में अपनी जीत मानकर ज़्यादा से ज़्यादा उसकी माँग करता है। हर छोटा आदमी अपने से बड़े आदमी की खुशामद करने को मजबूर है; और हर बड़ा आदमी किसी न किसी से छोटा भी है। इसलिए हर आदमी दूसरे की खुशामद करता है और दूसरों से अपने लिए वही चाहता भी है।

लड़ाइयों में पैसे की चढ़ा-ओढ़ बढ़ जाती है। पहली लड़ाई में बहुत से लोग तरह-तरह से बन गए थे और दूसरी लड़ाई के ज़माने तक तो पुराने इज़्ज़तदार हो गए थे। इससे दूसरी लड़ाई में औरों का हौसला बढ़ा, क्योंकि इस बार लोग पहचान गए थे कि लड़ाई में व्यापारी लाल हो जाता है। लोग-बाग दस-दस बरसों से दूसरी लड़ाई की मनौतियाँ मान रहे थे। और जब दूसरी लड़ाई आई तो धड़ाधड़ लोग लाल बनने लगे। जितनी कशमकश बढ़ती गई, उतनी ही चिढ़, थकान और पैसे के ज़ोर

पर हैसियत की प्यास भड़कती गई। नीति, कुनीति, धरम, अधरम सब भाड़ में गया और स्वारथ की दौड़ हरएक के साथ हवा-सी लग गई।

लड़ाई के छह वर्षों में और उसके बाद व्यापार अब धंधे की भावना से नहीं होता। एक-दूसरे को खिझाने, चिढ़ाने और कुचल देने के लिए ही दीवानगी के साथ हर एक अपनी बुद्धि-चतुराई का प्रयोग करता है। सुखराम संस्कीरत का यह श्लोक जानते हैं कि 'ब्यौपारे बसती लच्छमी।' और माधो गुरु जैसे धर्मधुरंधर पाधा-पुरोहित ही अपने जिजमानों को ऐसी संस्कीरत के बेद-शास्त्रों का प्रमान दे-देकर बढ़ावा देते हैं।

कलजुग के चौथा चरन देने के कारन धरम-करम धरती से लोप हो रहा है। बाम्हन महराजों की पहले जैसी धाक अब नहीं रही। पहले ज़माने में जिजमान को ज़रा-सा डर दिखाते ही बाम्हन पुरोहितों की पाँचों उँगलियाँ घी में पड़ जाती थीं। अब कोई उतना डर नहीं मानता। अंगरेज़ी राज ने माधो गुरु जैसों की पूजा छीन ली। बाबा के ज़माने में आठ गाँव पुन्न में मिले थे। सोने, चाँदी और पीतल के बर्तनों से घर की दो कोठरियाँ गँजी हुई थीं। बाप ने सारे कोठों की नथें चुन-चुनकर उतारीं और घर-फूँक तमाशा देखा। माधो गुरु के चार भाई पच्चीस घरों की जिजमानी के हिस्सा-बाँट में सिर-फुटौवल कर शास्त्र के बजाय शस्त्र का प्रमाण देने लगे। उनके लड़के अब पत्रे में विश्वास नहीं करते, पान, शरबतों की दूकान करते हैं। माधो गुरु ही किसी तरह धरम-करम सँभाले बैठे हैं। धरम-पुन्न करने वाले पुराने जिजमान भी अभी एकदम से लोप नहीं हुए। इसी से धरती अभी भी सँभली हुई है और माधो गुरु को साल में चार-पाँच सौ की आमदनी जैसे-तैसे हो ही जाती है।

ऐसे परम घोर कलयुग में जंडैल साब जैसा महारथी जिजमानी उन्हें पुर्बले जनम के पुन्न-परताप से ही अकस्मात् मिल गया।

कर्नल तिवारी घर बसाना चाहते थे। घर के बिना उनका हर तरह से भरा-पूरा जीवन घुने हुए बाँस की तरह खोखला हो रहा था। दस की उम्र में सौतेली माँ के अत्याचारों से तंग आकर वह अपने घर से भागे थे। तंगदस्ती में बेसहारा और फटे हाल भटकते-भटकते लखनऊ आए। एक फौजी, हिंदुस्तानी कप्तान के बँगले पर नौकरी मिली। अपनी मेहनत और ईमानदारी से सबको भा गए। इनके ब्राह्मण होने और मुसीबत के मारे होने की कथा ने कप्तान साहब की धर्मात्मा बहू को इनसे छोटा काम न लेने की बुद्धि दी। कप्तान साहब इने-गिने हिंदुस्तानियों में थे, जिन्होंने खुशामद के बल पर फौज में अफसरी का ओहदा उस ज़माने में हासिल किया था। रोब और दबदबे के आदमी थे। उनकी निगाह हो जाने से ये पढ़े-लिखे और जवान होने पर फौज में भरती हो गए। पहली लड़ाई देखी, फिर दूसरी लड़ाई देखी। फिर

घर बसाने की इच्छा उनके मन में सैलाब के पानी की तरह तेज़ी से बढ़ने लगी।

घर का न होना, किसी अपने का न होना, उनकी सारी सफलता को निकम्मा बना देता है। और अपने से उनका मतलब है अपनी पत्नी, अपने बच्चे। उम्र और ओहदे बढ़ने के साथ-साथ उनकी यह इच्छा भी बढ़ती गई। अपने देश से दूर, लड़ाई के मैदान में हरएक को अपने घर की याद आती थी। उनके मातहत छोटे से छोटा सिपाही भी डाक के दिन घर से चिट्ठी पाने के लिए बेचैन रहता था। हरएक ने खर्चा भेजने के लिए, अपने घर के किसी न किसी रिश्तेदार का नाम लिखवाया था। फौज में भरती के वक्त कप्तान साहब के मार्फत ही उनके घर का पता दिया गया था। और वह घर अब मिट चुका था। कप्तान और उनकी पत्नी के दुनिया में न रहने के बाद उनके दोनों लड़कों ने इनसे कोई संबंध न रखा। अपने सौतेले भाई-बहनों के साथ फिर से नाता जोड़ने की इच्छा कभी-कभी होती तो है, मगर मन को किसी तरह का उत्साह नहीं मिलता। अलावा इसके जाने कौन कहाँ होगा ? चालीस बरसों से कोई खैर-खबर नहीं। दुनिया से उनका जो कुछ भी नाता है, वह नाश और प्रलय का है। स्त्री से उनका जो भी नाता है, वह फौजी चकलों और सोसायटी की तितलियों के आवारा तन तक ही सिमटकर रह जाता है।

लड़ाई के दौर में उनके बहुत-से साथियों ने अपनी शादियाँ भी कीं। किसी ने किसी फिल्म स्टार से, किसी ने गोरी चमड़ी वाली मेम से। कइयों ने 'इलस्ट्रेटेड वीकली' में तस्वीर छपाने लायक सामाजिक विवाह भी किए। मगर कर्नल तिवारी ऐसा घर नहीं चाहते थे। उनके खयाल में ऐसा घर घर नहीं रहता, चकले का दूसरा रूप बन जाता हैं या फिर नासमझी का घिरौंदा। वह घर चाहते थे, जैसे कि 'भले लोगों' के होते हैं। वह घर चाहते थे, जैसा कि उनको पालने वाले कप्तान साहब का था। वह घरवाली चाहते थे, दुनियादारी चाहते थे, नाते-गोते और रस्म-रिवाज़ चाहते थे।

मगर चाहने से ही सब कुछ नहीं मिल जाता। वह दुनिया को आबाद करना चाहते थे और उसे बर्बाद करना उनका फर्ज़ था। इंसानियत और राजनीतिक आदर्शों के नाम पर यह विनाश ही उनके दिमाग के लिए सबसे बड़ा सत्य था।

कर्नल तिवारी मोर्चे पर मोर्चे बढ़ते चले गए, साथ ही साथ उनकी उम्र और घर बसाने की इच्छा भी दिनोदिन तेज़ी के साथ ज़ोर पकड़ती गई। जर्मनी, जापान पर साथी देशों की विजय उनके लिए महज़ एक साधारण घटना का ही मूल्य रखती थी। अपने सैनिक जीवन के अनुभव और दुनिया की राजनीति के रवैये से वह यह जानते थे कि लड़ाई अभी खत्म नहीं हुई। बिजलियों की रोशनियाँ, आतिशबाज़ियाँ, शराब, जलसे, सम्मान, तमगे और ऊँचे-ऊँचे ओहदों के हुजूम में उन्हें महज़ लड़ाई

के नए नक्शे ही दिखलाई देते थे। शांति कहीं भी न थी। फिर भी यह चेतना उनके मन में बहुत साफ और उभरी हुई न थी। ऊपरी तौर पर उन्हें इस बड़ी जीत में अपने हिस्से का अहसास था और राजनीतिक रूप में अपने देश की गुलामी को ही वह अपनी उदासीनता का कारण मानकर सनके हुए थे।

लौटकर देश आए। उनका देश हलचलों से भरा हुआ था। उनका मन भी हलचलों से भरा हुआ था। देश और मिट्टी का प्यार उनके दिल में सच्चा होते हुए भी खोखला था। समुंदर पार पराई धरती पर देश के ध्यान से अपनेपन का नाता जुड़ जाता था। देश आने पर वह अपनापन भी खो गया। उनका कहीं भी अपना ठिकाना न था—अपना घर न था। छुट्टी लेकर बड़े-बड़े शहरों में घूम-घूमकर वह अपने को बहलाते रहे। दोस्तों के यहाँ मेहमान हुए, दोस्तों के बच्चों के चचा-ताऊ बने, उनकी बीवियों को भाभी कहकर पुकारा; मगर मन का नाता न जुड़ा।

कर्नल तिवारी एक उलझन में फँस गए। पचास की उम्र हुई, शादी करके घर बसाएँ तो कितने रोज़ के लिए ? अपनी ढलती उम्र में किसी जवान-जहान लड़की का पल्ला बाँधने में उनके दिल को एक झिझक महसूस होती थी। लेकिन वह झिझक इतनी बड़ी कभी न हो सकी कि शादी का खयाल उनके मन में उतार दे। उलझन में दिन गुज़रते गए और उनके बंगाल जाने का हुक्म आ गया।

नोआखली के दंगे दबाए जाने के लिए फौज की ताकत माँगते थे। नोआखली का अनुभव कर्नल तिवारी के लिए दुनिया की दो बड़ी लड़ाइयों से भी ज़्यादा तीखा साबित हुआ। उन्होंने लड़ाई के बड़े-बड़े मैदान देखे थे। बमों से उजड़ते और जलते हुए घर और बेबस इंसानों के तड़प और चीख-भरे मौत के नज्जारों को भी, खुद हिस्सा लेकर देखा था। और उसमें हिस्सा लेने की वजह से उन्हें मान-सम्मान और इज़्ज़त-ओहदा मिला था। वह लड़ाई थी और यह दंगे। उन लड़ाइयों के लड़ाकुओं को बहादुर, देशभक्त, राजभक्त और इंसानियत का पुजारी माना जाता था, जबकि इन दंगों में लड़ने वाले गुंडे, कमीने और हैवानियत के पुतले माने जाते हैं।

कर्नल तिवारी के बहुत-से साथी हिंदू अफसरों को सरकारी तौर पर अपनी ड्यूटी बनाते हुए, गैर-सरकारी तौर पर मुसलमानों से नफरत थी। हिंदू और तो और—बच्चों, बड़े-बूढ़ों और जवानों के ऊपर ढाए जाने वाले जुल्म हर एक का खून खौला रहे थे। कर्नल तिवारी का अनुभव दूसरे किस्म का था। घर और रिश्तों के नाश को इतने नज़दीक से और बेलाग होकर वह पहली बार देख रहे थे। उनके दिमाग में धर्म, जाति और देश का अहसास न था। वह तो महज़ यही देख रहे थे—जलता हुआ घर और तरह-तरह से तबाह होती हुई जानें, यह नरक का नज्जारा दो-दो बार सारी दुनिया को हिला देने के बाद भी आज तक कायम है। वह दृश्य उनके दिल

पर बोझ डाल रहा था। उनके दूसरे साथी जब कभी दबी ज़बान से अपनी कौमपरस्ती प्रकट करते, तो उन्हें कर्नल से जवाब मिलता, "दरअसल हमें जो बुरा लगता है, वह बेबसों का तबाह होना, घरों का उजड़ना। देश, जाति, धर्म और आदर्शों के नाम पर हम हैवानियत की तस्वीर को कभी उलटी और कभी सीधी देखकर महज़ अपने आपको धोखा देते हैं। जो बुरा है, वह हर हालत और हर रंग में बुरा ही रहेगा। निहत्थे हिंदुओं पर मुसलमानों के ज़ुल्म अगर बुरी चीज़ हैं, तो हिरोशिमा और नागासाकी पर अमेरिका के एटम बम गिराने को भी उतना ही बुरा मानना होगा। जर्मनों को अंगरेज़ों-रूसियों के नगर उजाड़ना और रूसियों-अंगरेज़ों का जर्मनों को तबाह करना—यह सब एक ही किस्म के तराजू पर तौलने लायक घटनाएँ हैं। मैं इन बेबसों को तबाह करने वाले गुंडों से बदला लेने के लिए तो हर वक्त मुस्तैद हूँ, मगर हिंदू के नाते मुसलमानों से बदला लेने का खयाल भी मेरे सपने तक में नहीं आ सकता।"

कर्नल तिवारी लड़ाई से चिढ़ते चले गए। जितना नाश देखा, जितना चिढ़े, उतनी ही उनकी घर बसाने की इच्छा लौ की तरह ऊँची उठती गई। उन्हें घर चाहिए। दुनिया में हर शख्स को घर की भूख है। ज़िंदगी घर की भूखी है—चींटी से लेकर इंसान तक।

कर्नल तिवारी का घर इक्यावन बरस की उम्र में अठारह साल की देहातिन तारा से आबाद हुआ। जीवन की सबसे बड़ी साध पूरी करते हुए भी कर्नल को चैन नहीं मिला। बसंत पंचमी की लगन धरी गई थी, ब्याह की तैयारियाँ हो रही थीं कि एक दिन अचानक कश्मीर जाने का हुक्म मिला। कर्नल तिवारी मन में खीझ उठे। मगर ज़िंदगी-भर की आदत और फर्ज़ का ध्यान उनके अंदर मुस्तैदी का दम भरने लगा। देश-सेवा भगवान् की सेवा से भी बड़ी वस्तु है, पर निजी जीवन की सबसे बड़ी माँग भी अपने हक के लिए विद्रोह करती थी। कर्नल तिवारी को ऐसा लगता था कि उनकी शादी अगर इस बार न हुई तो ज़िंदगी-भर के लिए उनकी यह सबसे बड़ी साध भी उनसे दूर हो जाएगी। उन्होंने तय किया कि वह शादी करके ही अपनी ड्यूटी पर जाएँगे। उनके पास अड़तालीस घंटे का वक्त था। उसके अंदर ही उन्हें शादी करनी थी। और शादी कितनी ही जल्दी में क्यों न की जाए, बरसों से दबे हुए हौसले ठाट-बाट ही से पूरे होंगे।

तुरंत माधो गुरु के नाम सम्मन भेजा गया और माधो गुरु उसी रात के आठ बजे जडैल साब की मोटर पर बैठकर सिमरौली गए, और यह जडैली हुकुम सुनाया तो सबके हाथ-पैर फूल गए। एक दिन में क्या-क्या हो सकता है ? फिर शहर के बड़े-बड़े अफसर आएँगे, सैकड़ों मोटरें आएँगी, सबका इंतज़ाम एक दिन में कैसे हो जाएगा ? और फिर पूस में ब्याह, सो भी दिन में दस बजे के भीतर लगन धरी जाए—

यह सब कैसे चलेगा ?

लेकिन जंडैल के हुकुम से सब चल गया। दूसरे दिन मोटर-ट्रकों में भर-भरकर कुर्सियाँ, मेज़ें और कनात-शामियाने पहुँच गए। होटल वाले का तंबू-कनात अलग लगा। सुखराम महाराज चार पैरों से दौड़ने लगे, अपनी तरफ से भी कुछ कर दिखाने का जोम था। श्रीरामपुर के ठाकुर साहेब के यहाँ से हथिनी माँग लाए। शहर से नफीरी और झइयम-झइयम बाजे वालों को भी बुलवा लिया। नाई अलग न्योते की सुपारी बाँटने चला गया। गैस के हंडों की रोशनी में काम-काज और तैयारियाँ करते-करते ही रात बीत गई। जैसे-जैसे दिन चढ़ने लगा, सुखराम की नब्ज़ छूटने लगी।

चालीस मोटरें आईं। जंडैल साहब के हुकुम से रस्में तो सब हुईं, मगर ब्याह डेढ़ घंटे में ही निपट गया। मेहमानों की चाय हुई। बड़े-बड़े फूलों के गुलदस्ते और चाँदी-सोने का सामान मिला। बारह बजे तक ब्याह की सारी भीड़-भाड़ निबट गई और ऊपर वाली कोठरी में जंडैल साहब के आराम के लिए पलंग बिछा दिया गया।

तारा ब्याह के पहले अपने आप के लिए भार थी और ब्याह के बाद एक उलझन बन गई।

उसने अपनी शादी को आँखों से नहीं, कानों से देखा था। घूँघट से ढकी हुई मंडप में उसके साथ बैठते हुए, भाँवरे फिरते हुए, गँठजोड़े से कुलदेवता को प्रणाम करते हुए तारा का मन सँकरे-सन्नाटे में गुम था। पत्नी होना, और इतनी बड़भागनी पत्नी होना देहात में रहने वाली तारा के लिए बड़ा विचित्र अनुभव था। दिल का सन्नाटा अपने आप से दहल रहा था। यह गुम्मी, यह दहलन और भी सख्त हो गई, जब कर्नल तिवारी ने उसकी कोठरी में कदम रखा। तारा सहमी-सिकुड़ी गठरी-सी पलंग पर बैठी रही—अंत तक ! मन 'क्या होगा ?—जो हो !' की धुकधुकी लेकर गहरे में जा समाया। उसके क्षण बहुत तेज़ी के साथ सिमटने लगे।

तिवारी अपनी पत्नी को चाहते थे। तारा के महावर लगे गोरे पैरों में बिछुए और मेहँदी लगे गोरे हाथों में अँगूठियाँ, आरसी अजीब किस्म से कर्नल तिवारी को तारा के बहूपन का अहसास करा रहे थे। तारा उनकी थी—उनकी अपनी। अपनी तारा के गोरे मुख को वह देखना चाहते थे। घूँघट हटाने के लिए बार-बार कहते रहे; पास बैठ गए, कंधे पर हाथ रखकर घूँघट पर आए और उनका हाथ रुक गया। वह चाहते थे कि तारा खुद ही घूँघट हटा दे। ज़िंदगी-भर उन्होंने औरत की लाज से खिलौने की तरह खेला है, मगर अपनी दुलहिन के घूँघट में उन्हें नारी लाज की वह पवित्रता दिखाई दी, जिसके बिना उनका अब तक का जीवन सूना था। कर्नल

तिवारी अपनी पत्नी का घूँघट न हटा सके और तारा की लाज अपने आपको छोड़ न सकी। कहते ही चले गए, बिना मुख देखे ही चले गए, मगर तारा की गुम्मी न टूटी।

जाते वक्त अपने ससुर से कह गए, "आज से आपकी साहबज़ादी के आराम और खर्च की सारी ज़िम्मेदारी मेरे ऊपर है। यों तो मैं अपने दोस्त कैप्टेन वर्मा के बँगले पर उनके लिए सब इंतज़ाम कर जाता, मगर चूँकि उस माहौल के लिए वह एकदम नई हैं, उन्हें वहाँ परायापन महसूस होगा। फिर भी जिस हैसियत की ज़िंदगी उन्हें आगे चलकर बितानी है, उसके लिए यह ज़रूरी है कि उनकी तबीयत रवाँ हो जाए। कैप्टेन वर्मा सब ज़रूरी इंतज़ाम कर देंगे। और हाँ, ससुराल की तरफ से मैंने आपकी साहबज़ादी का नाम रानी बहू रखा है।"

दूसरे दिन के सुखराम उसे ताराराानी, कभी रानी बिटिया और कभी रन्नो कहकर पुकारने लगे। भैया रन्नो कहने लगे, छुटकऊ रानी जिज्जी। एक अम्मा और सिउ नरायन की दद्दा को छोड़कर धीरे-धीरे सारा गाँव उसे तारो या तारा कहने के बजाय अब रानी, रानी बिटिया कहने लगा। इससे तारा को बड़ी शर्म आती थी। और उस शर्म से जो घुटन होती थी, उसे वह कभी भी सहन नहीं कर सकती थी। यह उसे बर्दाश्त नहीं होता कि उसका अपना नाम भी उसके लिए पराया बना दिया जाए। लोग अपने लिए खुशामद क्योंकर पसंद कर लेते हैं, यह सवाल उसके लिए एक बेहूदा पहेली की तरह न हल होने वाला और दम घोंटने वाला बन गया।

ब्याह के बाद से इस घर में जो कुछ भी होता, उसके लिए होता। काछी के बगीचे से दोनों बखत भाजी आने लगी, बकरी का दूध कढ़कर आए तो सबसे पहले उससे पूछा जाए। भैया, दद्दू, छुटकऊ—किसी ने भी चाहे खाया हो, चाहे न खाया हो, उसकी थाली पहले परोस दी जाए। तारा को लगता कि धरती फट जाए और वह उसमें समा जाए। क्या बिटिया के लिए किसी घर में भी ऐसी हाजरी साधी जाती है ? उसके लिए तो मैका, मैके का गाँव ही ससुराल बना दिया गया। यह अनहोनी भी होनी बदी थी। पैसे और ओहदे की ताकत जो चाहे सो करा ले। पैसे और ओहदे की सारी शक्ति उसके हाथ में सौंपकर एक अनजान आदमी उसे अपनी बनाकर—सब अपनों से बीराना बनाकर—चला गया। लेकिन वह इस शक्ति का क्या करे ? अपनेपन को अपने आप से क्योंकर मिटा दे ? तारा के प्राण आठों पहर के लिए हवा में टँग गए। वह नहीं चाहती कि कोई उसे बदला हुआ समझे।

सारे गाँव के लिए तारा का ब्याह एक चमत्कार था। दूसरों की सफलता पर डाह करना दुनियादारी का नियम है। यह डाह देखा-देखी में एक-दूसरे को नई-नई सफलताएँ पाने के लिए उकसाती है। मगर तारा की तकदीर ने उसे जो सफलता

बख्शी थी, उस नहले पर दहला कोई क्योंकर चढ़ाए ? लोगों के मन में जलन निकम्मी हो उमड़-घुमड़कर बैठ जाती थी। इसीलिए सुखराम की बेटी उनके हर जोड़ीदार के लिए ऊपरी तौर पर बड़ी ही प्यारी हो गई। यह प्यार बहुतों के घर में सुधार का शौक बना। सिमरौली में तारा के ब्याह के बाद नीलम की अमेरिकन फौजी पतलूनों और बूटों की खपत जवानों में बढ़ गई। सस्ते किस्म के पाउडर और वैसलीन का चलन भी ज़्यादः हो गया। तारा का मरद जब उसके लिए नित नई अनोखी चीज़ें भिजवाता है तो हिर्स में गाँव के जवानों की जोरुओं को भी कुछ न कुछ तो फैशन में रहना ही चाहिए। यों तारा के ब्याह से पहले भी गाँव में फैशन बढ़ने लगा था। लड़ाई की महँगी में बहुत से जवान गाँव छोड़कर शहरों में चले गए थे। जब वे गाँव लौटते तो अपनी हेकड़ी जताने के लिए शहर के चलन लाते। अब उनकी माँग सिमरौली के घर-घर ज़्यादा हो गई। अपनी-अपनी आमदनी का तंग दायरा लोगों के मनों में खर्चे की उमंग को रह-रहकर छेड़ने लगा। छोटे लोगों से बड़े लोगों तक, सभी एक न बुझने वाली प्यास से तड़पने लगे।

तारा की मास्टरनी ने जब बगैर फीस लिए गाँव की लड़कियों-बहुओं को पढ़ाने का मंशा ज़ाहिर किया तो कइयों की इच्छा जागी। पढ़ने वालियों में घमंड जागा; न पढ़ने वालियाँ कलह करने में अब 'एमे-बीए' पास करने लगीं। टहोके मारना, ताने कसना, बड़प्पन और फैशन की शेखी पहले से ज़्यादा बढ़ गई। बाप की हैसियत पर बेटे-बेटियों की हिर्स ने बड़ों में खींचतान पहले से भी ज़्यादा बढ़ा दी।

पुराने और नए ज़माने का महाभारत छिड़ने लगा। सासों को नई बहुओं के नए-नए फैशन पसंद न थे, बहुओं को सासों की हुकूमत पसंद न थी। जिनके मालिक शहरों के कमासुत थे, वे अपने को बहुत कुछ समझा करती थीं। देवरानी-जेठानियों की कशमकश नई ज़मीन पर और भी तेज़ी से लहलहाने लगी। बूढ़े माँ-बापों की शिकायत थी कि उनके बेटे अपनी कमाई का मोटा भाग अब घर में न देकर अपने-अपने बीवी-बच्चों को देते हैं। लड़कों को अपने माँ-बापों से यह शिकायत थी कि वह, पुराने खूसट, अपने बेटों का सुख नहीं देख सकते। हर भाई घर के झगड़ों में बहस के तौर पर दूसरे भाई पर यह इलज़ाम लगाता कि जब वह इतनी आमदनी होने पर घर को इतना खर्च देता है, तो वह अपनी आमदनी के हिसाब से घर के खर्च के लिए ज़्यादा रकम क्यों दे।

घरों में चूल्हे फूटने लगे। जिन घरों के चेहरे पक्के थे, उनके बेटे-बहुएँ हिस्सा-पत्ती के लिए दिन-रात अपने माँ-बापों से कलह-कलेश करने लगीं। घरों में सास का सिंहासन बहुओं की हाथ-हाथ-भर लंबी ज़बानों की मार से चरमराने लगा। सास घर की मालकिन का पद-गौरव एक से छिनकर कइयों के हिस्से में बँट गया।

घर की हर ब्याहता स्त्री घर पर ज़्यादा से ज़्यादा हुकूमत चाहती है। उस हुकूमत के लिए जिसका पति जितना कमाता है, उतना ही ब्याहता का अधिकार होता है; जिसका पति कम कमाता है, वह कम अधिकारों वाली होती है। जो मन से कमज़ोर होती हैं, वह घर में सबसे ज़्यादा सुहागवंती, भागवंती का पक्ष लेकर दूसरों पर अपनी जलन उतारने के लिए रोज़ चार चासनी ज़्यादा चढ़ाने की कोशिश करती हैं। सास अगर सख्त हुई, यानी उसके खास संदूकचे का किसी को पता न चल सका, तो कलह बहुओं में ही रही, सास का पद किसी न किसी तरह अपनी आबरू सँभाले बना रहा। जो खुला खजाना रखती हैं, उनकी तालियों का गुच्छा किस बहू-बेटी के हाथ में सबसे ज़्यादा आता-जाता है, इसका कलह-कलेश ठेठ सास तक पहुँचता है, जिसमें खुद सास भी एक मुजरिम होती है। जो मन की कमज़ोर हैं, वह सबसे ज़्यादा जोम रखने वाली बहू की तरफदार हो जाती हैं। पैसे की इस छुटाई-बड़ाई ने माँ के प्यार को भी ऊपरी तौर पर तब्दील कर दिया। घर में हरएक का हरएक से रिश्ता पैसे का है।

निकम्मे माँ-बाप, निकम्मे बेटे-बहुए, विधवा बेटियाँ और बड़ी कुंवारी लड़कियाँ, जो पैसे नहीं कमा पाते, वे अपने को इस पैसे की दुनियादारी में सबसे ज़्यादा डाँवाडोल हालत में पाते हैं।

फौज में रहकर आए हुए जवान और शहरी स्कूलों में पढ़ने वाले लड़के गाँवों में अपने साथ एक पूरा बंदर का बंदर खरीद लाए थे। सिनेमा स्टारों के नाम, सिनेमा की धुनें, धूप के अमेरिकन चश्मे, सिगरेट और सिगार तक; जेब में ऊँचा रूमाल, जिनके पास फाउंटेनपेन नहीं है, वह क्लिप लगी पेंसिलें खोंसकर चलते हैं। अब चमड़े के पर्स रखने का चलन भी चल गया है। घड़ियाँ, साइकिलें जिनके पास हैं, वह गाँव के बड़े हीरो माने जाते हैं। उन्हें आँख लड़ाए बिना खाना ही हजम नहीं होता। आपस में दोस्तों की बातचीत की अहम चर्चा यही है कि कौन कितनी बार 'लव' कर चुका है।

ब्याह के बाद तारा गाँव की सबसे बड़ी हीरोइन बन गई। तारा को लोग दूर से ही देख पाते हैं। कभी-कभी गाँव में किसी के यहाँ जब मिलने-जुलने जाती है तो लोग देखते रह जाते हैं। साथ में या तो दीदी होंगी या महरी। दीदी और तारा बगैर चद्दर के सादी से सादी पोशाक में निकलती हैं। जिन जवानों में ज़्यादा हौसला है, वह हाथ जोड़कर नमस्ते कर लेने का रिश्ता बाँध लेते हैं।

दीदी के चरचे भी कभी-कभी बेवजह ही हो जाते हैं। उनका हीरो बनने का खयाल भी आम तौर पर लोगों के दिमाग में नहीं आता। उनके चेहरे पर एक तेज़ी है, एक अलगाव है, जो देखते ही दूसरे के मन को झटका देता है। हाँ, उन्हें पसंद

करने वाले करीब-करीब सभी हैं। पढ़े-लिखे और विदेश से लौटे नौजवानों की महफिल में दीदी की मिसाल दी जाती है और तारा के चर्चे होते हैं। रानी नाम तो बात को और भी सुगम कर देता है।

रानी उसे नीचे तबके के लोग भी कहने लगे हैं। गाँव का छोटा किसान और खेतिहर मज़दूर उसे बड़े दिल से रानी कहता है। उनके लिए गाँव की अपनी एक लड़की या बहन का रानी बनना अपने लिए एक बड़प्पन की बात लगती थी। यही बात बढ़कर बहुतों में खुशामद बनी, बहुतों ने सीधी तरह एक खुशी की बात के तौर पर उसे माना, बगैर किसी मतलब के कइयों ने उससे भी वही रुख रखा, जो वे तमाम पैसे और ओहदे वालों से रखते थे। जंडैल की जोरू को सरकार के खिलाफ, कांग्रेस के खिलाफ, चार खरी-खोटी सुनाकर वह अपने जी की भड़ास निकाल लेते थे। तारा के लिए गाँव में निकलने पर यह एक सबसे बड़ी सज़ा थी। पति की तारीफ उसके जवान मन के सपनों को बहुत ऊँचा उठा देती थी। जब वह किसी से अपने पति की तारीफ सुनती तो सिर का पल्ला कुछ न कुछ घूँघट-सा बन ही जाता था। अपने पति के बड़प्पन और तारीफ की बातें सुनने की तो आदत थी, लेकिन ऐसे झूठे-मूठे आवाज़े-तवाज़े सुनकर वह काँप जाती। ऐसा क्यों होता है ? उसका पति किसी का भी दुश्मन क्यों हो ? यह कांग्रेस तो सबके लिए अच्छी थी—देश के लिए आज़ादी ले आई। फिर ये लोग उसकी बुराई क्यों करते हैं ?

तारा के लिए अपने पति का पेशा-ओहदा एक अजब उलझन बन गया। न जाने कब से हरएक के मन में यह बात जम जाती है कि फौज का सिपाही एक बड़ी चीज़ होता है। उसने और गाँव की हर औरत ने ढोलक के गीतों वाले 'बाँके सिपाहिया' को सदा से पहचान रखा है। इन आवाज़े-तवाज़ों को सुनकर तारा के मन में सहज सवाल उठता है कि आखिर उन्होंने इन लोगों का क्या बिगाड़ा है ?

और साथ ही साथ तारा के ध्यान में यह बात भी अटकती कि आखिर किसी ने उनका क्या बिगाड़ा है, जो वह दूसरों से लड़ते हैं ? बड़ी-बड़ी दूर हो आए। जर्मनों को मारा। और अब जो वह कश्मीर में लड़ रहे हैं, तो किसके साथ उनकी दुश्मनी है ? दीदी से अकसर इस बात पर बहस हो जाती थी। दीदी कहतीं, "वह एक सिद्धांत के लिए लड़ते हैं। एक आदर्श के लिए लड़ते हैं। राष्ट्र और देश के लिए लड़ते हैं।"

मगर इससे भी तारा के मन की चुभन निकल न सकी। राष्ट्र, आदर्श और सिद्धांत कोई भी हो, वह दो बिना जान-पहचान के आदमियों को आमने-सामने खड़ा करके दुश्मनी क्यों पैदा करवाता है ? जिनकी दुश्मनी है, वही आपस में लड़ के फैसला क्यों नहीं कर लेते ? करोड़ों को सिपाही बना-बनाकर कटवा क्यों देते हैं ?

घरों के ऊपर हवाई जहाज़ आ-आकर जो शहर के शहर बमों से मटियामेट कर जाते हैं, तो उन शहर वालों ने उन हवाई जहाज़ वालों का क्या बिगाड़ा था ? हवाई जहाज़ वालों से उनकी कभी की जान-पहचान भी नहीं थी, फिर दुश्मनी कैसे हो गई ?

दीदी इस बात पर उसे कई बार समझा चुकी हैं कि यह लड़ाई कुछ आपस की दुश्मनी जैसी नहीं हुआ करती। दीदी बड़े जोश के साथ उसे समझातीं, "यह लड़ाई वह लड़ाई है, जो सदा से होती चली आई है और इस लड़ाई में लड़ने वाले वीर और योद्धा माने जाते हैं। पुराने ज़माने में जैसे महारथी हुआ करते थे, वैसे अब के ज़माने में कर्नल-कमांडर होते हैं।"

तारा इस दलील से लाजवाब तो हो जाती, मगर उसके मन से यह सवाल न जाता। लड़ाई है तो अच्छी, उसके पति को इतना मान-सम्मान और रुतबा दिया, मगर तारा के लिए वह बड़ी खराब है। उसके प्राण टँगे रहते हैं। और इसी वजह से यह सवाल उसके मन से छूट ही नहीं पाता कि लड़ाई की ज़रूरत ही क्या है ?

वह लड़ाई से काँपती है। और जब कभी भी ज़ोर से धड़क जाता है, तो साड़ी का पल्ला फौरन पीछे गिराने के लिए हाथ बढ़ जाता है, उड़ी के मोर्चे से जब उनके जख्मी होने की खबर आई थी, तो पैरों के नीचे से धरती का भान बिसर गया। जब तक अस्पताल में रहे, किसी करवट भी कल न पड़ी। दिल की धड़कनों में एक तीर-सा बिंध गया कि उसने अपने आपको उस दिन सौंप क्यों न दिया ?

अब वह घूँघट से नफरत करने लगी थी; वह घूँघट से डर गई थी। तारा एक तरह से अपना भरोसा खो रही थी। तकदीर ने उसे चमकाया तो, मगर इतनी ज़ोर से उछाला देकर कि मन में खुद अपनी ही चमक बैठ गई। वही चमक बहाने-बहाने जी में डोला करती थी।

तारा अपने से पराई हो गई थी। इस पराएपन को वह बर्दाश्त नहीं कर पाती थी और वह सदा चौकन्ना रहकर इस बात के ध्यान में रहा करती थी कि कोई उसे बदली हुई न समझे। इस चौकन्नेपन ने तारा को इन आठ महीनों में थका-हरा डाला। वह हरएक को खुश रखना चाहती थी, और चाहती थी कि हरएक उससे खुश रहे। इसके लिए वह अपने व्यवहार और कामकाज से सदा सावधान रहने की कोशिश किया करती थी, फिर भी बराबर यही महसूस किया करती कि वह सबको खुश नहीं कर पाएगी। उसे एक डर-सा बँध गया कि लोग उससे मन ही मन में नाराज़ रहते हैं और ऊपर का प्यार दिखाते हैं।

जब मैके के घर की नई मंज़िल चढ़ाने की बात, दामाद की ओर से ससुर को चिट्ठी में लिखकर आई और दद्दू ने आँगन में आकर सुनाई तो तारा को भी अच्छी नहीं लगी थी। अम्मा को सचमुच खला था। उन्होंने कहा, "वह लाख बड़े आदमी

हों, पर हमारी भी गँवई-गाँव की मरजाद है। लोग सात गाँव तक नाम धरेंगे कि बेटी के धन पर धन्ना सेठ बनते हैं।"

सुखराम महाराज इस पर 'हँ-आँ-आँ…' करके ही रह गए। बड़कऊ ज़ोर से बोले, "यह कोई कहेगा ही कैसे ? हम नहीं कह देंगे कि वह अपनी बहू के लिए बनवा रहे हैं। हम क्या कर सकते ? एक तरह से हमने यहाँ जगह देकर उनकी ही तकलीफ बचाई है। मास्टरनी के लिए कहीं न कहीं तो जगह बनती ही।"

दद्दू इसी बात को ले उड़े, "दामाद जब अपने मुँह से कहता है तो हम कर ही क्या सकते हैं। हमारा तो यही धर्म है कि दामाद कहे, हम तुम्हारे सिर पर मकान बनाएँगे, तो झट से हाथ जोड़कर झुक जाएँ।"

इसी तर्क के सहारे बँधकर, मन के लोभ को सुंदर जामा पहनाकर, दद्दू और भैया तारा के गुलाम हो गए।

जब तारा सुहागवती हुई और अपनी माँ के घर की महारानी बनी, तो मलकिन का मन औरत वाले कोठे पर चढ़ गया। मलकिन को यह अच्छा नहीं लगता कि उनके घर में कोई उनसे भी बड़ा हो। बेटी से एक जगह मन ही मन चिढ़कर वह रोज़ बेटे के ब्याह और बहू की बात चलाती थीं। उसके अच्छे से अच्छे काम पर भी कुछ न कुछ बुरी बात चिपका ही देतीं। जी की जलन को माँ की सिखावन का जामा पहनाने में मलकिन को आड़ मिलती। दीदी भी अपने मास्टरनी होने का फायदा उठाकर तारा पर हुकूमत का हक-सा चाहती थीं। तारा एक हद से ज़्यादा इस मन में न समाने वाले भार की थकी हुई श्रद्धा के साथ निभाती चली गई। और इस तरह धीरे-धीरे अपने आप पर अनुचित दबाव डालने के कारण वह खुद अपने से ही दहलने लगी। तारा इससे नफरत करती।

तारा को चीज़ों से नफरत होने लगी। यों तो वह माँ को भी अब नहीं बर्दाश्त कर सकती, मगर दीदी की हुकूमत को तो वह अब किसी सूरत से भी पचा नहीं पाती थी। वैसे तारा इतने दिनों में ही बड़ी दुनियादार बन गई है। वह ज़बान पर लगाम रखकर बात करना जानती है। उसकी यही चतुराई दीदी और उसके बीच की काँटा थी।

तारा सब बातों पर बहुत सोचा करती है। उसका वश तो किसी पर चलता नहीं। हाँ, अपने को जैसा सूझता है, सँभालती-साधती चली जाती है। दद्दू या भैया जब कभी रोटी खाने बैठें तो पटरा खुद बिछाने की ताक में रहे, पानी भरकर रखे। छुटकऊ के लिए नित नए कपड़े, किताबें, खेल वगैरह शहर से मँगाती रहे। गाँव-पड़ोस में, मिलने-जुलने में, सबसे बहुत सँभलकर चलने लगी, जिससे कोई बेगानापन न माने।

घमंड को झुकाने के लिए जहाँ इस तरह सचेत रहते हुए उसमें विनय आई, वहाँ अपने आप के लिए छोटेपन का अहसास भी हुआ। अपने ऊपर से भरोसा हिल गया और उसी को जताने के लिए तारा ज़्यादा से ज़्यादा सचेत रहती; ज़रूरत से ज़्यादा चौकन्नी।

मन के इस चौकन्नेपन से उसका चैन खो गया था और वह मन ही मन एक जगह बेहद उलझने लगी—खोने लगी—थकने लगी। इस खोएपन से उसे हरदम घबराहट होती। वह अपने आपको निकम्मी समझकर हठ के साथ ज़्यादा से ज़्यादा मेहनत करने की कोशिश करती।

अपने पति के मन-माफिक बनने के लिए तारा ने जी-जान एक कर डाले। जब से दीदी आईं, तारा अपने पति को पाने के लिए लगन के साथ दीदी की बताई राह पर ही चलने को अपना फर्ज़ मानने लगी थी। शहर की बोली सीखने में उसे कितना सिर खपाना पड़ा। पहले 'सहर' से 'शहर' कहते न बन पड़े, और दीदी हँसें। उनकी चिट्ठियाँ आने लगीं और तारा को जवाब देने का हियाव न पड़े। चिट्ठी लिखने के लिए दीदी रोज़ कोंचकाँच करें। एक दिन खुद चिट्ठी लिख दी और तारा से कहा कि अपने हाथ से नकल करके भेज दो। तारा को उस दिन कैसे धरम-संकट का सामना करना पड़ा था। न जाने क्या-क्या बातें उसे अपनी तरफ से, अपने हाथ से नकल करके भेजनी पड़ी थीं। खत के जवाब में पति बहुत खुश होकर लिखने लगे। ऐसे ही धीरे-धीरे हौसला खुलने लगा। तारा ने यह महसूस करना शुरू किया कि चिट्ठियाँ तो वह ज़रूर लिखती है, लेकिन उनके साथ किसी किस्म का भी लगाव वह नहीं महसूस कर पाती। इसीलिए अपने खतों के जवाब में पाए हुए पति के पत्र भी उसे अपनापन नहीं दे पाते थे। दीदी कहती थीं कि प्रेम की चिट्ठियाँ ऐसे ही लिखी जाती हैं। और इन चिट्ठियों की बदौलत ही तो कर्नल तिवारी उससे खुश हुए हैं।

तारा उलझ गई। अपने से खीझकर अंत में उसने तय किया कि वह अपने मन से चिट्ठी लिखेगी।

दीदी प्राणनाथ लिखवाती थीं, इसलिए लिखती थी, मगर उस दिन जब उसने मन से प्राणनाथ लिखा तो पुलक गई, लाज की सिहरन से छक गई। उसने लिखा, "भूल-चूक को क्षमा कीजिएगा। जो गलती हो, सुधार लीजिएगा। आप बड़े हैं। अब तक दीदी जैसा लिखाती थीं, वैसा लिखती थी। उससे आप तो बहुत राजी-प्रसन्न जान पड़ते थे, पर मेरा जी कचोटता था। इसलिए आज अपने आप लिख रही हूँ। आपको ऐसा पत्र अच्छा न लगे तो लिख दीजिएगा। मैं वैसा ही लिखा करूँगी। मैं अनजान-गँवार हूँ। आपकी वजह से गुड़े चार में मान मिलता है। चार मेरी बात पूछते हैं। सो आपको जिसमें सुख मिलेगा, वही करना मेरा धर्म है।" जवाब में कर्नल

तिवारी का खत आया, पूरे दस सफे का।

तारा ने दीदी की आँखों में उसी दिन से काट महसूस की। तारा के अंदर की औरत जाग उठी। पति के खतों को फिर से दीदी के रस का साझीदार न बनने दिया। दोनों में एक खामोश-सी गाँठ पड़ गई थी। बनावट और रस्मिया-प्रेम एक-दूसरे पर आँखों में ज़ाहिर होने लगा था—दीदी की तरफ से ज़्यादा। तारा ने दीदी को अपनी मर्ज़ी पर अधिकार करने से रोक दिया।

तारा के कमरे से आने पर दीदी अपने पलंग पर ढह पड़ीं और तरह-तरह से तारा की सिकंदर ऐसी तकदीर पर जलन उतारने लगीं। यह जलन भी अब उन्हें थका डालती है। अब कोई चीज़ उन्हें जोश नहीं देती—न प्रेम, न नफरत।

ज़िंदगी थक गई है। तन या भार पत्थर बन गया है, जिसे न उतार पाती है, न छोड़ पाती है। उनके होश में कभी भी उनका मनचाहा न हुआ।

एक बैंक के दफ्तरी के घर पैदा हुई। पढ़ने में सदा अव्वल आने पर भी दफ्तरी की बेटी होने से अपनी बराबर वालियों में बराबरी का दर्जा न पा सकीं। उनके पास अच्छे कपड़े नहीं, शान-शौकत नहीं। छठे में थीं, तब बाप ने स्कूल से उठाकर इनका ब्याह कर दिया। पतिदेव जुआरी, छैला और तुनुकमिज़ाज। दीदी हठीली, तुनुकमिज़ाज और रूप-रंग की मामूली। शादी के दो बरस बाद ही पति ने धक्के मारकर घर से निकाल दिया। दीदी मैके नहीं गईं। उसी मुहल्ले में रहीं, अलग कुठरिया लेकर। छोटी बच्चियों की ट्यूशनें करने लगीं। सिलाई-बुनाई, कढ़ाई-कसीदे के काम में होशियार थीं। हरेक के सुख-दुःख में दस कदम आगे बढ़कर शरीक होने वाली, नीयत-बात की साफ और मुँह पर खरी कह डालने वाली नौजवान लड़की, अपने जुआरी पति के अन्याय से सताई गई अबला नारी, जब सबला बनकर अपनी मुसीबतों से मोर्चा लेने लगीं तो सबके मन चढ़ गईं। दीदी ने अपने बल पर पढ़कर इंटर किया। जान-पहचान और मुहल्ले-पड़ोस में भला नाम कमाया। म्युनिसिपल स्कूल में मास्टरनी हो गईं। अपनी शक्ति पर दीदी जितना आगे बढ़ सकती थीं, बढ़ गईं। फिर भी दीदी अपने को सुख न दे सकीं, शांति न पा सकीं।

दीदी को इसकी झुँझलाहट है। सैकड़ों बुखार इसी न खत्म होने वाली झुँझलाहट का सहारा लेकर अमरबेल-से बढ़ते हैं। मन की उमंग, जीवन का रस सूखता गया, सूखता गया। वही सूनापन दीदी को खाए डालता है। उसी की खीज है, उसी की आग है, जो दीदी को किसी करवट में भी चैन नहीं लेने देतीं।

दीदी अपने आप के लिए एक सज़ा बन गई हैं। दीदी अपने से नफरत करती हैं। वह अपने आप से बचती हैं। वह सारी दुनिया से बचकर चलती हैं। उन्हें सारी

दुनिया से नफरत है। नफरत को पनाह मिलती है खुदपरस्ती में और उसकी भी एक हद है। लेकिन इसके लिए दीदी क्या करें कि वह बेसाख्ता उस हद से बाहर गुज़र जाती हैं। मन के सपने सन्निपात की तरह बातों में उबल पड़ते। क्या उन्हें सुख पाने का अधिकार नहीं ? क्या उन्हें किसी की छाया पाने का अधिकार नहीं ? क्या उन्हें पुरुष पाने का अधिकार नहीं ? उनमें कौन-सी कमी है ? रूप ? मगर गुण तो है। चरित्र है। वैसे दीदी अपने को देखने-सुनने में भी किसी से कम कर नहीं मानतीं। हरएक के नाक-नक्शे, बोल-चाल में खोट निकालती हैं—किसी को भी नहीं छोड़तीं। तब फिर क्यों उन्हें किसी का प्यार नहीं मिलता ? क़िसी पर अधिकार क्यों नहीं मिलता ?

वह अपना अधिकार लेंगी। उन्हें भी एक पति चाहिए—कुछ अफसर, आई०सी०एस० जैसा; न हो तो डॉक्टर ही चलेगा। मगर बँगला, कार, रेफ्रीजिरेटर, रेडियो और टेलीफोन होना निहायत ज़रूरी है। वह पति के साथ हवाई जहाज़ पर उड़ा करें, सभा-सोसायटियों में लेक्चर दिया करें—यही सब जो आज की दुनिया में एक शानदार इज़्ज़तदार, बड़े आदमी कहलाने की इच्छा रखने वाले के मन में होता है, वही दीदी के मन में भी है। 'कुछ-कुछ' में उनके सपने 'बहुत-कुछ' हो जाते हैं; और बहुत-कुछ का अंत नहीं। अधिकारों और आज़ादी का अंत नहीं। जीवन मृगजल की तरह भागता चला—बेतहाशा, बेपनाह ! सपनों में उन्हें एक पति चाहिए। कोई भी हो, उससे क्या ? कल्पना का सतीत्व तो कभी भंग होता नहीं क्योंकि दुनिया किसी के मन की क्या जान सकती है ? और तब—वह गंगा की तरह निर्मल है, यह दुनिया को दिखाई देती है, इसके लिए दीदी को सबसे मान मिलता है।

दीदी अपने तन से, अपनी सूरत से नफरत करती थीं। जितना नफरत करतीं, उतना ही उसे सजाने-सँवारने में, किसी तरह प्यार के काबिल बनाने में उनका ध्यान जाता। सादगी इज़्ज़त की निशानी है, इसलिए दीदी बड़ी सादगी के साथ अपने को सजाती थीं। कपड़ा साफ और उजला रहे; ज़रूरत के वक्त दिन में दो बार भी बदल लेती थीं। मुँह और माँग चमकती रहे, चाहे दिन में बार-बार कंघे-शीशे के सामने जाना पड़े।

दीदी पलंग से उठीं। स्टूल से लैंप उठाकर सिंगारदान की मेज़ पर लाईं और अपने को निहारने लगीं। जूड़ा खोल डाला। तारा के कमरे में जाने से पहले भी दीदी सिंगारदान की मेज़ पर ही थीं। दीदी ने कंघा हाथ से उठाया और गुनगुनाने लगीं; 'मोहब्बत करके भी देखा, मोहब्बत में भी धोखा है !'

तारा के मास्टरनी बनने के बाद तारा की तरफ से ग्रामोफोन के रिकार्डों की फरमाइश दीदी ही किया करतीं, महीने में दो बार कैप्टेन वर्मा का चपरासी हाजिरी

बजा आता था। तारा के साथ रहते हुए उन्हें करीब-करीब वही मान-सम्मान, सुखभोग मिलता था, जो तारा को मिलता था। तारा रानी की मास्टरनी की बड़ी आवभगत थी और उस आवभगत के साथ दीदी तारा के रोमांस में शरीक थीं। दीदी तारा के लिए प्रेम के खत लिखती थीं। तारा के पति से पाए गए प्रेमपत्र दीदी अपने हाथ में लेकर पढ़ती थीं, तारा उनके कंधे से लगी हुई सुना करती थी। दीदी तारा के सुहाग में शरीक थीं। इसके बाद खुद भी कर्नल तिवारी से खत-किताबत का सिलसिला जारी किया। तारा की तरक्की की रिपोर्ट अंगरेज़ी में भेजने लगीं। कर्नल ने अपने खतों में इनके काम को सराहा, पत्नी की सहेली के नाते कुछ अपनापन भी दिया—दीदी हवा में गाँठें बाँधने लगीं।

एक बार गाँव की छोटी लड़कियों को पढ़ाने का काम तारा के ज़िम्मे सौंपने के लिए दीदी ने कर्नल से इजाज़त माँगी। उन्होंने अपनापन जताने की नीयत से यह भी लिखा कि वह तारा से खूब काम लेना चाहती हैं, जिससे उसमें ज़िम्मेदारी की भावना बढ़े। तुरंत कर्नल का जवाब आया कि हर काम में मिसेज़ तिवारी की सेहत और खुशी का पहले ध्यान रखा जाए।

दीदी के कलेजे में आरी चल गई। तब से गुनगुनाने का जी चाहने पर गाया करतीं : 'मोहब्बत करके भी देखा…।' फिर इसके बाद जब तारा ने अपने पति के पत्रों पर से दीदी का अधिकार हटा लिया तो वह सहसा अपने को बेआसरा महसूस करने लगीं। दोनों के बीच वक्त अकेला गुज़रने लगा। इसी अकेलेपन में दीदी को दो-दो, तीन-तीन बार बाल सँवारने की आदत पड़ गई। तारा का ग्रामोफोन अपने कमरे में लाकर कभी घंटों अकेली बैठी-बैठी रिकार्ड बजाया करतीं।

दीदी हारने लगीं, खीझने लगीं और तड़पकर अपनी स्थिति को सँभालने लगीं। वह अपने शहर और पढ़े-लिखेपन के बल पर दंभ और चतुराई के साथ तारा पर हावी होने की कोशिश करने लगीं।

तब से दोनों की नज़रों में जो काट आई थी, उससे दुनियादारी की नज़र में तो कोई खास भेद न पड़ा, मगर उनके दिलों पर एक गहरा पर्दा ज़रूर पड़ गया।

छह रोज़ पहले कर्नल तिवारी के आने की खबर से दीदी तिलमिला गईं। उन्हें इस बात का डर और विश्वास हो गया कि पति के आते ही तारा उन्हें नौकरी से बरखास्त कर देगी।

यह शक रह-रहकर तूफान उठाने लगा। उनकी हिफाज़त, चैन-आराम और पेट की समस्या को सुलझाने या उलझा देने की शक्ति भी किसी दूसरी स्त्री के हाथ में है, यह खयाल दीदी की जलन को चैन न लेने देता था। अपनी इस बेबसी से वह नफरत करती थीं, और इसीलिए वह तारा से नफरत करती थीं। उन्हें अपने ऊपर

भी झुँझलाहट थी कि क्यों उन्होंने एक झूठे मनबहलाव को अपना सहारा बनाया।

मगर क्या उन्हें प्रेम करने का हक नहीं ? तकदीर की सिफारिश के ज़ोर पर बेवकूफियों और निकम्मेपन के इस बंडल, तारा को तो मान-सम्मान, रुपया-रुतबा, सामाजिक हिफाजत—सब कुछ मिल जाए, और उन्हें जीवन-भर के लिए खाली अशांति ? यह कहाँ का न्याय है ? अपनी शक्ति और काबिलियत पर ज़िंदगी से इतनी बहादुरी के साथ मोर्चा लेने के बावजूद उनकी रोटी और दैनिक जीवन की ज़रूरतें तक दूसरों की मर्ज़ी की मुहर लगे बिना उन्हें मयस्सर न हों ? इसे वह कैसे बर्दाश्त कर लें ?

गिरे हुए दूध पर चौका लगाने की ज़िद ठनकर दीदी ने तारा से छेड़ लेनी शुरू की। उसके हर काम में, हर बात पर दीदी एक न एक चिप्पी ज़रूर लगाने लगीं; 'साजन आएँगे, देखेंगे कि उनकी दिहातिन जूलियट शहर के साबुन से रगड़-रगड़ नहाने के बाद भी गाँव की बोसीदगी से बसी हुई है।' तारा के पति आ रहे हैं; इस खयाल को उन्होंने तारा का सबसे बड़ा डर बना दिया। हर सेकंड जाता और तारा की चिंता दूनी कर जाता। हँसी और कहकहों की दीवार उठाकर दीदी दिन-रात तारा को छिपी मार मारने लगीं। तारा कभी सँभल जाती, कभी लड़खड़ाती और कभी मुकाबला करते-करते थक जाती। दीदी हर वक्त तारा के चेहरे पर अपनी दवा का असर देखा करतीं। उसे देखकर खुशी दीदी के कलेजे में ज़हर बुझी छुरी-सी उतरती चली जाती। इस तरह वह कर्नल तिवारी के खत से बदला ले रही थीं।

दीदी अपनी हेकड़ी से तारा को यह जतातीं कि उनकी गुण-विद्या का तेज़ तारा के रूप और तकदीर, दोनों से बड़ा है; और उनका जन्मसिद्ध अधिकार है कि सुहाग के चुनाव में वह भी उम्मीदवारी करें। इशारे-इशारे में एक दिन उन्होंने तारा को एक नए तर्क से चौंका दिया कि वे तारा-कर्नल के विवाह को विवाह ही नहीं मानतीं। शादी उम्र-भर की साझेदारी है। इतनी बड़ी उम्र में छोटी उम्र की युवती से शादी करना और फिर बिना लियाकत देखे ही टीका चढ़ा देना बुद्धि के कानून से गलत है। और गलती का फल एक न एक दिन ज़रूर ही मिलता है।

दीदी खिलखिलाकर हँसती हैं, मज़ाक करती हैं, ताने कसती हैं और सिंगार करती हैं। दीदी गाती हैं, 'मुहब्बत करके भी देखा···।' और दीदी तारा को बार-बार डसकर उलट-उलट जाती हैं। उन्हें कल नहीं पड़ती।

सिंगारदान के आईने में ढोलक बजाकर अपनी खूबसूरती का सर्टिफिकेट ले लेने के बाद दीदी उठीं। कमरे में इधर-उधर टहलती रहीं।

अपनी किताबों और नोटबुकों में उन्हें 'नवजीवन' का वह पुराना अंक मिल गया, जिसमें पंडित जवाहरलाल नेहरू से हाथ मिलाते हुए कर्नल तिवारी की तस्वीर

छपी थी। दीदी ने उसे उठा लिया। देखती रहीं। पलंग पर आकर लेट गईं और टकटकी बाँधकर देखती रहीं। फिर नींद आ गई।

दीदी को अपने कमरे से चले जाने के लिए कहने के बाद तारा पछताई। लाख बुराई होने पर भी उसे दीदी से बिगाड़ नहीं करना चाहिए था। मगर उसके पति पर कोई दूसरी स्त्री अपना झूठा अधिकार जमाना चाहे, और वह चुपचाप रहे, यह बात भी अब तारा की सहनशक्ति से बाहर होती चली जा रही थी। अपने अमंगल से वह इस हद तक डर गई कि नफरत फूट पड़ी। वह दीदी को कुचल डालना चाहती थी।

वह चाहती थी कि दीदी को उसी दम बरखास्त कर दिया जाए। यह उसके वश में न था। इसलिए वह सोचती थी कि पति के आने के बाद वह पहले दीदी को ही निकलवाकर बाहर करेगी।

यही दूसरी उलझन उसका रास्ता रोकती भी। उसे नहीं मालूम कि उसके पति उसके हो भी सकेंगे या नहीं। उसे नहीं मालूम कि वह अपने पति को क्योंकर अपना बनाए। अम्मा उसे पाउडर और कलाई की घड़ी लगा लेने के लिए ज़ोर दे गई हैं। दद्‌दू ने भी अम्मा से कहलाया है कि तारो उनके आगे नीकी-नीकी रहे। सातों विलायत घूमे, सातों इलम छाने हैं। कोई बात उनकी मर्ज़ी से हेठी न हो। तारा सोचती कि कलाई की घड़ी, साड़ी-पाउडर से क्या वे राज़ी हो जाएँगे ? वो उससे यही चाहते हैं ? और जो उनकी यही चाहना रही तो फिर उसके भाग क्यों खुले ? शहरों में एक से एक पढ़ी-लिखी और फैशन वालियाँ पड़ी हैं। विलायत में तो परियों जैसी मेमें उन्हें मिल जातीं। तब तारा से उन्हें क्या चाहिए ?

तारा मन ही मन घुट रही थी। उसकी रक्षा के लिए कोई उपाय नहीं। घड़ी में वक्त आगे खिसकता जा रहा है। हद, घंटे-डेढ़ घंटे में उसके पति आ जाएँगे। और वह अभी तैयार भी नहीं हुई। उसे समझ ही नहीं पड़ता कि वह कैसे तैयार हो ? उसकी सलाहकार, मददगार दीदी भी उसकी दुश्मन हो बैठी हैं। धमकियाँ देती हैं कि यह अनमेल विवाह दुःखों का घर बनेगा। उसका सुहाग मुलम्मे की तरह नकली साबित होगा। और दीदी के कहे मुताबिक यह बातें सच होंगी ही, क्योंकि वह निकम्मी है, गँवार-देहातिन है, वह अपने पति को रिझाना नहीं जानती।

तब क्या उसका सारा किया-धरा, सारी मेहनत और लगन, उसके अरमान, सपने—सब घंटे-भर बाद धूल में मिल जाएँगे ?

काश कि उसे अब भी मालूम पड़ जाए कि उसमें क्या कमी है ? क्यों वह अपने पति को अपना नहीं बना सकती ?

लेकिन यह बताए कौन ? उसे दीदी पर गुस्सा आ गया। अपने ऊपर गुस्सा

आ गया। क्यों उसने दीदी से खुल्लमखुल्ला रार मोल ली ? हालाँकि उसने दीदी को चले जाने के सिवा और कुछ भी नहीं कहा, और इतना कह देना कोई गुनाह नहीं है। दीदी तो उसे बिना मतलब इससे भी ज़्यादा तेज़ बातें सुना चुकी हैं, दीदी तो उसके मुँह पर उसके पति को छीनने की धमकी तक दे चुकी हैं। इन बातों के मुकाबले में तो तारा ने कोई भी सख्त बात नहीं कही।

अँधेरी रात को बरसाती नदी में डूबते हुए प्राणी की तरह तारा लाचार थी। किनारे पर आ जाने के लिए उसने कितनी कोशिश की, मगर हर बार अँधेरे में डुबाव की तरफ ही ज़्यादा बढ़ गई। तारा इस वक्त भी बचना चाहती है। इस वक्त तो तारा खास तौर से बचना ही चाहती है। उसे बचना ही होगा। उसे अपने पति की रानी बनना ही होगा।

इच्छा की तेज़ी और मन की बेबसी से उनके रोएँ भर आए। माथे पर पसीने की बूँदें और आँखों में आँसू झलझला आए। एक भरी-भरी ठंडी साँस छोड़ती हुई वह पागल की तरह अपने आप ही कह उठी, "नहीं।"

नहीं, वह इस समय रोना नहीं चाहती। अपने पति के आने की शुभ घड़ी में वह कोई अमंगल नहीं चाहती—न अपना, न बिराना।

तेज़ी के साथ उसके दिमाग में आया कि वह चलकर दीदी से माफी माँगे। शायद उसके माफी माँगने से दीदी को भी अपनी गलती का ध्यान हो जाए, और फिर वह इस तरह आड़े न आएँ, उसे इस तरह तबाह न करें।

पति के मंगल और अपनी दीनता के भार से दबी हुई, मन की हिचक और नामुरादी के साथ-साथ तारा उठी।

तारा जब दीदी के कमरे में पहुँची तो वह अखबार से मुँह ढाँके सो रही थीं। लैंप सिंगारदान की मेज़ पर रखा था और दीदी की पलंग पर काफी अँधेरा हो चुका था। दबे पाँव तारा बढ़ने लगी। लैंप उठाकर पलंग के पास वाले स्टूल पर रखा, फिर धीरे से दीदी के पलंग पर बैठ गई।

तारा ने दीदी के चेहरे से अखबार हटाया। ऐसा मालूम होता था कि जैसे वह देर से सो रही हैं।

अखबार को देखकर तारा मन ही मन तड़प उठी। उसने दीदी की तरफ देखा। दीदी का सिंगार अपनी ताज़गी की गवाही दे रहा है। तारा अपनी सारी चतुराई भूलकर सिर से पैर तक आग हो गई। अब तक वह इस मामले को हद से ज़्यादा बहाली देती आई है, लेकिन उसके पति के आने के कुछ देर पहले तक उसके सुहाग की राह में कोई यों धरना देके बैठ जाए, इसे तारा किसी भी सूरत से बरदाश्त नहीं कर

सकती। मगर उनके आने के दिन वह कोई अमंगल नहीं करना चाहती। अपने गुस्से पर काबू पाने के लिए उसने बड़ी गंभीरता से काम लिया। उसके जी में आया कि उठकर चली जाए, पर बिना दीदी को जताए हुए जाना भी उसे अच्छा नहीं लगा। वह दीदी से सामना करके ही अपना अखबार ले जाना चाहती थी, और उसने दीदी का हाथ झिंझोड़ा।

दीदी की नींद खुल गई। सामने थी तारा।

तारा ने छूटते ही कहा, "जिसकी राह देखी जाती है, उसके सपने नहीं देखे जाते, दीदी। उठो, हाथ-मुँह धो, एक बार और सिंगार कर डालो।" कहकर तारा मुस्करा दी।

दीदी को चौंकाने के लिए यह सबसे बड़ा तमाचा था। भीतरी मार की तिलमिलाहट के साथ अब तानों के तीर सँभालती है–और वह भी खास तौर से उन पर।

दीदी ने तारा के हाथ में अखबार देखा। मन हारने लगा, लेकिन अपनी बेशर्मी को ज़िद के साथ निभाते हुए वह उठ बैठीं। दोनों हाथ सिर के बालों पर फेरते हुए जवाब दिया, "मेरे पास सिंगार कहाँ ? जिनके पास तरह-तरह की साड़ियाँ हों, सेट के सेट गहने हों, वे करें। मैं मास्टरनी हूँ, मेरा सिंगार विद्या है।"

तारा दीदी के अचरज और गुस्से को और भी बढ़ाते हुए बोली, "विद्या जिनके तन का सिंगार हो, उनका मन तो कोरा रहेगा ही। कहते हैं, रावण भी बड़ा पंडित था, दूसरे की पत्नी को भगा ले गया था।"

लैंप की मद्धिम रोशनी में तारा को दीदी का अकबकाया हुआ चेहरा अच्छा लगा। उसे अपने आप पर घमंड हुआ और उसी जीत के साथ उसने उठना चाहा।

दीदी ने भार से हलके होते हुए पूछा, "जा रही हो ?"

तारा इस पर जम गई। विचार और मुँह की बात तुरंत बदलते हुए तारा ने हँसकर कहा, "मैं कहाँ जाऊँगी भला ? स्टूल सरकाने जा रही हूँ। तेज़ रोशनी में अखबार पढ़ूँगी।"

ऊपर से अपने को सँभालते हुए रहने पर भी तारा मन ही मन में बेकाबू हुई जा रही थी। दीदी पर अपनी जलन निकालते हुए वह अपने आप से बेबस थी। दिमाग तीर की तरह छूट रहा था।

दीदी तारा के इस नए रुख को देखकर डर गई थीं। वह आखिर इस वक्त क्यों आई है ? उसकी नज़रें साफ नहीं। उसकी मुस्कराहट ज़हर की बुझी हुई है। उसकी हर बात एक ठने हुए कदम की तरह उठती है। दीदी यों अचानक अपने घिर जाने की उम्मीद नहीं करती थीं, वह भी खास तौर से तारा की तरफ से। गाय कसाई की छुरी पर हमला कर बैठे, यह एक अनहोनी-सी बात थी। दीदी किसी तरह इस

मुसीबत से छुटकारा पाना चाहती थीं। तारा का सामना करते हुए दीदी को एक अजीब किस्म की कमज़ोरी का अनुभव हो रहा था। यह उनकी आदत और मर्ज़ी के खिलाफ था। जिस समस्या का दीदी कभी अपने सपनों तक में इतनी गंभीरता से सामना करने को तैयार नहीं हुई थीं, उसके लिए वह जवाब क्यों दें ? और बात का सामना भी क्यों कर करें ?

दीदी ने फौरन हँसकर परिस्थिति को हलका बनाया। वह बोलीं, "अरे, अब जिन्हें हरदम अपनी नज़रों के इशारे पर सलाम करते देखोगी, उन्हें अखबारों में क्या देखना !"

दीदी की खुशामद को तारा पहचान गई, मगर जी का तनाव अभी भी कम नहीं हुआ था। जीत पर जीत का जोम बढ़ा। यह उस डर का जवाब था, जो दीदी की छाया बनकर आठ पहर उसे घेरे रहता था। तारा ने लैंप की बत्ती ज़रा और ऊँची की और अखबार सामने फैलाकर उसमें नज़र गड़ाते हुए कहा, "सलाम गैर से लिये जाते हैं, अपनों से कोई इसकी इच्छा नहीं रखता।"

कहकर तारा अखबार पढ़ने लगी। दीदी उसकी ओर देखने लगीं। बात दोनों तरफ से खत्म हो गई।

दीदी बैठी रहीं, फिर धीरे-धीरे करीब खिसक आईं और तारा के साथ अखबार देखने लगीं।

एक शीर्षक था—कामंस सभा में श्रीमती लीमैनिंग रो पड़ी।

दीदी पढ़ने लगीं :

"आज रात पार्लमेंट की एक सदस्या श्रीमती लीमैनिंग कामंस सभा में पुरुषों द्वारा लड़ाई के मसले पर बहस किए जाने पर रो पड़ीं।

"उन्होंने विश्व शांति की हिफाजत के लिए स्त्रियों के कार्यक्रम का ब्यौरा देते हुए कहा कि शांति का काम पुरुष नहीं कर सकते। यह अब स्त्रियों की ज़िम्मेदारी है। अतएव मैं एक अंतर्राष्ट्रीय-महिला-शांति-आंदोलन का संगठन करने जा रही हूँ।"

दीदी को इस खबर से बात का सहारा मिला। तारा को एकाएक अधिकार तेज़ में आ जाने से दीदी चार नज़रों में गुनहगार साबित हो गई थीं। वह अपने आप में बड़ा बेपनाह महसूस कर रही थीं। अपने बीच की लड़ाई पर शांति की खबर का गिलाफ चढ़ाते हुए उन्होंने कहा, "सच है, लड़ाई पुरुष ही लड़ते हैं। शांति का काम औरतें ही कर सकती हैं।"

तारा बोली, "किसी का ठेका नहीं है। लड़ाई वही करता है, जो झूठा घमंड करता है—चाहे औरत हो या मरद।"

दीदी खिसियाते हुए बोलीं, "मैं दुनिया की बात करती हूँ। अखबार उठाओ, जहाँ देखो वहीं लड़ाई, तबाही...यह भी भला कोई जीवन है !"

तारा ने सिर उठाकर दीदी की ओर देखते हुए तमक के साथ जवाब दिया, "यही बात जब मैं कहती थी, तब तुम राष्ट्र और सिद्धांत और न जाने क्या-क्या बालिस्टरी करके लड़ाई का पक्ष लेती थीं।"

दीदी ने फिर मात खाई। दीदी तारा से सहमी जा रही थीं। एक हद से ज़्यादा उनके मिज़ाज के लिए यह कतई नागवार था। उनमें तड़प आई; बोलीं, "हाँ, मैं राष्ट्र और सिद्धांत के नाम पर अब भी लड़ाई का पक्ष लेती हूँ। दुनिया के समाज में अभी भी जंगली आदतों का जोम बढ़ा-चढ़ा है। पशुबल बुद्धि और सचाई, नीति वगैरह को नहीं मानता। इसलिए फौज की शक्ति से उसे खत्म करना ही होगा।"

"तो यह पशुबल क्यों बढ़ा है ?" तारा ने पूछा, "अब तो दुनिया में इतने पढ़े-लिखे विद्वान् लोग हैं, उनके हाथ सारी दुनिया की बागडोर है। फिर भी पशुबल कैसे बच जाता है ?"

दीदी बोलीं, "दुनिया में अपढ़-गँवारों की गिनती के सामने पढ़े-लिखे, सभ्य बहुत कम लोग हैं।"

तारा तड़पकर बोली, "और जो पढ़े-लिखे सभ्य लोग हैं, वे ही क्या सभ्यता दिखला रहे हैं ? पराया हक डकार जाना, जब रामगुहार मचाओ तो लाल-पीली आँखें दिखाकर कहना कि हम पढ़े-लिखे सभ्य हैं। वारी जाऊँ तुम्हारी इस पढ़ी-लिखी सभ्यता पर। झूठा घमंड करना; फिर अपने मगज में से लड़ाई के तार निकालना। ऊपर से शांति की बात चलाना। उँह !"

तारा अखबार उठाते हुए उठ खड़ी हुई।

दीदी अपने आप पर झुँझला उठीं। गुनाह क्या इतना बड़ा बोझ है कि उम्र-भर को सिर ही सीधा न कर सके ? किसी सूरत से बात का निकास होना चाहिए।

शेड पड़ा हुआ लैंप दोनों के बीच में था। धीमे उजाले में दोनों एक-दूसरे की निगाहों को तेज़ी से पहचान रही थीं।

दीदी स्टूल के सामने से घूमकर आगे बढ़ीं, तारा का हाथ पकड़कर खड़ी हो गईं। कहा, "सुनो तारा रानी ! हमारे-तुम्हारे बीच में एक गलतफहमी खेल रही है। मैं अपनी हालत साफ कर दूँ। मैं अपनी कमज़ोरी से परेशान हूँ। इस बात को आज से पहले साफ तौर से मैं नहीं मानती थी। मैं मानती थी कि मेरे जीवन में अभाव है, इन अभावों की जानकारी से कतरा जाने के लिए मैं अपने मन में बहुत से तर्क बना लिया करती थी ! मैं सच को जानती थी। उसके बारे में मुझे कभी एक सेकंड के लिए भी शक नहीं था। मगर ऊपरी तौर पर एक बहक, झक सवार हो गई थी।

मैंने तुम्हें बहुत तकलीफ दी है। मेरी नासमझी-लापरवाही गुनहगार है। आज से तुम मेरे बारे में अपना दिल साफ रख सकती हो।"

तारा दीदी को देखती रही। सीधी लकीर की तरह दीदी बोलती चली गईं। तारा चुप रही।

कहकर दीदी भी चुप हो रहीं।

तारा ने पूछा, "सच मानूँ ?"

"तुम्हारी मर्ज़ी।" दीदी ने तारा का हाथ धीरे से छोड़ दिया।

"दीदी, आज से तुम मेरी जान से बढ़कर हो गईं।"

वह सचमुच बहुत सुखी हो गई। उसके पति के आने के दिन कोई अमंगल नहीं हुआ।

काले-सफेद बादलों और तारों की चमक लिए हुए रात आ रही थी। दोनों तरफ काले पेड़ों की कतार लिए कँकरीली, गड्ढों-खाँचों से भरी सड़क पर दूर से आती हुई मोटर की रोशनी फिसलने लगी। खेतों में भरे हुए पानी पर, इधर-उधर फैले हुए दरख़्तों पर, तारों की साँवली रोशनी, मौसम में उमस होते हुए भी ठंड लगती थी। साँपों की तेज़-मंदी सीटियाँ, छोटे-बड़े मेढकों की टर्राहट और तरह-तरह के झींगुरों-झिल्लियों की झनकारों से सन्नाटे में समा बँध रहा था।

कार सिमरौली की तरफ बढ़ रही थी।

कार एक छोटी पुलिया के ऊपर से होकर गुज़री। सामने खेतों में भरे हुए पानी पर शुक्र तारे की रोशनी चमक रही थी। आसपास के बादलों के बीच में साफ नीले आसमान का टुकड़ा जगमगा रहा था। ये तारे ज़मीन के ज़र्रे-ज़र्रे की किस्मत के ठेकेदार माने जाते हैं। मगर दुनिया के कानून से ये तारे बिक चुके हैं। जिसकी ज़मीन होती है, उसी का आसमान भी माना जाता है। और ज़मीन का ज़र्रा-ज़र्रा इस दुनिया के कानून से सदा के लिए सट्टे के बाज़ारों में बिक चुका है।

पेड़ के पास चबूतरे पर बने एक छोटे-से मंदिर में जलता हुआ दीया अँधेरी रात को अपनी तरफ खींच रहा था। सामने किसी पुराने ज़मींदार की गढ़ी के खँडहर रात की तारीकी को ओढ़े हुए खड़े थे। किसी वक्त इन खँडहरों के मालिक ही ज़मीन के मालिक होते थे और आसमान के सितारे आम तौर पर उनके मददगार रहते थे। इन खँडहरों के महलों में भी कभी झाड़फानूसों की रोशनी में इत्र महके हैं और शराब से फर्श धुले हैं। इन खँडहरों की हवा में कभी श्याम कल्याण, शुद्ध कल्याण, भैरव, भैरवी, ध्रुपद, धमार, ठुमरी, टप्पे, दादरे, गतों, गज़लों के बोल बसे हैं। कामिनियों के घुँघरुओं की झनकार से ज़मींदार का महल भर गया; और ज़मींदार के रुपयों की

झनकार से साहूकार की हवेली का तहखाना गूँजने लगा।

पीपल की जड़ों की तरह अंदर ही अंदर हवेली के तहखाने भी फैलते-फैलते हर खेत-खलिहान और उन्हें जोतने-बोने वाले मेहनतकश किसानों की ज़िंदगी पर पुश्त-दर-पुश्त के करार के साथ छा गए। साँप अपने लिए बाँबी नहीं खोदता, वह चूहों के बिलों में रहता है और उन्हें मारकर अपना पेट पालता है।

शहर की कार गाँव में बढ़ रही थी। गाँव की मिट्टी, गाँव की मशक्कत और गाँव का अन्न-धान ही शहर में जाकर मशीन के पुर्ज़े बना, पुर्ज़ों के कारखाने बना, मिल बना, बैंक बना, राजदरबार बना, दफ्तर-कचहरी बना—और छकड़ों कानूनों की रूह से अपने जिस्म की हिफाज़त और रौनक बढ़ाकर वही गाँव की मशक्कत मोटरकार के रूप में ज़मीन को रौंदती हुई बढ़ती जा रही थी। मोटरकार किसी भी कंपनी की बनी हो, उसका मालिक सट्टे का बाज़ार है। मोटर जिस किसी ने खरीदी हो, वह सट्टा बाज़ार का ज़रखरीद गुलाम है। सट्टे से बैंक चलते हैं, बैंकों से मिलें चलती हैं, मिलों से राजनीति और राजनीति से सारी दुनिया चलती है। इस चक्कर में ज़िंदगी कोल्हू के बैल की तरह आँखों में पट्टी बाँधे घूम रही है। उसे यह नहीं कि वह अपने चलने का मकसद पूछे, मंज़िले-मकसूद पूछे।

कार तेज़ी से सिमरौली की तरफ बढ़ी जा रही है। सिमरौली ऊँचे पर, सामने है।

एक छकड़ा जा रहा है। कार की रोशनी में बैल, छकड़े का पटाव, लालटेन, और अंदर दो-चार बच्चे-औरतें झलक गईं…

छकड़ा भी सिमरौली की तरफ जा रहा था। छकड़े से ऊँची टीप लग रही थी—

महँगी के मारे बिरहा बिसरगा—
भूलि गई कजरी कबीर।
देखि कै गोरी क उभरा जोबनवाँ,
अब ना उठै करेजवा माँ पीर।।

मोटर के हॉर्न ने गीत को रोक दिया। गाड़ीवान ने मोटर को जगह देने के लिए अपने छकड़े को सड़क के किनारे सरका ले जाने की कोशिश शुरू की। उतने ही समय में कार उसके पास से तेज़ रफ्तार में गुज़रती हुई, चंद ही सेकंडों में छकड़े को पीछे छोड़कर चढ़ाई की तरफ बढ़ गई।

दूर चढ़ाई से देवी के गीतों की आवाज़ आ रही थी। मोटर का हॉर्न तेज़ी से बज उठा। दुबारा ज़ोर से किर्र-किर्र हुई।

चढ़ाई पर कुछ औरतें, बच्चे-बच्चियाँ और दो-चार मरद गठरी-मुठरी सँभाले,

मोटर की रोशनी में, सड़क के दोनों तरफ इधर-उधर भागते नज़र आए। मोटर की रोशनी से उन लोगों के लिए राह सूझने के बजाय और भी खो गई थी। मोटर के हॉर्नों के बार-बार बजने से उनकी घबराहट और चिल्ल-गुहार को अपनी थाह नहीं मिल रही थी।

चढ़ाई का मामला, ब्रेक लगाना मुश्किल था। कार गरमाई : "ईडियट्स ! एक बाजू हो जाओ।"

मोटर कार से दूसरी आवाज़ आई, "हटो-हटो ! अरे, एक अलँग हुइ जाओ।"

कार बढ़ती ही रही। बटोही घबरा-घबरू कर, चूहों की तरह जिसे जहाँ जगह मिली, दुबककर खड़े हो गए।

कार उनके बीच से गुज़रती हुई चढ़ाई पर चढ़ गई। लालटेनों की रोशनी में देवी माता के दर्शन कर लौटती हुई टोली ने देखा, सुखराम के बड़कऊ खिड़की से मुँह निकाले बैठे थे, जंडैल साब मोटर चला रहे थे और पीछे एक अरदली बैठा था।

बार-बार हॉर्न बजने की आवाज़ और लोगों के घबराहट में चिल्लाने का शोर बस्ती में परेशानी का बायस हुआ। सुखराम के बैठक में गाँव के सभी लोग बैठे हुए थे। दामाद का इंतज़ार हो रहा था।

बाहर पेड़ के चबूतरे के आसपास कुछ लोग खड़े थे, कुछ ऐन चढ़ाई के नुक्कड़ पर खड़े थे। हॉर्न और हंगामा सुनकर सुखराम मिसिर और गाँव के बड़े लोग घबराकर बैठक से बाहर निकले। सामने से कार की रोशनी उन पर पड़ने लगी।

कार रुकी। अर्दली ने फौरन उतरकर साहब के लिए कार का दरवाज़ा खोला। बड़कऊ उतरकर सकपकाते हुए खड़े हो गए। कर्नल तिवारी ने कार बंद कर चाभियों का गुच्छा जेब में रखा, फिर बाहर आए। सबको हाथ जोड़कर नमस्कार किया। सुखराम मिसिर दीन भाव से हँसते हुए आगे आए। छुटकऊ ने पैर छुए।

सभी लोग दामाद के लिए फूलहार लाए थे। सुखराम ने गोटे का हार मँगवाकर रखा था। हंगामे के कारण सब लोग यों ही बाहर निकल आए थे। जीजा के पैर छूते ही छुटकऊ को गोटे के हार की याद आई। 'अरे, हार।' कहकर वह दौड़ते हुए अंदर भागे। लोगों का ध्यान हार पर गया। हार लाने की घबराहट मची।

सुखराम दामाद के आगे सफाई देने लगे, "चढ़ाई पर सोर भया। आपका हारन सुना, तो हम लोग परान छाती में समेटकर भागे कि ईसुरनाथ...।"

ससुर की बात काटकर दामाद ने कहा, "कोई खास बात नहीं हुई। कुछ लोग मोटर से घबरा गए थे।"

बात बड़कऊ की ज़बानी मिर्च-बघार के साथ अंदर पहुँची। जीजा कैसे ज़ोर से लोगों पर गरमाए। कैसे झपाटे के साथ उन्होंने बिरेक पर हाथ मारा। गुस्से के

मारे जीजा का चेहरा लाल-लाल हो गया। फिर कैसे खुद बड़कऊ ने लोगों को डाँटा। यह सब सुनकर मलकिन घबरा गईं—कहीं कोई चूक न रह जाए। वह तारा के पास दौड़ी गईं।

तारा सादा ब्लाउज़-साड़ी पहने हुए थी। गहने भी वही रोज़ के—हीरे की तरकियाँ और नाक की कील, गले में सोने की ज़ंजीर। माँ को देखकर तारा लजा गई। माँ की बातों पर तारा ने कहा, "अम्मा, तुम फिकिर न करो। सब ठीक हो जाएगा।"

अर्दली साहब का सूटकेस और होल्डाल लेकर आया। बड़कऊ अटैची और जीजा की तमगे लगी फौजी टोपी लिए हुए आए। अर्दली ने सामान रखकर सलाम किया।

तारा ने अर्दली को सामान रखने के लिए जगह बताई और बड़कऊ के हाथ से टोपी और अटैची ले ली। बड़कऊ जैसी गड़बड़ में ऊपर आए थे, वैसे ही नीचे भागे। तारा ने अटैची टेबल पर रखी और कबर्ड खोलकर टोपी अंदर रखते हुए अर्दली से पूछा, "तुम्हारा नाम क्या है ?"

अर्दली ने अदब से कहा, "शंकर, मेमसाब !"

'मेमसाब' बनकर तारा को झेंप महसूस हुई, अजीब-सा लगा। लेकिन ऊपरी तौर पर अपने को सँभालते हुए उसने पूछा, "तुम्हारे साहब क्या इस बखत चाय पीते हैं ?"

शंकर अर्दली ने अदब से कहा, "चाय तो वो साम को ही ले चुके हैं मेमसाब—कप्तान साहब की कोठी पर। इस बखत साहब डिनर खाते हैं।"

"अच्छा !" तारा ने कहा। फिर पूछा, "घर में पहनने के कपड़े उनके इस संदूक में हैं ?"

"जी हाँ।"

तारा सूटकेस की तरफ बढ़ी, कहा, "इसमें ताला बंद है।"

"चाबियाँ साहब के पास हैं।"

"उनसे माँग लाओ।" कहने को तो तारा कह गई, साथ ही उसके सारे बदन में एक सनसनी-सी दौड़ गई—वो अपने मन में क्या सोचेंगे। तारा के मन में एक ऐसी हलचल मच गई, जिसमें संकोच और अपनापन दोनों ही उसके जोश को बरबस अपनी तरफ खींच रहे थे। तभी दीदी ने कमरे में कदम रखा, और शंकर 'अबी लाया मेमसाब' कहकर नीचे चला गया।

दीदी 'मेमसाब' पर मुस्कराईं। तारा ने मुस्कराते हुए लाज-भरी आँखों को दूसरी ओर फेर लिया। दोनों ही बिगड़ी को बनाने की चेतना लिए हुए थीं। घाव अभी हरे थे, और दोनों अपनी-अपनी सँभाल रखते हुए एक-दूसरे से बरताव कर रही थीं। दीदी

ने पूछा, "क्या मँगाया है मेमसाब ?"

जी की ललक को बनावटी गुस्से की आड़ में करके तारा ने कहा, "देखो दीदी ! अच्छी बात नहीं।"

"क्या अच्छी बात नहीं साहब ?"

नई आवाज़ पर दोनों चौंक गईं।

दीदी ने तुरंत हाथ जोड़कर कहा, "स्वागतम् !"

तारा ने भी हाथ उठाए। मुख पर घूँघट न होते हुए भी नज़रों में लाज के अनगिनत पर्दे पड़े जा रहे थे।

कर्नल तिवारी ने तारा को नज़र भरकर देखा, और रूहानी नशे में मदमाते हो, मुस्कराकर हाथ बढ़ाते हुए बोले, "ये लीजिए अपनी अमानत।"

उनके हाथ में तालियों का गुच्छा था। तारा एक डग ठिठकी, फिर पति के हाथ से गुच्छा लेकर सूटकेस की तरफ बढ़ गई।

तारा की ओर टकटकी बाँधकर लगी हुई कर्नल तिवारी की चाह-भरी आँखों को दीदी कनखियों से छिप-छिपकर देखती रहीं।

एक दृश्य के तौर पर दीदी के लिए यह बड़ा ही मनभावना था। दीदी को अपने जीवन में पहली बार ही स्त्री-पुरुष के भावों की ऐसी तन्मयता, ऐसी सरल धारा का स्वरूप देखने को मिला। इस दृश्य से उनकी कल्पना भर गई। ऊपरी तौर पर सारा व्यवहार निभाते हुए भी उनका मन उसी में रमा रहा।

दो पहर रात बीतने पर अँधेरे पाख का चाँद ऊपर आया—छत पर समाधि-सी लगाए बैठी हुई दीदी को तसल्ली देने के लिए। दो कमरों की दरम्यानी छत पर दीदी बैठी थीं। तारा के कमरे के दरवाज़े बंद थे। सारा आलम खामोश था—सिर्फ दीदी के बेकरार दिल को छोड़कर।

दीदी को इस वक्त न किसी से शिकायत थी और न जलन। उन्हें अपने फूटे नसीब पर बड़ी करुणा आ रही थी।

तारा उनकी निगाहों में आज जितनी ऊँची उठती थी, उतना ही वह अपने लिए गिरावट महसूस करती थीं। उन्होंने आज तारा में जो चमत्कार-सा परिवर्तन पाया था, उससे दीदी में नफरत या गुस्सा नहीं, बल्कि भय-भरी श्रद्धा जागी थी। तारा में इस परिवर्तन का कारण वह प्रेम और अधिकार की तीव्र भावना मानती थीं। अपने साथ तारा की बातों में जो तेज़ी दीदी ने शाम को पाई थी, वही रात में बड़े सधाव और शक्ति के साथ तब देखने को मिली, जब दीदी कर्नल से चढ़ाई के हंगामे को लेकर राजनीति पर बातें करने लगी थीं। कर्नल साहब को शिकायत थी कि हिंदुस्तान के

लोग अभी मोटर से घबरा जाने की हद तक पिछड़े हुए हैं। दीदी को भी कर्नल के इस अनुभव से एतराज न था। मगर तारा ने इस सवाल को जिस नज़र से देखा, वह सीधी और सच्ची थी। कर्नल और दीदी दोनों को ही यह स्वीकार करना पड़ा। तारा ने बतलाया कि लड़ाई के ज़माने से, जब से फौजी लॉरियाँ इस सड़क पर अंधाधुंध रफ्तार से दौड़ने लगी हैं, कितने ही आदमी और जानवर घात खा चुके हैं। मोटर को देखकर उनकी जान निकल जाती है। बेचारे घबराएँ नहीं तो क्या करें ?

तारा ने राज़नीति, महँगाई और लड़ाई आदि के चरचे में जो सीधा रुख अख्तियार किया था, जो सीधी बातें कही थीं, वह दीदी के दिमाग में भावना की तेज़ी के साथ चक्कर काट रही थीं।

दीदी का मन अपनी पीड़ा से उमड़कर अब जग की पीड़ा में मिल रहा था। तारा की बातों को ही अपनी अनुभूति का रंग देकर वह सोच रही थीं कि जब तक पैसे का बँटवारा ठीक-ठीक न होगा, दुनिया इसी तरह अमीरों और गरीबों में बँटती जाएगी। अरमानों का अंत नहीं। पैसे वाला चाहता है कि जितनी तेज़ी के साथ उनका मन सारी दुनिया पर छा जाता है, उतनी ही तेज़ रफ्तार से वह दुनिया का मालिक हो जाए। हज़ार तरकीबों से वह अपनी ताकत बढ़ाता है—पैसे की, ओहदे की ताकत। उस ताकत को आत्माभिमान का नाम देकर वह शराफत के साथ अपना गुरूर बढ़ाता है, गुस्सा बढ़ाता है। उसके गुरूर, गुस्से और नफरत की रफ्तार उसके मन की तरह ऊँची और तेज़ होती जाती है। पूरी ताकत के साथ वह दुनिया से नफरत करता है। वह दाम बढ़ाता है, टैक्स बढ़ाता है, डंडे-गोलियों और बमों की बरसात को और भी तेज़ करता है।

वह अपनी कौम से नफरत करता है। अपने से छोटे को खा जाने में और बराबर वाले को तबाह कर देने में वह हर वक्त अपना ध्यान जमाए रखता है। इसीलिए दूसरे की तरफ से भी वह चौकन्ना बना रहता है। और इसीलिए वह अपने आप से नफरत करता है। वह ज़िंदगी से नफरत करता है।

मगर वह ज़िंदगी से नफरत कर ही नहीं सकता, क्योंकि उसे जीने से प्यार है। यही उसकी सबसे बड़ी उलझन है। इसी से उसके मन की तेज़ रफ्तार झकोले खाती है। वह सँभालने की असफल कोशिश करता है, और ज्यों-ज्यों अपने ऊपर से उसका भरोसा उठता जाता है, वह खीझकर, अपनी सारी ताकत के साथ उछाल मारता है। वह अपनी झूठी ताकत से जुआँ खेलकर ज़िंदगी को जीतना चाहता है।

मगर यह जुआ क्यों ? यह ज़िद क्यों ? कुछ के स्वार्थ के लिए दुनिया के अरबों इंसानों के जीवन के साथ जुआ क्यों खेला जाए ? वह भी, खास तौर से उस वक्त, जब कि ज़िंदगी हर तरफ से अपने लिए रास्ते बंद पाकर घुट रही हो। जब सामाजिक

जीवन को, मजबूरियों के आगे सिर झुका-झुकाकर आत्माभिमान को ख़त्म कर डालने के लिए रोज़-ब-रोज़ दबाया जा रहा है, तब राष्ट्रीयता, अंतर्राष्ट्रीयता, आदर्श और सिद्धांत का सत्य और आत्माभिमान—यह सब क्या मज़ाक है ? आत्माभिमान का झूठा घमंड किसलिए होता है ?

अपने ही बोझ के सामने आदम का बच्चा आज भुनगा बना जा रहा है। फिर सम्मान किसका रहा ? राष्ट्र का, जनता का या चार राजनीतिज्ञों का, जो किताबी तर्कों की दकियानूस आदत में बँधे हुए, जनता की महानता को अपने कैबिनेट-हॉलों और पार्लमेंट भवनों की विशालता के आगे भूल जाते हैं। जनता उनके लिए चहारदीवारी के अंदर बंद हो जाती है, एक कमरे में सिमट आती है। जनता उनकी ज़बानों से बँध जाती है। जनता अपने पंचों की मर्ज़ी की गुलाम और अपनी मर्ज़ी की गुनहगार हो जाती है। और यह तब तक होता रहेगा, जब तक समाज पर पैसे की हुकूमत किसी भी रूप में रहेगी। इस सत्य से किसी तरह भी आँख नहीं मींची जा सकती। पैसे की झूठी शक्ति, जब कि सच्ची होने का दावा कर जीवन के सत्य को धोखा दे रही हो, तब सबसे पहले उसे तबाह करना ही आज का ऊँचे से ऊँचा आदर्श है, सबसे बड़ा सिद्धांत है।

दीदी में तेज़ी थी। अपने से निकलकर इंसानियत के उसूलों के सहारे सारी दुनिया पर छा जाने के बाद भी वह तेज़ी और तड़प अपनी राह न पा सकी। दीदी अब थक चुकी हैं। उन्हें भी अब आराम चाहिए, सुख चाहिए, घर चाहिए।

तारा के कमरे के दरवाज़े बंद हैं। दीदी के मन के दरवाज़े बंद हैं। तारा के कमरे से रोशनी छनकर दरवाज़े के ऊपर बनी हुई बेलदार जाली से बाहर आई। दीदी हड़बड़ाकर अपने कमरे की तरफ भागीं।

लैंप के उजाले में घड़ी देखते हुए तारा ने कहा, "ठीक-ठीक, तीन बजकर इक्कीस मिनट। अभी अगर शरत बद लेते तो मैं तुम्हें हरा देती।"

नाज की नज़र से तारा ने अपने पति को देखा।

पलंग पर उठकर बैठते हुए कर्नल तिवारी ने मुस्कराकर कहा, "तुमसे हारने में ही मुझे जीत मिलती है।"

लैंप की रोशनी में तारा के मुँह पर सुहाग के सुख, संतोष और अभिमान की गंभीरता देखकर कर्नल को अपना जीवन भरा-भरा लगा। उन पर मादकता छा गई। पलंग से उठे, तारा के पास आए। उसकी ठोढ़ी को चुटकी से उठाते हुए कहा, "रानी, तुम सचमुच मेरी रानी साबित हुईं। मुझे कभी भी इतनी उम्मीद न थी। आज तुमसे मैंने जो कुछ पाया है, वह अपनी किसी भी बड़ी सफलता में नहीं पाया। तुम मेरी

ज़िंदगी की सबसे बड़ी सफलता हो।"

तारा ने छिटकते हुए कहा, "बस-बस, रहने दो न मेरी सफलता का बखान। सारी रात बिता दी इसी चरचे में।"

मेज़ से सिगरेट का टिन उठाकर, सिगरेट निकालते हुए कर्नल ने कहा, "तुम्हारे ध्यान में मैंने रातें गुज़ार दीं, और तुम्हें एक ही रात के जागने से शिकायत होती है ?"

तारा बोली, "हाँ-हाँ, लड़ाई में मेरा ही तो ध्यान आता होगा।"

सिगरेट जलाकर कर्नल ने कहा, "इसमें झूठ नहीं। लड़ाई के मैदान में सिपाही अपने घर का ध्यान ही करता है। अपने घर की हिफाज़त के लिए ही वह दूने जोश से लड़ता है।"

"मगर इस तरह लड़ने से कहीं घर की हिफाज़त होती है ? दुनिया तबाह हुई जा रही है।"

सिगरेट का कश खींचते हुए कर्नल ने कहा, "तुम्हारी तरह से सोचते हुए तो मुझे भी सही मालूम होता है। मगर यह भी सच है कि सच्ची डिमाक्रेसी हासिल करने के लिए विरोधी ताकतों से हमें लड़ना ही होगा। उन्हें खत्म करना होगा। कश्मीर में ही ले लो—हैदराबाद को लो। सारी दुनिया के मसले को लो। इन झूठी ताकतों को कैसे खत्म किया जा सकता है ? लड़ाई से ही न ?"

कर्नल कमरे में टहलते हुए बातें कर रहे थे। तारा मेज़ के सहारे खड़ी हुई थी। उसने कहा, "ठीक है। मगर यह क्यों नहीं देखते कि इन लड़ाइयों से महँगी और लूट कितनी बढ़ती है। अखबारों में पढ़ती हूँ कि सारी दुनिया में यही हाहाकार मचा हुआ है। सबका ही नुकसान है। सबके आदमी लड़ाई में मरते-कटते हैं, तबाही मचती है। तब फिर सब राष्ट्र मिलकर यह क्यों नहीं मान लेते कि किसी दूसरे तरीके से सब बातों का निबटारा करना चाहिए। ये फौज-पलटन और बमों का तरीका सदा के लिए नापास कर दिया जाए। जो सुख प्रेम और मेल में है, वो लड़ाइयों में कैसे मिलेगा ?"

सिगरेट का आखिरी कश खींचकर उसे फेंकने की गरज से खिड़की की तरफ जाते हुए कर्नल ने हँसकर कहा, "फौज-पलटनें नहीं रहेंगी तो मुझे कौन पूछेगा ?"

"मैं।" तारा ने अपना सारा विश्वास और प्रेम एक लफ्ज़ में भर दिया।

कर्नल खिड़की के बाहर देख रहे थे। कार सामने खड़ी थी। पिछले पहर की चाँदनी उस पर पड़ रही थी। अचानक उनकी निगाह ने गौर किया, उनकी कार में कोई बैठा था।

कर्नल में तेज़ी आई। फौरन अपनी अटैची खोलकर टॉर्च निकाली और मोटर

पर रोशनी फेंककर देखा--एक औरत-मर्द बैठे थे, एक-दूसरे के सिर से सिर जोड़े हुए सो रहे थे।

कर्नल गरजे, "कार में कौन है ?"

रात के सन्नाटे में आवाज़ चारों तरफ गूँज गई। तारा झपटकर खिड़की पर आई। मोटर पर सोता हुआ जोड़ा चौंककर जागा। सुखराम के बैठके की कुंडी खड़की, दो-चार घरों से आवाज़ें आने लगीं, "कौन है ? कौन है ?"

कर्नल टॉर्च लिए हुए तेज़ी से दरवाज़ा खोलकर नीचे की तरफ चले।

कर्नल के नीचे पहुँचने तक सुखराम ने मुजरिम को पकड़ लिया था। चार-पाँच आदमी और भी आ गए थे। गालियों, घूसों और तमाचों से सुखराम ने मर्द की मरम्मत शुरू कर दी थी। औरत आदमियों से घिरी हुई अपने मरद को पिटते देखकर रो रही थी। मर्द सफाई दे रहा था कि मैं चोर नहीं हूँ।

कर्नल पहुँचे। मुजरिम के मुँह पर टॉर्च फेंकी। सुखराम और दूसरे लोगों ने पहचाना, रमजानी धोबी का लड़का कल्लू था। और यह औरत ? उसकी जोरू थी। मोटर में क्या करने आए थे ? चुराने के लिए तो उसमें कुछ समान नहीं। तब आग लगाने आया होगा। सुखराम के दिमाग में साँप रेंगा, रमजानी शहर में कपड़े धोता है। लीगवाले हकीम साहब के यहाँ जाता है। यह साला ज़रूर पाँचवें दस्ते वाला है। सुखराम ने अपनी दलील पर ज़ोर दिया। लोग इस दलील से ज़ोर पाकर फिर कल्लू पर टूट पड़े। भीड़ बढ़ गई थी। दो-चार भद्दी गालियाँ और एक-दो तमाचे कल्लू की जोरू पर भी पड़ गए।

तारा, मलकिन, दीदी और महरी भी दरवाज़े पर आ गई थीं। औरत पर हाथ उठते देख तारा तड़प उठी। उसने तेज़ आवाज़ में महरी से कहा, "स्यामो ! उस औरत को यहाँ बुला ला। शरम नहीं आती औरत पर हाथ उठाते।"

मलकिन ने एतराज किया। तारा ने उसे अनसुना कर श्यामा को जाने के लिए डाँटा। श्यामा दौड़ी गई।

कर्नल ने पूछताछ की। सुखराम और दूसरे लोगों ने भी कल्लू से यह कबूल करवाना चाहा कि वह किसी का सिखाया-पढ़ाया हुआ जँडैल साब की मोटर में आग लगाने आया था। लेकिन मार खाकर भी कल्लू यह कबूल नहीं कर सका। वह अपनी घर वाली के ज़िद करने पर, उसे नज़दीक से मोटर दिखाने लाया था। उसी की ज़िद पर वह उसे लेकर मोटर में बैठा, और सुख में दोनों की आँखें लग गईं।

लोगों को इस पर यकीन ही नहीं आता। वे चाहते थे कि कल्लू यह कबूल कर ले कि ये लोग हकीम के सिखाने से पाँचवें दस्ते की कार्रवाई करने आए थे।

सुखराम के बैठके में कल्लू की औरत रो-रोकर कह रही थी, "मेरी ज़िद के

कारन आज उनकी जान पे बनि आई। हाय मोरे अल्ला, मोरी दीन-दुनियाँ उजरी जाति है।"

तारा की आँखों में आँसू बहने लगे। उसने श्यामा से कहा, "उन्हें यहाँ बुला लाओ। और कहना कि कल्लू को भी ले आएँ।"

मलकिन और दीदी तारा को देख रही थीं।

कर्नल तिवारी को अपनी पत्नी के कहने से, कल्लू की उस सफाई पर विश्वास हो गया, जिसे किसी हद तक मानते हुए भी वह गँवार देहातियों के हंगामे से दूर रहकर, कोई फैसला करने की उलझन में खड़े-खड़े मार का तमाशा देख रहे थे।

बैठक के बाहर दहलीज़ में सुखराम थे, बड़कऊ थे, दो-एक पड़ोसी बुज़ुर्ग भी खड़े थे। तारा जोश में आकर बोली, "पाँचवाँ दस्ता इसमें नहीं हमारे मनों में है। एक-दूसरे से डर, संदेह और झूठे घमंड का जोम—यही तबाही लाता है। बिना सोचे-समझे झूठे शक पे बेचारों की दुर्दशा कर डाली।"

कर्नल चुप रहे। उन्हें अफसोस था। बात को हलका और खुशगवार बनाने की नीयत से उन्होंने कहा, "सवेरे तुम दोनों हमारे साथ चलना। मैं तुम्हें मोटर पर सैर कराऊँगा।"

"नहीं मालिक !" कल्लू बोला, "इसकी हठधर्मी के मारे एक बार मोटर पर बैठकर बहुत सजाय भुगत ली। मार से जादा मुझे इज़्ज़त का गम है। गरीब की सच्ची बात की भी बड़ों में कदर नहीं ? मैं गरीब हूँ तो इसलिए पाँचवाँ दस्ता हो गया। और जो बड़े लोग हैं, आपुस में एक-दूसरे का गला काटते हैं, आगें लगाते हैं, सारी खिलकत को उजाड़ते हैं, उन्हें कोई पाँचवाँ दस्ता नहीं कहता। वाह रे इंसाफ !"

कल्लू के माथे का खून बहकर आँख पर आया। तहमत के छोर से उसे पोंछते हुए उसने अपनी घर वाली से कहा, "चल री ! हज़ार बार समझाया था कि तेरी झोंपड़ी में बड़े-बड़े महलों से भी जादा सुख है। मुला तू नहीं मानी। अब खड़ी क्या है, चलती क्यों नहीं ?"

दोनों बैठके से चले गए।

सारा आलम सिर झुकाए खामोश रहा।

□□